◎主编

足印

GANNAN XINSHIDAI SHINIAN
(2012-2022) XINWEN SHILU

甘南新时代十年
（2012—2022）
新闻实录

中国文史出版社

编　委　会

总策划：马　瑜

主　任：马　瑜

副主任：张大勇　　　尹洛赛　　　才虎加

成　员：毛红勇　　　扎西才让　　王志娴　　　李福荣

　　　　　张淑瑜　　　王　丽　　　马桂珍

主　编：张大勇

副主编：王　丽　　　马桂珍

编　辑：苗娟娟　　　王　力　　　马　云　　　苏琳喜

　　　　　张成芳　　　史志锦　　　何　龙　　　马保真

　　　　　马玉洁　　　马淑芳　　　王满辉　　　张继元

　　　　　苏　努　　　高淑兰　　　窦雯荷　　　解　敏

　　　　　李海菊

甘南日报

2021年7月2日 星期五　　甘南日报社出版

奋斗百年路
启航新征程
热烈庆祝中国共产党成立100周年
100 1921-2021

百年华诞　辉煌历程——庆祝中国共产党成立100周年特刊

历史的变革

本报编辑部

合作市全景

百年华诞　辉煌历程

甘南日报

甘南日报出版　ཀན་ལྷོའི་ཉིན་རེའི་ཚགས་པར།　2021年9月6日 星期一

五无甘南·和美乡村 　特刊

夯实乡村治理基石　打赢乡村振兴硬仗

本报编辑部

时代是出卷人，我们是答卷人。

生态旅游第一藏寨——碌曲县尕秀村

热烈祝贺全省乡村治理现场推进会隆重召开

五无甘南　和美乡村

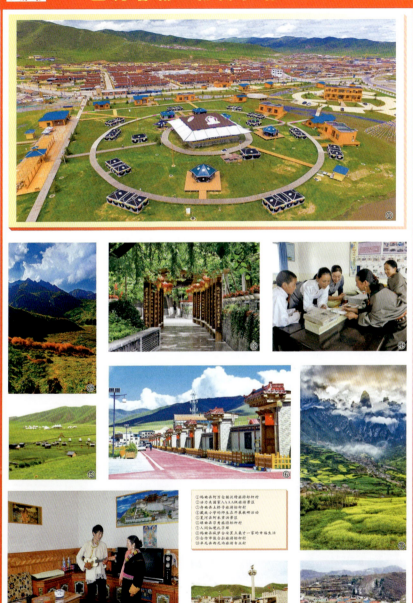

①玛曲县阿万仓镇沃特藏游牧村村
②洛力夹国家AAAA级旅游景区
③舟曲县土桥子旅游村村村
④藏族小学的师生品伴晨教诵活动
⑤夏河县阿木贵海景区
⑥碌曲县秀美藏游粉村村
⑦人间仙境扎尕那
⑧合作市镇梦公安里五秦十一家的幸福生活
⑨合作市镇合丛旅游粉村村
⑩卓尼县购尼沟旅游专业村

五无甘南　和美乡村

甘南日报
GAN NAN RI BAO

国内统一刊号：CN62-0008
第1620期
代号 53-22
网址：www.gndxb.com
电子信箱：gndxb@vdx.com

2022年2月
13
星期日
农历壬寅年
正月十三

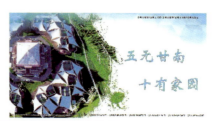

五无甘南
十有家园

坚持生态优先　绘就时代新篇

——"绿水青山就是金山银山"理念的甘南实践

□记者　苏琳喆　王满辉

近年来，甘南州深入贯彻落实习近平总书记视察甘肃重要讲话重要指示精神，牢固树立"绿水青山就是金山银山"理念...

坚持生态优先

探索绿色高质量现代化发展之路

坚持绿色发展

夏河：调整养殖结构实现草畜平衡

□记者　马保真　苏努

我州收听收看全省土地管理和生态保护修复重点工作推进视频会议

本报讯（记者 苏努）

迭部：以生态环境"高颜值"促进经济高质量发展

本报通讯员（记者 虎永康）

全力以赴备春耕

"绿色"春耕好时光

□记者　张成芳　李亚娟　何桐江

坚持生态优先　绘就时代新篇

甘南日报
༄༅། །ཀན་ལྷོའི་ཚགས་པར། GAN NAN RI BAO

国内统一连续出版物号 CH 62-0006
第17766号
代号 53-22
网址：www.gnsrbzx.com
电子信箱：gnrb@echu.com

2022年5月
23
星期一
农历壬寅年
四月廿三

总编辑：张大勇
值班主任：马启顺
责任编辑：张代萍
制 大 力

我国研究团队发表研究成果
推断栽培种花椒起源于中国甘肃省舟曲县

本报讯（记者 马云 何柯江）一个由我国西北农林科技大学林学院、国家林业和草原工程技术研究中心、贵州省林业科学研究院、四川省植物工程研究院李书植团队，通过广泛和长期，为中国野生和栽培花椒种子的系统发育关系做出了新的见解，以及种质资源可能帮助种子中鉴定资源中的品种。

该项研究成果于2022年5月14日发表在国际学术期刊《Horticulturae（园艺）》（期刊影响因子）JCR1区的SCI期刊，影响因子为23。本研究从历史时段，推断种群特征近期类种，基于历史环境和气候变化及人类活动的影响，从百万年前间，该研究为中国花椒种的起源和对种植提供了基础，也为克服栽培植物起源于青藏高原西南部提供了重要信息，同时也为舟曲花椒产业的发展带来新的机遇。

甘南：紧贴民生推动经济高质量发展

像石榴籽一样紧紧抱在一起
——我州民族团结进步工作述评

□记者 何龙 李亚键

习近平总书记指出，"民族团结是我国各族人民的生命线，中华民族共同体意识是民族团结之本。"在甘南这片4.5万平方里的土地上，世居着藏、汉、回、土、蒙等24个民族，少数民族人口占全州人口总数的63.13%，守护中华、甘南各族儿女顶立时代，时时促进、共生共存，亲如一家，缔造了一种多民族聚居、多家教并存、多文化交融的甘肃团结共同体新格局。

2017年，甘南州被命名为全国民族团结进步创建地区，2021年，玛曲县被国务院命名为"全国民族团结进步示范县"。蓝红色彩的陇原儿女亲如一家，各族各界团结各族，这里的州各族人民共同守望相助，走进...

近年来，甘南州深入贯彻落实党中央民族工作会议精神和新时代党的治藏方略，高举民族大团结旗帜，以铸牢中华民族共同体意识为主线，始终把民族团结进步创建作为全州工作，推动民族团结进步创建工作，不断...

（丁玛二班）

"牧云俄合拉"蜕变记

□记者 苏�

（文略，各段落内容不可辨认）

如何推动民族团结进步创建活动有形有感有效，近年来甘南把民族团结进步宣传教育工作融入到日常中，引导各族群众...

一本本精美的画册，记录了"唐木特"藏歌、锅庄舞、民间故事、独特之声，展示丰富的民间文化艺术宝库...

民族团结之花更绽放于时代底蕴，民族团结进步创建工作需要持续发力...

图说 新闻

何柯江 刘兴云 摄制报道

像石榴籽一样紧紧抱在一起

甘南日报

ཀན་ལྷོའི་ཉིན་རེའི་ཚགས་པར། GAN NAN RI BAO

国内统一连续出版物号 CN 62-0006
第17502号
代号 59-22
网址：www.gnszb.com
电子信箱：gnrb@enhu.com

2022年5月
24
星期二
农历壬寅年
四月廿四

总编辑 焦大营
值班主任：王永和
责任编辑：哲梅娜
莫宇宇

为了各族群众更加平安幸福

—— 甘南州社会治理工作综述

□记者 张成芳

（下转二版）

甘南以生态优势助推乡村振兴

□记者 马保真

天蓝水清山更绿

（下转二版）

录豆寨村变了样

本报讯（记者 张金鑫 潘庆灵 王明进）

八地湾群众过上了好日子

□记者 张彩霞 通讯员 逯继成

我们这十年
蝶变之美

尔秀村某女孩的书架 (组诗)

○扎西才让

蜕变

尔秀村某女孩的书架

谁说世上没有好日子了?

达娲央家从飞机上俯视玛曲草原

三代人的"安居梦"

○汪志

父亲居住了大半辈子的茅草屋

从小平房到楼房

女儿的楼房

十年,唱一首甘南蝶变曲

○魏宇

我们这十年,蝶变之美

甘南日报

2020年8月23日
星期日
农历庚子年七月初五
甘南日报周日版 第11236号 今日8版

羚城周末

本土就是主流　　民族就是特色　　品质就是高度

国内统一刊号CN62-0006　代号53-22　电子信箱:gnlczm@sohu.com　总第642期　总编辑 奂兴义　执行副总编 张大勇　值班主任 王志娴

甘南首部院线电影《风马的天空》
院网同步,全国上映!

这是一个青春故事,
这是一部励志影片,
所有演员均为本土海选,
所有场景皆为实景拍摄。

　　《风马的天空》是对甘南最真实的人文风情记录,是对甘南最生动的社会图景展示,它以甘南特色风俗,自然风貌感观念,以诗一般的语言讲述动人故事。
　　影片以舒缓的节奏慢慢铺开甘南民俗风情和现代生活交织辉映的多彩画卷,高原上的焖熔雪峰,天地尽头的萋萋芳草,湛湛蓝天下的脉脉白云,独特新异的藏族衣饰,富有民族特色的台词对白,庄严的殿宇,漫天的风马,共同营造出影片整体的画面感和新鲜感。

甘南首部院线电影《风马的天空》院网同步,全国上映。

前　言

　　时代的洪流奔腾不息，历史的长河中总是有人留下坚实的足印，历久弥新，熠熠生辉。

　　2023 年甘南藏族自治州成立七十周年华诞，《甘南日报》也恰逢创刊七十周年。站在这新的起点上，回望过去，每段征程都充满光荣与梦想，每次出发都令人心潮澎湃。1 秒、1 小时、1 天、1 个月、1 年、10年……时间见证着奋进不息、毅然前行的脚步，手中的笔和肩上的镜头记录着甘南各族儿女在州委、州政府的坚强领导下，不避艰险、躬身实干，走上生态优先、绿色发展之路，创造了属于甘南的新时代十年光辉成就。在波澜壮阔的"环境革命"中，在"上山下乡抓脱贫，敢死拼命奔小康"的战略决战中，在乡村振兴、文旅融合，实现经济社会高质量发展的时代征程中，在社会治理的最前沿，《甘南日报》与时代同行、与人民同心，把握时代脉搏、倾听百姓声音，和自治州一起发展进步、华丽蝶变。

　　悠悠七十载，漫漫征程路。甘南日报人始终坚守着自己的理想，书写新闻工作者的荣耀，将自己的汗水和智慧融入每一份报纸、每一段视频、每一期推文。七十年来，无论是老报人的铅笔油墨，还是新报人的键盘鼠标，他们的胸中都奔涌着一首激情澎湃的歌，那是被共产党人光明崇高的理想、甘南大地翻天覆地的变化、人民群众深沉真挚的情感所激励的深情的歌。新时代十年，甘南日报人赓续传统、继往开来，牢牢把握党性原则、坚持正确舆论导向、拓展多元人文视野、关注社会百姓冷暖、精耕力作、不懈追求，在时代前进的年轮里刻下灿烂华章，留下珍贵的记忆。

　　翻开 2012—2022 这十年甘南新闻实录，文字的河流里激荡着长风浩荡、春潮澎湃的壮志豪情，十年来，甘南州党员干部和人民群众意气风发、敢为天下先，从中华五千年优秀传统文化中寻找渊源和传承，从党的百年奋斗重大成就和历史经验中汲取智慧和营养，深入贯彻落实习近平新时代中国特色社会主义思想和习近平生态文明思想，把握大势规律、擘画发展蓝图、不避风险挑战、解决矛盾问题、引领社会变革……在高质量发展的道路上，党旗引路、高高飘扬，各族人民像石榴籽一样紧紧抱在一起，共同团结奋斗，共同繁荣发展。这十年，城乡面貌日新月异，令人目不暇接，民生实事硕果累累，群众生活节节攀升；以"全域无垃圾"治理为发轫的甘南新时代十年高质量发展"组合拳"抻开了这方古老大地的新天地，擦亮了"五无甘南""十有家园"的新姿颜。

　　十年磨一剑，十年奋斗路。甘南实现了由"经济跟跑者"向"生态领跑者"的华丽转身，"绿水青山就是金山银山"理念在伟大的人民实践中，变成了 4.5 万平方公里土地上七彩绚丽、九色瑰玮的幸福家园。在梦想与现实的历史接续中，在高原与三河一江的生态交错中，甘南已然成为一块令人瞩目的生态高地、产业高地，同时也成为一处不可忽视的人文高地……

　　山海征程，永不停歇。值此甘南藏族自治州成立七十周年，《甘南日报》（藏汉文版）创刊七十周年之际，我们组织编纂《足印》一书，为伟大的时代献上一个深深的祝福。

目　录

第一章 一步千年

"十年来，我们经历了对党和人民事业具有重大现实意义和深远历史意义的三件大事：一是迎来中国共产党成立一百周年，二是中国特色社会主义进入新时代，三是完成脱贫攻坚、全面建成小康社会的历史任务，实现第一个百年奋斗目标。"[1]党的二十大报告中，习近平总书记指出，我国打赢了人类历史上规模最大的脱贫攻坚战，历史性地解决了绝对贫困问题，为全球减贫事业作出了重大贡献。

脱贫攻坚，历史的使命，人民的重托。站在这新的历史起点上，回眸甘南州走过的脱贫攻坚历程，有太多值得铭记、值得回忆和值得珍藏的感人事迹，有太多值得喝彩、值得传承的成就和精神。

甘南州曾是全国"三区三州"和全省"两州一县"深度贫困地区之一。党的十八大以来，甘南州委、州政府以习近平新时代中国特色社会主义思想为指引，省州县乡950个帮扶单位和2万余名干部倾力奉献、苦干实干，投身于波澜壮阔的脱贫攻坚战，将最美的年华无私奉献给脱贫事业。以敢教日月换新天的魄力、咬定青山不放松的意志、不破楼兰终不还的拼劲，高质量打赢脱贫攻坚战，在甘南大地实现了"一步越千年"的历史性变革。

这是光荣的使命！十年间，全州上下深刻认识到脱贫攻坚是时代赋予我们这一代人的光荣使命。各级干部都义无反顾地投入这场伟大

---

① 见《高举中国特色社会主义伟大旗帜为全面建设社会主义现代化国家而团结奋斗——在中国共产党第二十次全国代表大会上的报告》，新华社，2022年10月16日。

实践中去。

这是庄严的承诺！十年间，全州上下牢记嘱托、感恩奋进，攻坚克难、敢死拼命，把脱贫攻坚作为"一号工程"来抓，立下"军令状"，啃下"硬骨头"，举全州之力、聚全州之智，攻克了一个又一个贫中之贫、坚中之坚、困中之困。

这是历史的答卷！更是千年的跨越！20 世纪 50 年代，甘南从奴隶社会"一步越千年"进入社会主义社会。如今，在新时代脱贫攻坚战中，甘南再次经历翻天覆地的历史性变革，又一次实现了"一步越千年"。十年间，全州上下披荆斩棘、栉风沐雨、苦干实干，2019 年甘南州 8 个县市相继脱贫摘帽，全州 309 个贫困村全部出列，3.9 万户 17.12 万建档立卡贫困人口全部脱贫，贫困发生率从 30.43% 下降为零，如期实现了清零见底目标任务，交上了一份分量十足的脱贫攻坚答卷，生动诠释了"上下同心、尽锐出战、精准务实、开拓创新、攻坚克难、不负人民"的脱贫攻坚精神。

这是崭新的起点！十年间，全州上下以高标准、严要求、实举措，全力推进脱贫攻坚，在如期实现目标任务后，遵照"脱贫摘帽不是终点，而是新生活、新奋斗的起点"要求，不断夯基础、补短板、强弱项、固优势，让发展基础更加夯实、优势更加凸显、动能更加强劲，为全面推进乡村振兴打下了坚实基础。

一

"全面小康路上一个也不能少"。时不我待，击鼓催征，放眼甘南大地，脱贫攻坚激战正酣——

甘南作为全国"三区三州"和全省"两州一县"深度贫困地区之一，底子薄、基础差，尚未摆脱贫困的，都是贫中之贫、困中之困，还有不少难题亟待破解。面对脱贫摘帽"硬骨头"唯有打基础、补短板、强弱项，才能保证脱贫质量和成色。

习近平总书记强调："脱贫攻坚任务能否高质量完成，关键在人，关键在干部队伍作风。"①牢记嘱托是决战脱贫攻坚的制胜法宝。坚决、按期、打赢、打好脱贫攻坚战,是习近平总书记的重要政治嘱托,更是检验政治立场和政治态度的一个衡量标尺。

在打赢脱贫攻坚战的卷轴上,甘南州各族干部群众牢记习近平总书记的殷切嘱托,坚持把脱贫攻坚作为最大的政治任务、最大的民生工程、最大的发展机遇,紧扣目标标准,贯彻精准方略,上山下乡抓脱贫、敢死拼命奔小康,贫困人口"不愁吃不愁穿",义务教育、基本医疗、住房安全、饮水安全等得到全面保障,决战深度贫困取得了实质性成效和决定性胜利。

行走在街头,一排排整齐漂亮的藏式新居,一所所朝气蓬勃的新校园,一个个欣欣向荣的小康村,一条条笔直宽阔的道路,目力所及之处让人感慨甘南的日新月异。经过十年建设,改天换地,美丽新甘南,正向世人展现决战小康伟大征程上的奇迹力量。

风雨兼程扶贫路,砥砺前行铸辉煌。在脱贫攻坚路上,甘南州始终秉持"山大沟深不漏一户家庭、山高路远不漏一顶帐篷、山重水复不漏一个群众"的要求,建立健全地级领导干部包抓监督协调县市脱贫攻坚工作机制,明确细化各级行业部门和帮扶单位职责清单,全面开展"上山下乡抓脱贫、敢死拼命奔小康"脱贫攻坚行动,组织发动广大党员干部上山下乡、进村入户,加快推动人、财、物各类资源要素向贫困村、贫困户聚集,凝聚形成了各级领导率先垂范、干部职工冲锋一线、部门单位携手帮扶、社会各界广泛参与的攻坚局面。

火车跑得快,全靠车头带。党支部坚强有力,基层党建有声有色,群众就跟得紧;基层党建有声有色,脱贫攻坚就有了硬核底气。

在脱贫攻坚中,党建引领夯基础,是决战脱贫攻坚的根基所在。甘南州把脱贫攻坚当作一场输不起的政治、民生战役,深刻把握"三区三州"和"两州一县"深度贫困地区的区域特征,以"抓班子带队伍、选干部育人才、强基础增活力"为重点,全力推进服务型基层党组织"六化建

---

① 见《习近平:在决战决胜脱贫攻坚座谈会上的讲话》,新华网,2020年3月6日。

设"，大力实施抓党建促脱贫攻坚行动计划，促进党的政治优势向发展优势转化、组织资源向脱贫资源转化，推动形成了州县领导向一线集结、帮扶力量向一线下沉、乡镇力量向一线坚守、驻村工作队向一线驻扎、工作重心向一线聚焦的攻坚局面，为决战决胜脱贫攻坚提供了坚强的组织保证。甘南州高度重视驻村帮扶工作，并围绕扶贫干部能力提升，通过组织调训、专题培训、集中轮训等方式，全州培训各级各类干部 14.6 万人（次）；切实加大脱贫攻坚一线干部考察选用力度，州、县市提拔或进一步使用的科级以上干部中，有 206 人长期从事脱贫攻坚工作；按照"派最能打仗的人"攻打脱贫攻坚战的要求，全面强化脱贫攻坚力量配备，各级常年选派 1100 名优秀干部到村蹲点开展扶贫工作，"第一书记"和驻村帮扶工作队队长实现所有贫困村全覆盖。

铭记初心，就要增强责任感、紧迫感，时刻将群众安危冷暖记挂在心。坚持人民至上，是具体的、实践的。知行合一，强化问题意识，才能真正把初心写在因应困难、解决问题之中，给困难群众带去温暖和希望。

下派驻村帮扶工作队和帮扶责任人奔赴攻坚一线，精准帮扶、精准发力，从大山深处到牧民新村，从一江三河到林海草原，他们和贫困群众想在一起、干在一起，奔忙于一个个扶贫项目，张罗着一项项致富产业，攻克了一座座贫困堡垒，解决了一道道发展难题。将党的力量挺在脱贫攻坚的主战场和最前沿。他们与群众一起苦、一起干，把群众的事当作自己的事、天大的事，在田间地头、农家院落解难题、办实事，用辛苦指数换取群众的幸福指数。

他们中有长年累月奔波在贫困山乡的驻村第一书记、驻村工作队长，有风雨无阻辛勤工作在田间地头的农业技术工作者，有跨越山海、一往情深的东西部扶贫协作省市的干部，有情系甘南草原的中央定点帮扶单位的干部，有创业创新产业富民的龙头企业，有用脚步丈量山山水水的县长，有五级书记一起抓的村党支部书记、乡镇党委书记、县委书记、州委书记……特别是基层干部、驻村干部在最吃劲、最艰苦的一线摸爬滚打、挥洒汗水，有的带病坚守岗位、轻伤不下火线，有的顾不上年迈的父母和年幼的孩子毅然奔赴脱贫攻坚一线，更有"全国优秀共产党员""全国脱贫攻坚楷模"张晓娟同志献出了宝贵生命，用实际行动诠释了初心使命、担当情怀。

在农村基层，干净美丽的农家小院焕发新颜，奋斗者的身影愈加忙碌。不少驻村工作队队员手上总拿个本子，留意群众的难题，记下工作的思考；有的驻村第一书记任期届满主动申请留下来"打完这一仗！"一定要亲眼见证乡亲们脱贫致富。

走进合作市佐盖曼玛乡克莫村，广袤沃野，绿潮涌动，一片片绿油油的土豆苗，一排排迎风摇曳的青稞穗，一条条宽阔整洁的村道映入眼帘，美丽的乡村如同一粒粒种子，在萌生新的希望。村委会办公室里，驻村帮扶工作队队长道吉才让正和村干部商量如何推广村里的特色产品、策划克莫村的旅游节、发展牧家乐……

"咱这么穷，就派一个干部能起作用吗？"

"人家怕是待段时间就走了！"对于这位文绉绉的年轻干部，一开始很多乡亲都没当回事。

随后的日子，道吉才让成了大伙家中的常客。克莫村4个自然村113家，他一户一户走了个遍。有的乡亲出门了，他就三五趟地跑，直到找到人，详细了解户情，帮大家谋划发展路子，真诚的付出很快就得到了乡亲们的信任，道吉才让与大家熟得像一家人。"精准扶贫，当然要先摸清底子！这既是上级的要求，更是我们的首要工作，不俯下身子，走进群众家里，连乡亲们的情况都不了解，咋帮？"道吉才让说。

扶贫先扶志，夯实扶志基础，把扶贫与扶志结合，道吉才让既送去了温暖，更送去信心和志气，真正拔掉群众思想上的穷根，增强大家脱贫的勇气和信心。

完玛村的娘其合加以前住在山脚下，只要一下雨，山上就有大石头滚到他家的院子里。有一次，山上滑落的大石头差点砸到了小孙子，娘其合加就在村子里另选了块地盖了新房子。

新建的房子没有自来水，也没有电，娘其合加一家人吃水用电成了问题。他几次找人，都未能解决用水、用电困难，老人每天只能去村头挑水，晚上点蜡烛照明，小孙子放学只好去邻居家写作业。

道吉才让了解到这一情况，答应帮娘其合加解决这个难题。说到做到，道吉才让一大早就带人赶往娘其合加家，帮他家挖通道，接自来水，联系电工。

"当道队长带干部来我家挖自来水通道时，我没信他，拿惯了笔杆子的村干部们拿起铁锹，帮我挖地埋水管，说出来谁也不信啊！"娘其合加笑着说。

当时已是隆冬季节，地面已经冻住了，村干部们拿起铁锹，从早上干到中午。娘其合加才相信，村干部们真来帮他接自来水了。

自来水接通了，清澈的水从水龙头中流出，仿佛在唱着热烈的赞歌。

"穷苦有多深，你看大叔的脸，刻满了皱纹一道道，深深浅浅，雨打了风削，只盼着山外阳光普照……"2021 年 5 月 17 日晚，以全国优秀党员、全国脱贫攻坚楷模、甘南州扶贫干部张小娟同志事迹为原型创排的音乐剧《达玛花开》在兰州首演。脱贫攻坚的战场，没有枪林弹雨，但要冲锋陷阵；没有炮火硝烟，也有奉献牺牲。明知条件艰苦、困难重重，仍然义无反顾、坚持不懈；心甘情愿奔赴千山万水、服务千家万户，千方百计为群众排忧解难——广大扶贫干部深知，自己所投身的，是实现中华民族伟大复兴的历史伟业；自己所扛起的，是亿万人民过上美好生活的万钧重任。

"我们深爱的家乡，一天天变富了、变美了，我们所有的辛苦，在看到父老乡亲幸福生活的那一刻，全部变得值得。"

"将来有一天，当我们回忆过去，这场脱贫攻坚的伟大征程中，有我们年轻而坚定的足印；小康社会的丰硕成果中，有我们青春如歌的奉献。"

这些话语，出自舟曲县扶贫办原副主任张小娟的一篇文章。在她眼里，"辛苦"不是负担，而是历练和成熟。

2008 年 6 月，张小娟主动放弃北京的工作，毅然回到深度贫困的家乡工作，在舟曲泥石流抢险救灾现场一线入党。她遍访全县 208 个村的所有贫困户，了解群众需求，解决群众困难，被干部群众称为"藏乡好女儿""群众知心人"。2018 年底，舟曲县贫困发生率由 2015 年底的

18.24%下降至 6.31%。

2019 年 10 月 7 日晚，张小娟在下乡扶贫返回县城途中，因车辆坠河不幸殉职，年仅 34 岁。"风华正茂的年纪，张小娟选择扎根基层，用瘦弱的肩膀扛起脱贫攻坚重任……"她把宝贵的生命留给了深爱的家乡，她那明媚的笑容也将永远留在人们心中。2021 年 2 月 25 日，全国脱贫攻坚总结表彰大会在北京隆重召开。会上，张小娟被追授"全国优秀共产党员""全国脱贫攻坚模范""全国三八红旗手"等称号。

投身人类历史上最波澜壮阔的脱贫攻坚战，甘南各族儿女，尽职责，勇担当，问初心，让信仰之火熊熊燃烧，把人民至上的情怀理念埋入胸中，融入血脉，以赤子情怀守初心，以忘我精神担使命，向深度贫困发起最后的冲刺，把整颗心、整个身都奉献给了脱贫攻坚伟业，把初心使命化为一座座精神的丰碑。

二

"以前一下雨我们就担心山体滑坡，现在终于不用担心了。""我之前是做家电生意的，现在准备在这里继续做。以后生活肯定没有问题，一定会更好。""学校现在的软硬件建设在全州村级教学点中位于前列，适龄儿童入学率达到 100%，在校学生巩固率、毕业率、升学率均为 100%，全校教师学历达标率为 100%，学校越来越好了。""现在党的政策太好了，家里人前后看病花了十六七万，报销下来自己只花了两三万元，不仅减轻了我们看病负担，更让我们这个家庭看到了希望。"……这一桩桩、一件件群众口中的实事，是甘南州紧盯超常作为，解决"两不愁三保障"目标，深入开展冲刺清零行动的一个缩影。

脱贫，是希望所在；攻坚，是力量所在；小康，是目标所在。

易地搬迁，楼房宽敞明亮；村民告别苦咸水，喝上放心水；硬化入户路铺到了贫困户门前，光伏电站建设实现"卖电"增收迎来新的希望……脱贫攻坚战场上喜讯频传，鼓舞干部群众向深度贫困"堡垒"发起最后总攻。

从山大沟深、地质灾害频发的舟曲山区到环境艰苦、居住分散的游牧地区，甘南从改善基础设施条件入手，在精准施策上"开药方""拔穷根""补短板"，彻底改变贫困地区的生产生活条件，让广大群众与全国一道迈入小康。

过去五年，全州城乡居民人均可支配收入分别达到29592元、10042元，年均分别增长6.8%和9.4%。贫困群众"两不愁三保障"基本实现、自我发展能力和动力明显增强。贫困地区基本生产生活条件明显改善，群众出行难、用电难、上学难、看病难、饮水难、通信难等长期没有解决的问题普遍得到解决。来之不易的成就，为彻底消除绝对贫困奠定了基础。

舟曲县地处青藏高原、黄土高原、四川盆地接合部和川甘陕三省交界处，境内山高谷深，地质环境脆弱，滑坡、崩塌、泥石流等灾害频发。19个乡镇均有地灾隐患点分布，共计299处左右，是我国受地灾危害最严重的地区之一，地质灾害多发、频发，对人民群众生命安全造成了严重威胁，对人民群众的财产造成了重大损失，制约着县域经济社会的发展。

2021年8月7日，对舟曲避险搬迁群众来说，是一个值得铭记的日子。八点一刻，首批60户地质灾害避险搬迁户289人告别故土，乘坐"感恩号"专列，驶往500公里外的新家园——兰州新区。

大巴车和货车鱼贯离开舟曲县城，载着乡亲们对美好生活的向往，在高原明媚晨光的照耀下，驶向"幸福里"，驶向新的家园。送别的人们满怀祝福，离开的人们有对故土的不舍，更多的是对新生活的期待。

来自果耶镇真庄磨村的村民刘石海今年50岁，3个孩子都在上大学，他和妻子先到新区落户，等安稳了就接老人过来。"以前一下雨我们就担心出现滑坡，现在终于不用担心了。"刘石海说，"我之前是做家电生意的，现在准备在这里继续做。以后生活肯定没有问题，一定会更好。"

搬来了、稳住了、融进了。如何致富？如何强化就业服务保障？甘南加强和兰州新区舟曲综合服务中心、兰州新区用工企业协调对接，实地考察了解务工环境、工种、工资待遇等情况，协调确定16家工资待遇高、务工条件好、守合同重信用的重点用工企业确定为2022年搬迁群众劳务基地，对接用工岗位3000多个，签订就业扶持协议，强化就业服务保障,确保搬迁群众至少获得一个有针对性的岗位信息。

47 岁的韩小林是第一批从果耶镇搬迁到兰州新区的舟曲百姓之一。8 年前的一场意外,使她腰部受伤压迫神经,行走不便。在老家开小卖部的她,搬迁到兰州新区后没有了收入来源。就在韩小林为生计发愁时,舟曲避险搬迁第一临时党支部积极和兰州锦亿圣服饰有限公司对接,让从来没有过工作经历的韩小林在服装厂就了业。"检验货的工作按件计酬,一件 4 角,工资一个月一个月发着呢,现在我一个月将近有 2000 元的收入,管吃管住,我感觉还是挺好的。"韩小林说。

回望故土,怀恋依依;展望未来,信心满满。在党中央的关怀下,在省委、州委的坚强领导下,舟曲的避险搬迁群众,越来越幸福;甘南的明天,也必将更加美好。

"十三五"以来,通过基础设施建设、后续产业扶持、公共服务配套、转产转岗就业,全州 4550 户建档立卡贫困户依托"易地扶贫搬迁脱贫一批"摆脱了"一方水土养活不了一方人"的现实窘境,实现了"搬得出、稳得住、能脱贫、可致富"的目标。同时,9.98 万户贫困户通过拆除重建、修缮加固等危改方式和生态文明小康村"改房"项目建设,全州范围全面消除了农牧村危房和榻板房,农牧村住房实现了由土坯房、榻板房向砖混结构、框架结构的转变升级,贫困群众的住房面积和建设质量显著提高,居住条件彻底改变,村容村貌焕然一新,实现了"城乡融合、设施配套、资源共享、旅游发展"的扶贫攻坚新路子,打好了脱贫攻坚"首战"。

甘南州对各县市计划安置点逐个进行现场勘查、评审、批复,科学选址、规范搬迁,解决了"搬到哪里去、房屋如何建、收入如何增"的问题。坚持搬迁与产业培育同步谋划,按照"一村一品""一家一特""龙头企业+农户+基地+合作社"的特色产业发展模式,紧密结合精准扶贫,大力实施产业脱贫、就业脱贫、旅游脱贫、光伏脱贫等脱贫攻坚工程,对搬迁群众逐户建立产业就业台账档案,紧扣"一户一策",落实各项产业就业扶持政策,帮助搬迁群众实现稳定增收,确保"搬迁一户、脱贫一户"。

甘南州紧盯"摘帽"节点，交出基础设施和易地搬迁的"必答题"，把基础设施和易地搬迁扶贫成效实实在在写在辽阔大地上，为甘南与全国一道进入小康社会提供了坚实保障。

以恒心坚守初心，始终把群众放在心中，把责任扛在肩上，激发勇毅之力、积聚笃行之功，甘南州坚决兑现我们党向人民、向历史作出的庄严承诺。

"发展教育脱贫一批"，甘南州抓重点补短板，抓落实促发展，控辍保学工作实现历史性突破、学校办学条件显著改善、教育保障水平明显提高，各级各类教育协调发展，教育扶贫成效显著，随着教育脱贫攻坚的纵深推进，人、才、物、力、智源源不断汇聚，教育的光芒正普照在每一个孩子身上。

在夏河县拉卜楞小学，三年级的班巴才让正和同学们一起上藏数学课。之前，本该和同龄人一样享受学习的快乐，他却从小被父母送进了寺院。2018 年，经过县乡各级干部的努力，他重返校园。

受地理环境、办学条件和家长思想观念等多种因素影响，在甘南州少数民族聚居地区，失学辍学现象一度较为普遍。从 2018 年开始，甘南州以"确保一个孩子不能少"为目标，累计劝返义务教育失辍学学生5624 名。

一个个辍学学生从个体商铺饭馆，放下碗碟，拿起了书本，从寺院佛堂回到学校课堂，脱下僧衣，穿上了校服。

所有僧童走出佛堂走进学堂接受义务教育，这在甘南历史上是前所未有的。僧童转移入校消除了甘南教育加快发展的一大障碍，解决了甘南人一直想解决却没有解决的问题，办成了甘南人一直想办而没有办成的事。

当朝阳初升，班巴才让背起了书包，坐到教室里，读书声在校园回荡，一切都充满了希望。

2020 年，全州建档立卡贫困家庭适龄学生全部接受九年义务教育，"两免一补"和"营养餐"等教育惠民政策全面落实，无因贫失辍学学生，九年义务教育巩固率达到 99.11%。

迭部县旺藏镇迪让小学，课间操时间，孩子们随着音乐节奏，在操场上舒展四肢。抬眼望去，迭山脚下高高飘扬的五星红旗，内容丰富的文化墙，窗明几净的校舍，洋溢在孩子脸上的笑容，还有蓝天白云，绘成了一幅校园春景图。

"学校的土操场上，高过膝盖的枯草在风中摇摆，教室墙壁已垮掉一半……"这是该校老教师杨业林日记中的一段话，他至今依然清晰地记得20多年前初来任教时学校的样貌。2018年"全面改薄"项目实施，学校先后投入资金近1000万元对校舍进行升级改造，建成了17间新教室和教师办公室，配齐了录播室、图书室、音乐室等多功能教室和教学设备，学校面貌焕然一新。"学校现在的软硬件建设在全州村级教学点中位于前列，适龄儿童入学率达到100%，在校学生巩固率、毕业率、升学率均为100%，全校教师学历达标率为100%，学校越来越好了。"看到学校的变化，校长杨早吉从心底里高兴。

学校环境与配套建设力度之大、水平之高创历史之最，全州最美的环境在校园，最好的建筑在校园，学校是甘南州最亮丽的一道风景。

没有全民健康，就没有全面小康。在脱贫攻坚战中，健康扶贫是一块难啃的"硬骨头"。啃下这些"最难啃的硬骨头"，必须激发驰而不息的精神，警惕浮躁心态、虚浮作风，更加尊重规律，更加精准施策，进一步突出脱贫攻坚的针对性和实效性。

在脱贫工作中甘南聚焦"医疗救助"，修订救助制度、理顺救助渠道，切实帮助困难群众解决就医方面的实际困难，提升困难群众看病就医的获得感、幸福感、安全感。

家住合作市佐盖曼玛镇克欧村的豆格日，作为一家之主，承担着一家十一口人的生活压力，不幸的是父母、妻子和儿子相继患病，让原本不富裕的家庭雪上加霜，生活过得捉襟见肘。州卫健委和乡政府干部得知情况后，积极联系医院帮助豆格日的父母做了心脏手术，随后，他妻子肿瘤手术、儿子腰椎结核病，也先后得以就医，病情日趋稳定。提起治病费用时，豆格日心怀感恩地说："现在党的政策太好了，家里人前后看病花了十六七万，报销下来自己只花了两三万元，不仅减轻了我们的看病负担，更让我们这个家庭看到了希望。"豆格日说，他妻子已经办理了慢病证，所产生的费用也会有报销，后期他准备申请办理父母亲的慢病证，年迈的父母亲再也不会舍不得吃药了。

2020 年，甘南州慢性四病医疗质量控制中心成立，进一步加强全州慢性高血压、糖尿病、结核病、严重精神障碍质量管理控制工作，推动了全州重点慢性病检测管理信息化、疾病诊疗规范化、质量控制标准化和全程管理制度化，家庭医生签约和"一人一策"为全州 16.03 万贫困人口健康人群和 1.14 万患病人群分别提供初级服务包、中级服务包，建档立卡贫困户慢性病患者签约服务管理率达到 100%，真正实现了慢病救助"托底线"。

推动家庭医生签约服务，实施"先诊疗、后付费"和"一站式"结算服务，全州抓实抓细抓好健康扶贫各项工作，开展家庭医生签约服务使群众少跑路、少花钱，为签约群众提供个性化的健康服务，解决了群众在就医方面的实际困难，为辖区贫困群众撑起健康"保护伞"。

健康是民生之要、脱贫之基。打好健康扶贫组合拳，筑好筑牢健康防护墙，群众在健康扶贫政策的惠及下看得起病、看得上病、看得好病，确保了健康有人管、患病有人治、治病能报销、报销有兜底，返贫预警有保险。群众疾病预防保健意识不断提高，有效防止了因病致贫返贫，为打赢脱贫攻坚收官战提供了强有力的保障。

三

产业带动，是筑牢群众稳定增收的"压舱石"。

今日的甘南大地，一栋栋大棚里，各类蔬菜食用菌生机勃勃，给群众带来致富的希望；一座座牧场中，膘肥体壮的牛羊茁壮成长，带领老百姓走上康庄大道；一排排光伏发电机组，如同列阵而行的战士，向脱贫攻坚发起总攻；一院院农家乐、牧家乐红红火火，美食飘香；一个个村庄里，独具特色的各类农产品，通过电商平台，从大山里走出来，向着全国各地进发……

产业扶贫是贫困地区内生发展活力和动力的"推进器",是脱贫攻坚稳定和持续发展的根本路径。要使贫困地区真脱贫、脱真贫,就必须有产业的支撑和引领。

在甘南发展产业,困难比低海拔地区更多,产业配套少、建设成本高、基础设施滞后、公共服务不足,这样的现实决定甘南产业发展必须走高质量发展之路,必须选择契合当地特色与优势、适合贫困群众参与和从事的产业。

唯其艰难,方显勇毅;唯其磨砺,更彰初心。甘南在推动产业发展上,集思广益,做足文章,围绕增加贫困群众收入,持续稳定脱贫总目标,大力实施产业扶贫和就业扶贫工程,大力发展牛、羊、果品、蔬菜、马铃薯、蕨麻猪、藏中药材、从岭山鸡八大特色农牧业,在全州各地建立了"公司+合作社+农户+基地"的产业脱贫连环机制,扶持建设县级以上龙头企业44家。

探索创新资产盘活型、资源开发型、为农服务型、项目带动型、多元合作型等多种模式,积极推进农牧村集体产权制度改革,全面深入推进农牧村"三变"改革,参与农牧户达2.9万户、12万余人,累计整合各类支农资金近2亿元,带动贫困户1.5万户,全面消除了村集体经济"空壳村",全州贫困村村集体经济年收入达2万元以上。

重点扶持壮大安多、华羚、燎原、雪顿、百草等重点龙头企业,积极创新"龙头企业+合作社+基地+农户"等带动发展模式,2020年,华羚公司带动14家合作社970户贫困户年均增收2000余元;燎原公司通过订单收购鲜奶累计带动1.2万户农牧户,合作市成为全国的曲拉交易中心,交易量占全国的86%。创建国家级示范社12个、省级示范社125个、州级示范社213个、组建联合社93个,全州合作社累计带动贫困户2.94万户11.63万人、创建"家庭农场"109家,组建具有较强带贫能力的专业合作组织4312家,扶持开办1450家农家乐、藏家乐、林家乐,积极培育光伏、电商等新型产业,完善利益联结机制,3.35万户脱贫户通过参股经营每年都能获得稳定分红。特色种养业覆盖8县市96个乡镇309个贫困村，各类产业发展焕发勃勃生机。

打好打赢脱贫攻坚战，必须在精准扶贫上下功夫。坚持精准扶贫、精准脱贫，是脱贫攻坚的突出特点，也是摆脱绝对贫困的制胜法宝。

精准脱贫如同刺绣，必须一针一线绣得精准，针脚精巧绣出特色。甘南积极探索构建种养加结合、产供销一体、一二三产业融合发展的全产业链发展体系。注重"一村一品"培育壮大，重点对八大特色产业开展了菜单式扶贫，催生了夏河县甘加镇仁青村"甘加羊"、迭部县旺藏镇水泊沟村"旺藏苹果"等一批"一村一品"产业之花，临潭县卓洛乡、玛曲县尼玛镇、舟曲县大川镇的产业强镇建设，示范引领了"一乡一业"的高质量发展。

注重"三品一标"品牌认证，实施农牧业品牌提升行动，打响甘南特色高原、绿色、有机"甘味"品牌。2020年，全州认证无公害农产品52个、绿色食品49个、有机系列产品62个、地标标志登记产品6个、证明商标12个、保护产品4个；甘南牦牛、甘南藏羊2个农产品区域品牌、"安多牧场"等9个企业商标品牌入选"甘味"品牌目录；2017年，甘南州被中国乳制品工业协会授予"中国牦牛乳都"称号。

注重"产销对接"持续加力，积极构建以电子商务平台、举办农畜产品交易会等线上线下多种形式产销对接机制，加快构建农牧产品商贸流通体系建设，加大冷链储备设施建设力度。2020年，全州已建成农产品产地批发市场3个，建成县级仓储物流配送中心8个，乡镇配送站95个，村级配送服务点437个；累计争取落实冷链仓储项目资金1847万元，建成机械冷库106座、通风库2座、冷藏车3辆，总储藏能力达到1.96万吨。

绿色，是草原最明亮的颜色，在甘南弥漫着希望的味道。

走进迭部县旺藏休闲农业产业园，稚嫩的小苹果已挂满枝头，青色中透着些许红晕。

苹果是当地村民致富的希望。近年来，旺藏镇旺藏村不仅发展起了苹果产业，还推出了果树认买的营销方式，在创建"五无甘南"行动中，苹果种植均用有机肥替代化肥。村里将全村130余户群众以土地入股的方式流转1200余亩种植苹果，配套建成500吨位苹果保鲜库和水泊沟苹果销售中心，辐射带动周边农户500余户。在白龙江沿岸打造6个苹果连片种植基地，成了名副其实的"苹果之镇"。"旺藏苹果"的名号也是享誉省州。

2022年，迭部县旺藏镇3600亩优质苹果大获丰收，迎来了八方客商收购。一大早，果农们就在冷库车间忙碌起来，将经过严格筛选后的苹果包装、称重、计数、打包、装车，大家忙得不亦乐乎。

"在县委、县政府的大力支持和镇党委政府的推动下，我们的苹果品质越来越好了，往年苹果一斤卖两元到两元五角，今年从农户手里收购就要一斤三元。目前，合作社销售额达到了80万元，我们还有库存200吨，预计销售额达到160万元。"迭部县旺藏镇水泊沟兴泊苹果种植农民专业合作社法人杨桑吉交说道。"今年，镇党委、政府在苹果产业发展上下大力气，开足马力。实行主要领导亲自抓，分管领导具体抓，干群齐参与的产业发展模式。除了果园管理提升之外，镇上还统一设计制作了外包装盒发放给群众，帮助拓宽销售渠道解决了果农后顾之忧，让果农种出来的苹果都能及时销售出去。"旺藏镇公共事务服务中心主任、水泊沟村片长仁青说道。

如今，旺藏镇已经建成千亩生态苹果标准化示范基地，实现了旺藏村民"最美不过'红苹果'"的美好愿望。

放眼甘南，绿色日益成为乡村产业发展的底色。

贫有千种，困有百样。地区不同，扶贫对象不一样，工作方法也不一样。脱贫攻坚过程中，甘南注重扶贫产业高质量发展，充分利用特色资源优势，建立了以八大特色产业、乡村旅游产业、光伏发电产业、电商扶贫产业、就业劳动产业等多种产业竞相发展的产业扶贫体系。

——特色产业快速蓬勃发展。2020年，全州农牧业增加值达到41.72亿元，牦牛、藏羊、奶牛繁育、育肥、特色养殖等"五大畜牧业产业带"

基本形成并逐步壮大，累计投资 3.83 亿元，建成牲畜暖棚 1.86 万座 148.07 万平方米，在纯牧业地区，牧民群众通过发展生态畜牧业增收份额达 65% 以上；药、菜、果、蔬、羊肚菌等规模化种植加工生产基地建设初具规模，年内落实特色种植产业发展资金 1.9 亿元，完成农作物种植面积 121.44 万亩，其中藏中药材种植面积达到 31.92 万亩，在农区，通过藏中药材种植增收份额达 60% 以上。

——乡村旅游发展势头强劲。大力推进乡村旅游"一十百千万"工程，卓尼县木耳镇博峪村等 4 村入选《全国乡村旅游重点村名录》，形成了临潭县八角镇庙花山村"旅游协会+合作社+农牧户"等开发经营模式，建成了阿米贡洪、赛雍藏寨、安果、沃特等一大批帐篷酒店和休闲度假营地，培育农牧藏家乐、精品民宿 2666 个。

——光伏扶贫带贫成效显著。全州累计实施分布式光伏扶贫项目、"十三五"光伏扶贫项目总投资 4.1 亿元，建成村级光伏扶贫电站 43 座，总规模 52.6 兆瓦，带动建档立卡贫困村 129 个、贫困户 8691 户。

——就业扶贫取得良好成效。全州输转富余劳动力 12.33 万人，劳务创收 23.01 亿元；建成认定扶贫车间 181 个，其中省级 164 个，就地就近吸纳就业人数 6397 人。2020 年，为应对新冠肺炎疫情给就业民生保障带来的不利影响，在原有 708 名乡村公益岗位的基础上，增加临时乡村公益岗位 665 名。

——电商服务体系逐步完善。全州建成 8 个县级电商服务中心、91 个乡级电商服务站和 446 个村级电商服务点；建成甘南州电子商务孵化园、"藏宝网"等电子商务平台 48 家，累计销售农特产品近 8 亿元；年内通过线上签约、直播带货、举办专场等形式完成东西协作消费扶贫 1.02 亿元，签约采购意向金额达 3.13 亿元，"双十一"期间销售额突破 1600 万元。

越是关键期，越要加油干。2020 年，甘南州上下齐心协力、奋力冲刺，把产业扶贫作为精准脱贫的"加速器""稳定剂"。推进全州产业扶贫专项提升行动，着力巩固脱贫攻坚成效，不断提升产业扶贫水平，有力促进贫困村持续发展、贫困户稳定增收，把握住正确方向，确保目标不变、靶心不散，走好脱贫攻坚"最后一公里"。

决战决胜脱贫攻坚是靠实打实地干，绝非搞"短平快"就能简单闯关。甘南瞄准特定贫困群众精准帮扶，向深度贫困地区聚焦发力，以更大的决心、更明确的思路、更精准的举措、超常规的力度，众志成城实现脱贫攻坚目标，各族群众的小康生活像芝麻开花一样节节高。

四

脱贫摘帽不是终点，而是新生活、新奋斗的起点。

在甘南，"一步越千年"的万千藏家儿女脱贫后，在夯实巩固脱贫攻坚成果的基础上，狠抓生态农业、旅游产业、生态保护等六大行动，推动经济社会发展取得新成就。通过脱贫摘帽后的"接力跑"，各县市跑出了乡村振兴的"加速度"，让老百姓的日子越过越红火。

出合作市一路向南，不经意间便被这座草原深处清秀隽永的牧村所吸引，田园木屋、休闲广场、藏式民宿、观景栈道……夏日的勒秀镇麻木索那村静静绽放于青山绿水间，尽显秀美。

勒秀镇抢抓巩固拓展脱贫攻坚成果同乡村振兴有效衔接的重要机遇，以打造"五无甘南"、创建"十有家园"为契机，立足"恬美勒秀·生态羚南"功能定位，全力打造"生态党建"品牌，坚持特色农业、现代牧业、草原文化、乡村旅游、环境整治"五位一体"整体谋划，因村因地制宜，规划布局了产能带动、民俗体验、休闲娱乐三大功能区，通过生态文明小康村、旅游专业村等项目的实施，实现了村庄变景点、群众变老板、资源变资产。

从美仁大草原向西，顺着平坦的县道 X406 行驶，不久便来到了绿水青山环抱的甘南州合作市佐盖曼玛镇俄合拉村。

平均海拔 3100 米的高原之上，阳光透过云朵缝隙，为绿野披上一层金黄。白云下，一栋栋干净整齐的民居依山而建。走进岗坚诺林民宿，返乡创业的智华，这位地道的藏族汉子，说着一口流利的普通话："整栋房子是安多藏式的建筑风格，全都是我自己设计的。"智华是 7 个兄弟姐妹中的老幺，也是家中唯一的大学生。大学毕业后，智华先入职后"下海"，足迹遍布全国各地，还去过阿联酋、日本等 10 多个国家。"每到一处，吸引我的不仅是风景名胜，还有最能体现当地风土民情的民宿。我常想，可不可以在家门口建民宿呢？"

梦想，曾一直只是梦想。俄合拉村过去是一个以畜牧业、种植业为主的传统藏族村落，生产生活方式相对落后，但自然风光优美。智华回忆道，"守着这么美的草原，却招不来也留不住旅客。""转机出现在 2019 年。"佐盖曼玛镇镇长党增杰介绍，"那是合作市脱贫摘帽后的第一年。"借助甘南州实施"一十百千万"工程的契机，俄合拉村投资 4000 余万元，完成项目建设 31 个，铺设地下给排水管网 4000 米，完成绿化面积 5000 平方米，也成了远近闻名的旅游标杆村。

"听说家门口要修路，我就知道做旅游准能行。"智华随即放下顾虑，拿出全部积蓄扎进了民宿行业。历经 3 年时间，岗坚诺林民宿于 2022 年 6 月正式营业。传统与现代、中式与西式碰撞交融的风格，让它很快成了当地的网红民宿。"客房和传统藏族民居很像，锅灶、土炕、雕木装饰，但内核是现代的，冲水马桶、热水器一应俱全，要让客人住得舒服。"用餐区，传统的木质餐桌上处处透露着他的"小心思"，弯月形的红酒架上摆放着红酒和酒杯，旁边还有一盆生机勃勃的绿植和点餐二维码。

智华指着菜谱上的"藏八宝套餐"说："点这个套餐的人可多了，一份套餐可以吃到 8 种藏族美食：藏饭、藏包、羊排、蕨麻猪、糌粑点心、酸奶……"过去，高原因缺氧而烹饪简单。现在，电力充足、食材丰富以及新式厨具的使用，让高原的餐桌不再单调。走南闯北的人，想法自然活络。"菜谱中我加入了炸薯条、咖啡、鸡尾酒等西式餐饮，光咖啡就有好几种呢，浓缩咖啡、拿铁咖啡、蓝山咖啡，在这里都能喝到。"他笑着说，"二百人同时就餐，没有一点儿问题。"只待高风便，非无云汉心。整个俄合拉村也借助生态美，吃上"旅游饭"。智华脸上笑容温暖："幸福是奋斗出来的，能够在家门口干事创业，对我来说是最幸福的。"

耕作、放牧、打零工，这是藏族小伙桑吉以前的生活日常。在全州积极创建"全域旅游无垃圾示范州"、打造文化旅游"一十百千万"工程推动下，合作市佐盖曼玛镇俄合拉村被确定为甘南州旅游标杆村规划建设后，桑吉把自家改造为高端民宿，开始接待游客业务。

"俄合拉全域旅游标杆村于2021年正式开业运营，当年年底，全村34户牧民群众196人得到了第一笔分红，累计分红资金达35万元，其中村集体分红5万元。"美武村党支部书记更尕当智说。"只有在党的惠民政策的照耀下，农牧民群众才能得到更多实惠，分享到更多红利。"已经成为藏家乐老板的桑吉高兴地说。

不忘初心，牢记使命，甘南始终以习近平生态文明思想为引领，聚焦聚力"十大高地"，打造"五无甘南"、创建"十有家园"以生态优先、绿色发展为导向，以"环境革命"为引领，走出了一条绿色发展之路。

甘南被《中国国家地理》杂志评为"人一生要去的50个地方之一"；先后获得亚洲旅游"红珊瑚"奖、"十大最受欢迎文旅目的地""2020中国最佳民宿度假目的地""中国摄影创作基地"等荣誉称号；在世界旅游联盟发布的2018—2020年100个"旅游减贫案例"中，甘南独占鳌头荣获3席；农牧村改厕经验被农业农村部树立为先进典型；全州16个村荣获全国美丽乡村等荣誉称号，数量位居全省第一；中国气象局发布《关于2022年中国天然氧吧评价结果的公示》舟曲县获得"中国天然氧吧"称号；夏河县获评"2022美丽中国·深呼吸小城"……这一个个闪耀的荣誉称号，为乡村振兴增添了动力活力，乡村全面振兴迈出了新步伐。

如今，一大批环境友好型、红色旅游型、生态体验型、休闲度假型、民俗文化型、特色产业型、党建示范型的生态文明小康村相继建成，涌现出了碌曲尕秀、夏河安果、临潭庙花山、卓尼博峪、舟曲土桥子等一大批有特色的生态文明小康村，农牧民的生产生活方式由"靠山吃山、靠水吃水、粗放发展"向"靠山护山、靠水护水、集约利用"转变，景区景点布局由镶嵌式"珍珠玛瑙"向全域式"满天群星"转变。

沉甸甸的实绩，坚定了我们全面建成小康社会的信心，为实现乡村振兴奠定坚实基础。新起点意味着新使命、新要求、新作为。面向未来，如何做好乡村振兴这篇大文章，推动乡村产业、人才、文化、生态、组织等全面振兴？回答好这些新考题，关键在于下定决心，以坚定不移的意志开拓进取，竭尽全力为人民谋幸福。

"自信人生二百年，会当水击三千里。"时间证明，无论什么样的风雨，都无法阻挡甘南人民同全国一道步入小康的信心和决心，都无法阻挡甘南人民对美好生活、对伟大梦想的不懈追求。

从2000多年前的《诗经》开始，"小康"就成为丰衣足食、安居乐业的代名词，承载着中华民族的美好愿望。十年来，甘南人民对美好幸福生活的向往一直未曾中断，历经时间的洗礼，一步步让梦想照进现实，建设和谐美丽新甘南已成为每一个甘南人心中的期盼。

五

聚力攻坚，补齐短板。项目支撑，是打开大建设大发展崭新局面的金钥匙。

十年间，甘南新建续建5000万元以上重大项目32个，55个省州列重大项目完成投资88.5亿元，一大批打基础、利长远的项目落地实施；

——交通项目加速推进，兰合、西成铁路甘南段开工建设。王格尔塘至夏河高速全线通车，卓尼至合作、合作至赛尔龙高速顺利推进；

——水利建设取得实效，引洮济合工程并网供水，临潭中部片区供水工程顺利推进，白龙江引水工程前期进展顺利。实施水土保持和中小河流整治项目14个，治理水土流失面积76平方公里；

——市政设施不断完善，实施桥梁、供热、供水、管网等市政基础设施项目36项，为基础设施建设实现了新突破。

多措并举、改善民生，十年间，20件省州民生实事全面完成，财政民生支出9.94亿元、增长14.4%。

——多渠道解决高校毕业生、退役军人、零就业家庭等重点群体就业，组织输转富余劳动力11.85万人，创收26亿元；

——坚持教育优先发展，新改扩建幼儿园所、中小学200余所，城镇入学难、大班额问题进一步缓解；

——全民健康保障水平不断提升，建成医疗机构重点专科 4 个、县级区域医学中心 38 个、急危重症救治中心 21 个；

——城乡低保标准分别提高 8% 和 10%，把更多的财力物力投向民生领域，社会事业发展取得了新进步；

初步形成了畜牧业生产适度规模化、养殖标准科学化、经营销售市场化、生产设施规范化的现代畜牧业发展格局。甘南有牦牛 120 多万头，约占全国牦牛总数的 7.5%。通过科学养殖、打造产业链，甘南草原上的"高原之舟"逐渐变为"增收之宝"。

——截至 2022 年，甘南州认证"三品一标"牦牛系列产品 65 个，今年年内新申报待批 8 个，入选"甘味"农产品牦牛系列产品 8 个；

——认定牦牛产业领域的国家级龙头企业 2 家、省级龙头企业 8 家；由华羚公司牵头申报的国家级牦牛及产品专业批发市场已通过农业农村部初审；

——建成农畜产品产地冷链设施 220 座，总储藏能力 3.78 万吨……

2013—2020 年，全州落实到位中央和省级脱贫攻坚资金达到 91.78 亿元，年均增幅 20% 以上；州、县市财政安排扶贫专项资金 9.82 亿元，超额完成脱贫攻坚政策规定的投入任务。

在此基础上，充分发挥财政资金"四两拨千斤"的作用，累计撬动 62 亿元金融信贷资金投入脱贫攻坚，为攻克深度贫困堡垒提供了强有力的资金保障。

这是一组闪亮的数据，是由大项目描绘的靓丽画卷。

甘南万重山，可是再高的山，挡不住千里驰援的浓浓真情；千里扶贫路，可是再远的路，也割不断中华民族一家亲的深深牵挂。十年来，一个又一个援建项目在甘南拔地而起，诸多扶贫难题得到解决，充分激发了贫困群众脱贫致富的信心力量；一笔又一笔帮扶资金注入甘南，改变了贫困乡村的面貌，极大地加快了脱贫攻坚进程；一家又一家扶贫企业，在甘南落地生根，让众多贫困群众在家门口实现脱贫；一批又一批挂职干部不计个人得失，奔走在甘南大地，与甘南州干群携手奋斗、攻坚克难⋯⋯他们用真心、真情、真智、真策奏响了甘南州夺取脱贫攻坚战全面胜利的时代强音。

2012 年以来，天津市和中组部、中海油、中建公司、中国作协累计选派 74 名优秀干部到甘南挂职帮扶、指点迷津，累计援助扶贫资金达到 13.2 亿元，实施帮扶项目 632 个，受益建档立卡贫困人口 9.7 万人，天津市不断创新完善帮扶方式，3 所高校为甘南定向培养医学本科生 445 名，10 所三级医院以"医院包科室"的形式支持甘南州人民医院，助力甘南医疗卫生事业不断迈上新台阶。天津 8 个区与甘南 7 县 1 市建立了一对一结对帮扶关系。

与此同时，甘南全面深化省内"兄弟七市"对口援助工作，承接 11.6 亿元援助资金，组织实施了一大批精准扶贫项目，形成了各界倾力支援、兄弟携手攻坚的生动局面⋯⋯

初心如磐，使命在肩，看今日之甘南，在脱贫攻坚中实现的突破与超越、取得的经验与成果、磨砺的精神与作风，已成为这个地方的"精神坐标"。站在新起点，甘南正在高举中国特色社会主义伟大旗帜，深入贯彻党的二十大精神，紧紧围绕甘南在全省全国的重要生态地位，统筹绿色发展和长治久安，主动融入新发展格局，全力打造"五无甘南""十有家园"新名片，全力创建国家生态文明先行示范区和青藏高原绿色现代化先行示范区，将甘南打造成全国领先的全域旅游示范区和民族团结进步示范区，全面加快社会主义现代化新甘南建设步伐，以更加昂扬的斗志、更加坚定的决心、更加顽强的拼搏，全力巩固拓展脱贫攻坚成果，全面推进乡村振兴，全方位推动高质量发展，奋力谱写新时代甘南社会主义现代化事业新篇章。

全州全力推进扶贫攻坚

甘南州七万人摘掉"穷帽子"

◎记者　张继元　实习记者　石凯平

扶贫，不是个轻松的话题。村镇分布零散、基础设施薄弱、产业结构单一落后，是甘南不得不面对的特殊实际。贫困成为全面建成小康路上的必跨之"栏"，必补之"短板"。

根据中央和省上的精神，结合甘南实际，一年来，甘南各级党委、政府及扶贫部门坚持以"1236"扶贫攻坚行动为抓手，不断深化专项扶贫、行业扶贫、社会扶贫"三位一体"工作格局，调动一切资源和力量，加快扶贫攻坚进程，把扶贫攻坚作为最大的政治任务和工作的重中之重，加强组织领导、强化宣传引导、采取务实举措，政策向扶贫倾斜、资金向扶贫聚集、项目向扶贫靠拢，为全州分步如期实现脱贫目标奠定了基础。

聚力攻坚　扶贫马不停蹄

过去这一年，深深烙上了"扶贫"的印记。

"我们不仅要摘掉'穷帽子'，还要过上更好的生活。"

寒冬时节，合作市卡加曼乡新集村，马万里老人告诉记者，这个曾经"早吃洋芋晚吃薯"的村庄，在扶贫工作和对口帮扶的强力推动下，去年年末，每户村民拿到草原补贴和帮扶等资金近万元，危旧房改造、农牧民安全饮水工程、村容村貌改造、城乡医保……这些扎实有效的扶贫工程，让农牧民对脱贫致富有了更大期望。

"生活条件越来越好了！"夏河县75岁的加太老爷子盘腿坐在炕上，一边喝早茶一边跟记者讲述现在安逸、幸福的生活。快要过年了，他盼着孩子们回家过团圆年。加太老人所在的村子在夏河县桑科乡，这里的牧民定居点被当地人称为"新农村"。截至目前，夏河县新建定居住房1907套，安置游牧民1923户9540人。

如今，桑科乡开起了大大小小的餐馆、小卖部、摩托汽配等商铺，还建起了宽敞明亮的幼儿园。牧民家里购置了别具一格的藏式家具和冰箱电视等家用电器。每年通过出租牧场还可以获得一笔固定收入。

3.01亿元，这是2014年甘南落实扶贫攻坚的专项资金，越来越多的农牧民走向脱贫致富之路。

思路清晰　转型明确

"把少数民族地区作为扶贫攻坚的主战场，增强'造血'功能。"省长刘伟平在1月24日召开的全省民族工作会议上提出明确要求。

从专项惠农贷款、危旧房改造、村巷村道硬化这些"输血"项目到建设蔬菜大棚种植基地、作物实验种植基地的"造血"项目，卓尼县柳林镇畲盖村的扶贫转型是全州扶贫的一个缩影。

培育富民产业，项目遍地开花。去年，全州80%以上的专项扶贫资金投向农林牧等多元富民产业发展，有力促进了贫困群众增产增收。各类牲畜总增率、出栏率、商品率分别为35.6%、46.39%、40.44%，畜牧业增加值达到17亿元以上。积极调整种植业结构，藏中药材种植面积达到30万亩，成为带动贫困群众增收的新亮点。着眼于提高农牧业生产的组织化程度，新建专业合作社1442个，全州合作社总数达到3818个。加快开发乡村旅游业，新增"农家乐"153户，全州"农家乐"达到970多户，直接从业人员达15000人以上。大力发展劳务产业，完成农牧村劳动力输转13.23万人次，创劳务收入17.31亿元。

精准扶贫 敢啃"硬骨头"

如果说产业富民的"造血"扶贫是战略思考的话，深入实施精准扶贫、精准脱贫，项目安排和资金使用都要提高精准度，扶到点上、根上，让贫困群众真正得到实惠，成为扶贫攻坚的"战术选择"。

准确识别贫困人口是精准扶贫的第一步。去年，甘南完成284个贫困村和17.12万贫困人口的建档立卡工作，建立了贫困户数据库。

找准人，还需要找对路。去年，甘南把实现舟曲和玛曲两县基本脱贫目标作为最高工作要求，切实加大两县基本脱贫的倾斜支持力度，将"两州一地"扶贫资金全部投向舟曲和玛曲两县，并按每个贫困人口300元标准安排了地方配套资金。发改、交通、水电等行业部门举全力加大支持力度，通过加强与省直厅局汇报衔接，两县在常规项目资金基础上新增投资6.1亿元。近期，甘南扶贫部门把推进尼江地区扶贫开发作为重大政治任务，已争取省上在三年内安排扶贫专项资金6000万元，并完成了全面摸底调查和规划编制工作。

找对人、找准路，还要找对地区。确定扶贫区域，瞄准真正的贫困地区，集中人力、物力、财力进行重点突破。一年来，甘南开工建设2029户11334人的易地扶贫搬迁工程，完成"雨露计划"改革试点培训1850人，组织开展"两后生"和"一村一名大学生"培训4180人。就业技能培训10835人，创业培训1053人，完成职业技能鉴定7458人。落实中央和省级财政专项扶贫资金3.01亿元，为历年最高，按贫困人口占有资金量测算，居全省前列。

州、县市按照单位业务经费和新增地方财政收入10%～20%的比例落实地方配套资金4087万元，在省内绝无仅有。此外，新建贫困村互助社121个，超计划任务21个，全州互助资金总规模突破1亿元，每个实打实的项目，让贫困农牧民增强了脱贫致富信心。

强抓落实　明确扶贫"责任书"

要"真扶贫、扶真贫"，把责任落到实处，在扶贫攻坚战上绝不马虎。

去年，各县市全面落实扶贫攻坚主体责任，成立了由党委和政府主要领导任双组长的扶贫工作领导小组，形成了党政"一把手"亲自过问、研究、推进扶贫工作的良好局面。舟曲县还成立了由党政主要领导负总责的扶贫攻坚指挥部，副县级以上干部担任各工作推进组组长，制定了 39 个整体脱贫单项工作方案，使全县扶贫工作迈上有组织、有计划、系统化的轨道。玛曲县通过深入细致的调查摸底，将工作重点锁定到真正的贫困户，以乡为单位制定了整体脱贫方案，建立了大力度整合和以牧民专业合作社带动贫困户的工作机制，并逐户制定了扶持措施，确定了帮扶人员，做到了精准扶贫。卓尼县立足各乡镇区位特点和发展实际，提出并全面实施了"333"扶贫攻坚计划，即全县 15 个乡镇分三片区、用三年时间、分三步走实现脱贫目标。各县市把群众作为打好扶贫攻坚战的动力源泉，在建档立卡、项目选择中充分发挥了群众的主体作用。

2014 年，甘南减少贫困人口 7 万人。眼下，新一轮扶贫攻坚正酣，未来的甘南将会交出更完美的答卷。

（原载 2015 年 2 月 3 日《甘南日报》）

天津市持续深化对甘南州东西部
扶贫协作和对口帮扶工作纪实

◎新甘肃·甘肃日报记者　徐锦涛

初冬时节，走进甘南藏族自治州卓尼县柳林镇多洛村，干净整洁的道路旁，一排排藏式苫子房错落有致……这个昔日里的贫困小山村，俨然已经发生了翻天覆地的变化。

近日，甘南州消费扶贫推介会在天津市对口支援甘南特色产业园举办，来自甘南草原的农畜产品、中藏药材琳琅满目，赢得众多参观者一片赞叹声。

不同的地点，不同的场景，背后是同一分"东西部扶贫协作和对口帮扶"的情谊。

2012 年，按照中央部署，天津市对口支援甘南。自此，带着强烈的责任、使命和感情，天津市从项目建设、产业帮扶、教育卫生、人才援助等方面扎实开展对口支援，与甘南草原儿女携手，共同书写脱贫攻坚奔小康的新篇章。

精准对接　帮扶持续加力

天津市，海河之畔的一颗明珠，经济发达，科技实力雄厚。

甘肃省，祖国内陆一把玉如意，历史悠久，资源能源富集，但由于受地域、资金、人才等因素制约，贫困面大、贫困程度深，同步小康任重道远。

津、甘之间开展扶贫协作和对口帮扶的情缘源远流长。自 1996 年党中央、国务院做出开展东西扶贫协作的重大战略决策以来，天津市一直与甘肃省保持着紧密的对口帮扶关系，极大地促进和加快了甘肃省经济社会发展和脱贫攻坚进程。尤其是近年来，天津市在对甘肃省东西部扶贫协作和对口帮扶中，持续强化组织领导，全面加强人才支援，大幅提升资金支持，注重推进产业合作，积极推动劳务协作，不断深化携手结对工作，帮扶工作不断升级加力。

在津、甘双方共同努力下，由天津市东西部扶贫协作和对口支援帮扶甘肃省的 7 个市州 34 个贫困县中，合作市等 4 个县于 2017 年实现脱贫摘帽，碌曲县、玛曲县、卓尼县、迭部县和夏河县等 12 个县于 2018 年实现脱贫摘帽。

甘南州是天津市东西部扶贫协作和对口支援帮扶甘肃省的重点市州之一。根据甘南州各县市经济社会发展情况、产业关联程度、资源禀赋优势和脱贫攻坚进程，天津市确定了结对帮扶关系，由天津市 8 个区结对帮扶甘南州 8 县市。这种区县结对帮扶关系的建立，为甘南州脱贫攻坚和全面建成小康社会奠定了坚实的基础。

走进甘南草原腹地的碌曲县尕海镇尕秀村，一块高高矗立的"天津援建"石碑，见证着天津援甘的深情厚谊。

"如果没有天津的帮扶，我们生态文明小康村建设不会这么快，规模也不会这么大。"尕海镇党委书记苏奴东珠告诉记者，尕秀村曾是游牧民的定居点，对口帮扶后天津援助 500 万余元用于村里的基础设施建设和产业培育，如今村集体经济东喀尔开发公司、晒金滩帐篷城、牧家乐和电子商务中心都是天津援助资金帮扶的结果。"现在全村牧民都吃上了'生态旅游饭'，今年每户牧家乐收入都在 5 万元左右，人均收入也在 1.5 万元以上。"苏奴东珠高兴地说。

数据显示，2001 年至 2018 年，甘南州累计减少农牧村贫困人口65.14 万人，贫困发生率由 79.39% 下降到 3.89%。这组喜人的数字背后，凝聚着甘肃省委、省政府和甘南州各级干部群众的艰辛努力，也饱含着天津人民的无私奉献和大爱援助。

"实施精准对接、结对帮扶，在天津市对甘南州的帮扶中发挥了重要作用。"甘南州扶贫办相关负责人表示。

精准对接目的在于把帮扶任务分解落实，强化帮扶实效。在天津援甘指挥部的积极协调下，天津市8个帮扶区与甘肃的贫困县市紧密对接，在人才交流、文化教育、医疗卫生、劳务输转、产业帮扶等方面实施了大批项目，取得了丰硕成果，为实现"携手奔小康"目标打下了坚实基础。

"今年天津市在甘南州落实援助帮扶资金3亿元，其中东西部扶贫协作帮扶资金2.1亿元，较去年增长了1.35亿元，与去年同期相比翻了一番。这些项目重点加大了对产业开发、劳务协作、健康扶贫、生态扶贫、人才培训等项目的支持力度，建成后可带动8750个贫困户3.5万贫困人口实现稳定增收。"甘南州扶贫办相关负责人介绍。

消费扶贫是通过消费来自贫困地区和贫困人口的产品与服务，帮助贫困人口增收脱贫的扶贫方式。今年年初，《国务院办公厅关于深入开展消费扶贫，助力打赢脱贫攻坚战的指导意见》下发后，天津市在8个帮扶区内设立甘南农特产品直营店，并在滨海新区设立天津对口支援甘南特色产业园。天津市还动员组织当地企业与甘南签订农产品销售框架协议，推动"甘货进津京"，拓展贫困地区农产品外销渠道。今年以来，甘南州实现消费扶贫金额2210万元，带动贫困人口2366人。

组团支援 阻断因病致贫

"就医条件改观很大，在家门口就能享受上天津专家的医疗服务，生病再也不用往大城市跑了……"日前，合作市一名群众如是评价甘南州人民医院。

医疗卫生事业关乎千家万户，是重大民生问题。为提高甘南州人民医院医疗水平，从去年开始，天津市组织天津市第一人民医院、口腔医院等10家三级医院通过"以院包科"的形式一对一支援该医院19个专业科室，旨在培养甘南州人民医院临床和护理专业骨干人才，利用3年左右时间把医院建设成为三级医院和区域医疗服务中心，使甘南州90%本学科患者不出州医治。

甘南州自然条件严酷，工作生活环境艰苦。尽管如此，还是有一批接着一批天津支医专家从千里之外的海河之畔奔赴这里，开展组团式帮扶。他们在雪域高原上奉献着智慧，彰显医者情怀，为甘南州脱贫攻坚提供着源源不断的健康扶贫帮扶力量。

11月25日，室外寒风凛冽，甘南州人民医院妇科门诊里却格外温馨，来自天津市中心妇产科医院的副主任医师、青年博士李圃正耐心细致地接待着病人。

8月19日，李圃被选派到了甘南，成为对口帮扶甘南州人民医院援甘医生的一员。此后，她充分利用自身优势和经验，在甘南州人民医院妇科开展腹腔镜手术、癌前疾病筛查等诊断与治疗，还定期为甘南州医生进行专题讲座。

"每个支援医生的帮扶时间都是有限的，只有尽快培养这里医生的工作习惯，提高他们的专业技能，才能让医疗支援的价值长久留下。"李圃说。

前不久，玛曲县村民才让草查出骨关节需要手术治疗后，心里压力一直很大。"当地医生建议去兰州做手术，但家里没有这个条件，后来听说甘南州人民医院有天津的专家，我立马去做了手术。手术很成功，花钱也不算多，多亏了家门口的天津医生，我太幸运了。"才让草深有感触地说。

给才让草做手术的，是来自天津市天津医院的副主任医师、博士官丙刚。自今年8月来甘南州医院开展支援以来，他已经带着甘南州医院骨科的医生们成功进行十多台疑难病症的手术。

为了帮助甘南州医院尽快提升医疗水平，天津市卫健委和甘南州州委专门任命天津组团式医疗队队长担任甘南州医院院长，负责甘南州医院的科室管理、学科建设、医疗业务等工作。

一年来，甘南州医院无论是技术、服务还是理念，都在悄然发生变化。与此同时，当地医生的医疗技能也得到突飞猛进地提高。以前，甘南州当地百姓中，但凡有点条件的，生了病都会去省城兰州或者其他地方接受诊疗，如今就连做造影、放支架等大手术，都会选择在甘南州医院进行，因病致贫、因病返贫的现象得到有效缓解。截至 2019 年 9 月，甘南州人民医院门诊量超 15 万人次，同比增长 30.17%；开展手术 2840 例，同比增长 57.34%。

对口帮扶"手拉手"，健康扶贫心连心。近年来，天津市还注重在医疗人才培养、设备完善等方面，进一步助推甘南州的健康扶贫——

自 2013 年以来、甘南州利用天津市对口帮扶资金，委托天津医科大学、天津中医药大学、天津医科大学临床学院开展定向式招生，目前已招收培养 432 名学生，有 158 名毕业生回到甘南州各级医疗机构工作；

甘南州组织医疗管理干部 200 名到天津外国语学院、南开大学等高校进行为期 10 天的短期培训，并先后派出管理干部 20 余名到天津市卫生健康委、市疾控中心、各区卫生健康委等单位进行为期半年的挂职，重点学习管理工作；

天津市肿瘤医院、中心妇产医院等三甲医院，积极开展订单式培训，先后接收甘南骨干医师近 500 人到天津进行为期 1 年的进修学习，还为卓尼县人民医院捐赠了价值 80 万元的医疗设备；

天津市眼科医院先后在甘南州医院、卓尼县医院、舟曲县医院、迭部县医院开展免费白内障复明手术，累计手术 500 多例，投入经费 250 多万元，援助甘南州人民医院成立了白内障复明中心，为舟曲县医院、卓尼县医院价值 70 万元的眼科设备，建成运行天津眼科医院卓尼视光中心。

……

不忘医者初心，牢记健康使命，随着天津市在甘南州健康扶贫工作的深入推进，越来越多的甘南各族群众在家门口享受到优质医疗服务，获得感和满意度不断提升。

拓宽渠道 力促就业脱贫

就业是贫困群众自主脱贫最有效的方式。天津市在和甘南州开展东西部劳务协作过程中，并没有将扶贫简单定义在"给钱给物"上，而是在

"输血"的同时，积极推进劳务输转、劳动力培训、扶贫车间培育以及天津事业单位招考等工作，强化甘南州各县市贫困地区的"造血"功能。

今年以来，通过东西劳务协作"对口帮扶"平台，天津市和甘南州先后组织人才市场和企业进行14场专场招聘会，提供6495多个就业岗位，有700多名未就业人员达成务工意向。通过提供就业信息、技能培训、专场招聘会、发放各类补贴等方式，天津市帮助甘南州建档立卡贫困劳动力到其他地区就业1311人。

"我们首先是动态掌握贫困人员就业状况和就业需求，及时将甘南籍贫困人员就业需求提供给天津市；其次是会同天津市人社部门开通远程面试功能，实现甘南贫困劳动力与天津企业在线远程面试；三是联合甘肃驻天津商会，组织天津企业开展'线下'联合招聘，为贫困人员精准提供针对性岗位，进一步提高求职成功率，提高转移就业稳岗率。"甘南州人社局相关负责人介绍。

为精准提供劳动力资源信息，加强劳务输转等方面的对接力度，今年4月，甘南州在天津市设立劳务工作站，天津市也在甘南州临潭、卓尼等县建立了劳务工作站，提高了劳务输转的组织化程度。为了充分调动贫困群众劳动积极性，激发他们脱贫的内生动力，天津市人社局、中天人力等分别与甘肃省人社厅和甘肃省对口帮扶县市签订劳务合作协议，不断加大农民工技能培训力度，提升劳务输出的质量和水平。

今年1至10月，在天津市、甘南州人社部门协调下，天津劳动保障技师学院共对甘南州124名未就业人员进行了机电、电子商务类技能培训。

"我以前在迭部县饭馆里当传菜员，一个月能挣2000元左右。今年3月份参加了天津的培训班，学习了电子器械操作和电梯维修，培训结束后到苏州一家电子厂应聘，如今每个月能拿到5000多元。"迭部县多儿乡次古村20岁的完代卡兴奋地说。

另外，对一些外出就业存在困难的贫困群众，天津市和甘南州人社局部门加大了"扶贫车间"的培育和打造力度，帮助他们就近就地务工。

舟曲县博裕镇纹党花蜂业公司是一家能带动当地160户贫困户发展

订单式养殖的"扶贫车间"。"去年5月，正当我们经营遇到瓶颈时，天津市和平区帮我们解决了实际困难，包括扶贫车间帮扶和其他渠道帮扶，我们一共获得了448万元的资金支持。天津对我们的这份厚爱，我们永生不忘。"扶贫车间负责人、舟曲县卧欧诺村党支部书记薛代花说。

为促进扶贫车间的发展，天津市人社、财政部门专门制定了《关于就业扶贫基地和扶贫车间认定等有关问题的通知》，对受援地扶贫车间经过审核认定后给予资金奖补。据甘南州人社局介绍，今年以来，截至10月底，天津市在甘南州各县市东西部扶贫协作和帮扶建立的"扶贫车间"64家，帮扶1235名建档立卡贫困劳动力实现了就近就地就业。

天津市专门面向甘南籍高校毕业生开展事业单位招考工作，帮助甘南籍高校毕业生就业创业，防止一些贫困户家庭"因学返贫"。2017年、2018年两年，共选聘了46名甘南籍高校毕业生到天津市事业单位工作，进一步拓宽了甘南州高校毕业生就业渠道。

"是天津的真情，换来了甘南快速的发展，津、甘一家亲不只是口号，更是实实在在的行动。"甘南州扶贫办相关负责人说。

"在东西部扶贫协作方面，我们将围绕组织领导、人才支援、产业合作等6方面22项重点任务指标，全面升级加力……在对口支援方面，我们将进一步聚焦脱贫攻坚重点难点，确保资金、项目和工作精力投向建档立卡贫困人口，推动甘肃9个县在脱贫攻坚和改善民生方面取得显著效果。"天津市援甘前指负责人表示。

如今，行走在甘南大地，处处都有扶贫协作的深深印迹，各个领域、各个行业，无不体现着天津人民的深情厚谊。"为什么我的眼里常含泪水？因为我对这土地爱得深沉"，这句诗无疑是天津对甘南开展对口帮扶最准确的情感表达。

跨越千里，山海情深，天津市将和甘南州在日益紧密的交往中，画出同心圆，共筑小康梦！

（原载2019年12月6日《甘南日报》公众号）

易地搬迁解民忧　藏乡筑就小康梦

——甘南州易地扶贫搬迁工作纪实

◎记者　周　宣

　　这里，曾是古丝绸之路唐蕃古道的要冲，是青藏高原的一扇窗口；这里，是安多的宗教文化中心，也是离内地最近的雪域高原；这里，是绚丽多姿的旅游天堂，也是青藏屋脊上最璀璨的一颗高原明珠！作为全国"三区三州"的深度贫困地区之一，甘南藏族自治州的部分乡镇曾一度因为恶劣的生存环境、高寒阴湿的气候条件和频发的地质灾害，使居住在大山深处的困难群众遭遇发展瓶颈，严重阻碍了藏乡群众脱贫致富的步伐。

　　近年来，在甘南州委、州政府的坚强领导下，甘南州坚持把易地扶贫搬迁作为全州脱贫攻坚工作的"头号工程"和贫困群众脱贫致富的治本之策，精确瞄准搬迁对象，积极探索搬迁安置模式，全面聚焦脱贫成效，压紧压实主体责任，全面推进易地扶贫搬迁工作，先后投入易地扶贫搬迁专项资金 13.15 亿元，建成 112 个安置点，拆旧复垦率达到 100%，为全州的脱贫攻坚交出了一份精彩的答卷。

住房安全有新居　配套设施齐完备

　　在易地扶贫搬迁工作中，甘南州因地制宜，通过集中安置和插花安置方式进行，主要采用自建、联建、统建、购置等方式建设新居，由搬迁户、村委会、乡镇政府和项目监理单位共同为住房建设严把"质量关"，建设中严守建档立卡搬迁人口住房面积人均不超过 25 平方米的"红线"，同时制定本地建档立卡贫困人口住房建设补助标准，建档立卡搬迁群众建房自筹资金控制在人均 3000 元以内，确保搬迁户不会因为建房而致贫。为确保搬迁群众住得舒适、舒心，甘南州把基础设施配套建设始终作为搬迁工作的重心和搬迁入住的基本要求来抓，不断加大投入力度，创新工作思路，优化城镇布局，将水、电、路、网、绿化、文化活动广场等附属设施项目统一纳入规划，统筹推进。截至目前，已新建学校 8 座、幼儿园 10 座、卫生所 16 座、村级活动室 31 座、其他附属配套场所 22 座。如今，完善的基础设施和优美的人居环境已经成为搬迁户美好的生活家园。

夯实政治固根基　组织领导有保障

"十三五"以来，甘南州集中力量抢抓国家实施新一轮扶贫开发重大机遇，深入学习习近平总书记系列重要讲话精神、"八个着力"重要指示精神和中央、省委有关会议精神，提高政治站位，强化责任担当，树牢"一号工程"意识，全力实施易地扶贫搬迁工程，以坚实的组织保障筑牢了政治根基。

为确保易地扶贫搬迁工作高效运行，甘南州专门成立了由常务副州长任组长的州易地扶贫搬迁领导小组，统筹部署、精准实施项目的规划、编制、申报、建设管理以及竣工后的验收等工作。各相关部门按照分工各负其责，积极协调配合，攻坚克难，形成齐抓共管、协调推进的工作合力，紧紧围绕"易地搬迁脱贫一批"的目标，按照省、州工作要求，结合实际出台了《甘南州州县联动推进易地扶贫搬迁工作实施方案》《甘南州易地扶贫搬迁工作专项提升行动方案》等相关文件，切实为易地扶贫搬迁项目建设提供了坚强的组织保障。

绘就蓝图优规划　精准搬迁新安置

易地扶贫搬迁，搬得出是前提。甘南州严格按照"保障基本、安全适用"的原则，把精准搬迁、规范搬迁作为工作的核心要义，编制实施了《甘南州"十三五"易地扶贫搬迁规划》，将群众意愿和国家政策有机结合起来，实现应搬尽搬，让群众真正受益。同时按照"城乡统筹、布局优化、集约用地、规模适度"的原则，选择了资源优势突出、开发潜力较大、产业基础较好、就业创业便利的地区作为安置点。截至目前，2016—2018 年易地扶贫搬迁项目全州共安置农牧民群众 7381 户 34575 人，共覆盖建档立卡贫困户 4550 户 19710 人，非建档立卡户 2831 户 14865 人，已超规划完成全州"十三五"易地扶贫搬迁任务。

产业培育稳就业　确保群众能致富

要想稳得住，产业需可靠。甘南州牢固树立"易地扶贫搬迁就是脱贫搬迁"的理念，着力围绕现代农牧业和文化旅游业两大首位产业，按照"一村一品""一家一特""龙头企业+农户+基地+合作组织"的特色产业发展模式，紧密结合精准扶贫，重点发展牦牛藏羊繁育养殖、藏中药材、高原夏菜、林下经济等支柱产业，大力发展红色旅游、生态体验、休闲度假等类型的乡村旅游业，进一步拓宽了群众增收渠道。坚持搬迁与产业培育同步谋划，大力实施产业脱贫、就业脱贫、旅游脱贫、光伏脱贫等脱贫攻坚工程，并积极协调各县市将易地扶贫搬迁项目中有劳动能力的建档立卡搬迁群众每户一人列为草管员、护林员等，确保"搬迁一户、脱贫一户"，持续推动"致富一户"。

藏乡美景新生活　安居乐业小康路

一排排功能配套的新居，点缀在藏乡的青山绿水间；一支支党员服务队伍，穿梭于搬迁社区的党建活动中心；一个个忙碌的身影，活跃在生态旅游产业园；一张张幸福的笑脸，绽放在搬迁安置点，构成一幅和谐壮美的生动画卷，充分展示了易地扶贫搬迁带给山区贫困群众的新生活和新气象。

（原载 2021 年 1 月 8 日《甘南日报》公众号）

青春如火 初心如炬

——追记全国优秀共产党员张小娟

◎记者 李建舟 何 龙 王朝霞

12月3日，中共中央追授牺牲在扶贫路上的好干部张小娟为"全国优秀共产党员"称号。一时间，甘南州上下掀起了学习英雄、争当典型的热潮。4日，甘南州各主流媒体再次前往舟曲县，集中对张小娟生前事迹进行深入采访……

榜样的力量

12月4日，杨为民从微信朋友圈里得知张小娟被中央追授为"全国优秀共产党员"的消息后，第一时间进行了转发。扶贫攻坚"百日会战"期间，他还在坪定乡工作。每次要查什么数据找相关资料，都会去找张小娟。"张小娟的性格真的很好，待人待事都很有耐心，不管我们要查什么，她都会很认真地提供，从来没见她烦过谁……"说起张小娟的生前事，杨为民一时唏嘘不已。

12月5日，记者一行冒着白龙江畔凛冽的寒意，再次驱车前往曲告纳镇的瓜欧村采访。瓜欧村是张小娟生前的扶贫帮扶村。谁家因病返贫、谁家缺少劳力、谁家孩子上不起学……这个大山深处的小村寨里，到处都留下过张小娟的足迹。

瓜欧村不大，全村 100 来户，其中贫困户 34 户 176 人，贫困面占全村近 1/3。2019 年底，该村如期脱贫，摘掉了贫困帽。如果不是今年 8 月中旬的那场泥石流灾害，四面环山、风景优美的瓜欧村很快也会吃上旅游饭——从村里继续往里走，就是绝美天然的峡谷风光了。而且，倍受消费者青睐的金丝皇菊就产自这个村。村里先后成立的两个专业合作社，吸纳了全村所有的贫困户，让群众乘上了"三变"的东风，成了合作社的股东，在家门口就业。

余双吉是张小娟生前的帮扶户，他家在村委会斜对面。站在屋顶上，可以一览瓜欧村全貌，也能看到家家屋顶上迎风飘扬的国旗——谈到感恩与爱国，没有谁能比舟曲的老百姓更有感受了。十年前的"8·8"泥石流，让舟曲人民深刻体会了"一方有难、八方支援"的人间大爱。自此，村民们在屋顶上悬挂国旗，成为他们表达爱国之情的最好方式。

余双吉的妻子王生久不会说汉语，但她嗓门又大又亮，我们采访余双吉时，她偶尔会插话，面带笑容地表达着对党的扶贫政策的满意和赞美。说起张小娟，她会竖起大拇指，不停地用藏语夸赞。作为张小娟生前的帮扶户，他们和张小娟接触最多，也最了解彼此。余双吉告诉记者，前几年他出去打工，因为没有一技之长，一年到头最多挣个一两万，加之两个孩子都在读书，日子过得捉襟见肘。2018 年，在张小娟的协调争取下，他参加了为期一个月的挖掘机技能培训，掌握了一门实用技术。张小娟还多方争取，把他辍学在家的大女儿送去学习美发技术。后来，他又通过"三变"改革，把家里的土地入股给村里的专业合作社，年底就会享受到分红，自己就近打工，日子渐渐好了起来。从家里很时尚的摆设来看，余双吉家之前那种紧巴巴的日子已经过去了。

脱贫攻坚战略的深入实施，就像一场春雨，滋润着大山深处所有贫困户的心田。道路一条条地宽了起来，房子一座座地新了起来，日子也一天天地有了奔头和希望。余双吉说，能过上现在的好日子，多亏了党的扶贫好政策，多亏了许多像张小娟一样拼搏奉献在扶贫战线上的干部。他家能够改变思路种起药材，也是张小娟的建议，她还帮他们提供技术援助。现如今，柴胡等药材种植成为他家又一笔收入。

在瓜欧村，没有人不知道张小娟。就连一些眼花耳背的老人，也能叫得上她的名字。

作为一名扶贫干部，她虽然永远地离开了她帮扶过的村民和工作过的地方，但她却以一种精神，存活在了人们的心中。不只是白龙江畔的舟曲，全州党员干部群众，都在以各种方式纪念着她。

杨寿永是舟曲县委宣传部的一名干部，同时也是峰迭镇沙沟村驻村帮扶工作队队员。说起张小娟，他首先会想到"力量"二字。"张小娟的生前事迹，如今已经成为一种力量，激励着像我一样奋战在基层一线的扶贫干部，持续向前。无论是宣传系统的干部，还是驻村帮扶队员，都应该把她的力量传承起来，把她未竟的事业继承下去，这才是我们应该做并且必须要做好的。"杨寿永的话铿锵有力，让我们突然明白：张小娟虽然离开了，但她的精神已经成为一种象征和存在，影响和带动着很多人……

连日来，全州党员干部群众都在以各种方式学习张小娟的事迹，怀念她、追忆她。在羚城合作、在大夏河畔、在船城卓尼、在草原深处……扶贫干部们一致表示，张小娟被追授为全国优秀共产党员是实至名归，她那种忘我奉献的精神，值得大家永远学习和继承。大家普遍认为，张小娟的事迹，充分彰显了一名共产党员的政治本色，也是她个人信仰和高尚品德的集中体现。当前，甘南州虽然已经整体脱贫，但仍然需要很多人坚持奋战，才能巩固全州取得的脱贫成绩和战果。张小娟留下的担当精神，无疑将会成为一笔财富，激励着大家不忘初心、勇往直前……

省交通厅下派到临潭县张旗村的驻村干部包瑞君表示，在驻村帮扶的工作岗位上，他应该以张小娟为榜样，接好她留下来的接力棒，努力在乡村振兴、缩小城乡差距方面贡献自己的力量，让帮扶村的乡亲们早日过上好日子。

说到接力棒，去年刚刚参加工作的95后姑娘罗慧妮是真正接过接力棒的人。今年，她成了瓜欧村的包村干部，她又像张小娟生前一样，成了瓜欧村的一位常客，进村入户听心声，谈思路说想法。她虽然没见过张小娟，但对这个像达玛花一样美丽的扶贫干部的故事，却听过不止一次。罗慧妮在接受记者采访时表示，或许她还没有像张小娟一样的胆识与能力，但她一定会沿着张小娟走过的路，认真负责地把瓜欧村的事情办好、力所能及地把乡亲们的困难解决好……

和杨为民一样，瓜欧村原村长、副支书王老照说起张小娟，只有一连串的"好"："你看，现在我们瓜欧村越来越好，可是小娟看不到了。我们只有以她为学习榜样，继续把脱贫的事抓好、做好，不辜负她生前的期望，才算尽到了责任。"

风大，天阴得有些沉。四面的山头上落满的白雪，将冬日的瓜欧村衬出几分寂静。只有村中心文化广场上的公益宣传栏，红红的大字显出几分生机与活力来。

杨为民说，张小娟留下的担当与奉献精神，将会成为留在瓜欧村全体村民心中的一份美好回忆，也将会成为引导全县扶贫干部的一种力量源泉，时时提醒大家不忘初心、砥砺前行。

永远的初心

山大沟深的舟曲是国家级贫困县，贫困发生率高，基础条件薄弱，一度是脱贫攻坚的难中之难、坚中之坚。2017 年，舟曲县被国家纳入全国"三区三州"深度贫困地区，同时被甘肃省确定为全省 23 个深度贫困县之一，2013 年底，全县有建档立卡贫困村 87 个，建档立卡贫困人口 3.548 万人，贫困发生率为 29%。

在决战脱贫攻坚的伟大征程中，甘南州委、州政府立足州情实际，创造性地开展工作，走出了一条具有时代特征、民族特点、甘南特色的脱贫之路。甘南旅游扶贫减贫模式也成功入围 2018 年世界旅游减贫典型案例。

2016 年以来，全州落实到位中央和省、州、县四级财政专项扶贫资金 87.75 亿元。整合各类涉农资金 75.61 亿元。全州九年义务教育巩固率达到 99.11%；贫困人口医疗保险参保率和资助率均达到 100%；全州农牧村饮水安全覆盖率达到 100%。完成夏河机场通航，州府合作通高速，县县通二级路，所有乡镇和建制村通硬化或沙化路；坚持把生态文明小康村建设作为脱贫攻坚的"提升工程"，累计投入 156 亿元，着力打造生态文明小康村 1603 个，惠及 10.9 万户 48.9 万农牧民群众……

因地制宜、精准施策的扶贫理念，使甘南州的脱贫攻坚战持续走向深入。按照"山大沟深不漏一户家庭、山高路远不漏一顶帐篷、山重水复不漏一个群众"的要求，全州发动 6 万多名党员干部组成脱贫攻坚突击队，亮剑扶贫前线、决战脱贫阵地，实现了 3.29 万贫困家庭和 14.98 万贫困人口脱贫退出。

今年 2 月 28 日，经省政府批准，舟曲县正式退出贫困县序列。全县脱贫退出贫困村 87 个、贫困户 9330 户贫困人口 35817 人，贫困村和贫困人口实现"双清零"，历史性地消除了绝对贫困。

至此，全州 17.12 万建档立卡贫困人口全部脱贫，309 个贫困村全部出列，如期实现了清零见底目标，千百年来的绝对贫困问题得到历史性解决！

舟曲人民不会忘记，在这场脱贫攻坚的伟大征程中，曾有扶贫干部张小娟年轻而坚定的足印——2016 年 1 月，凭着过硬的政治素质和突出的工作能力，张小娟被任命为舟曲县扶贫办副主任，负责建档立卡管理、国家扶贫子系统和全省大数据系统管理、扶贫资金管理等多项重点工作。一脚迈入扶贫攻坚领域，张小娟就把自己一天天逼成了别人眼中的"移动数据库"。

从立节镇驻村干部到曲瓦乡副乡长、曲瓦乡纪委书记，再到舟曲县扶贫办副主任，这条蜿蜒崎岖的扶贫路，张小娟一走就是 11 年，她的足迹遍布舟曲县 19 个乡镇 208 个行政村。

面对扶贫重任，张小娟从一开始就要求自己进村入户掌握最真实的贫困状况；学习政策给前线传输更加准确的信息；摸清脱贫退出难点短板，给上级决策提供客观真实的建议。她是这样想的，也是这样做的，并且一做就是多年，不改扶贫初心！

"她走了一年多了，可她一直活在我们心中……"在舟曲，熟悉张小娟的人们惋惜着年轻生命的消失，回忆着她所走过的漫漫扶贫路，她在脱贫攻坚工作中的点点滴滴越来越清晰……

峰迭镇水泉村贫困户桑建帮说，"让我印象特别深刻的是，有一次张小娟打电话商议关于成立合作社后土地流转的问题，我有点弄不清楚，然后她亲自赶了过来。我们住的地方山路崎岖不好走，只有三轮车才能通过，她不仅来了还花了近三个多小时给我们讲解很多政策，直到入股的村民们都感觉满意……"

赵冬梅是舟曲县扶贫办干部，是张小娟生前的同事。因为同龄，平时她和张小娟无论在工作上还是生活中，都算得上是最亲密的战友和伙伴。

关于张小娟生前事迹，赵冬梅记忆犹新："那时候每到一个村去走访入户，村里的贫困人口有多少、贫困发生率是多少、贫困人口收入主要来源是什么，等等，她都会仔仔细细地记录下来。她的本子上写满了贫困户家里的基本情况，比如有没有学生、有没有患病人口、有没有报销医药费，不一而足，每个问题她都不会漏掉，几乎一个月就能记完一本。"

赵冬梅说，在张小娟留下的十几本工作笔记里，每一笔都代表了她对贫户群众的牵挂……

正是有了许许多多像张小娟一样无私奉献的扶贫干部，舟曲县各级党员干部心往一处想、劲往一处使，齐心协力扛起脱贫攻坚政治责任。全县上下紧盯未脱贫人口、边缘户和监测户，实施挂牌督战，加强监测预警和后续帮扶，扎实做好"3+1"冲刺清零后续工作，深入推进"5+1"专项提升行动，全县脱贫质量更高、脱贫成色更足，圆满完成了国家脱贫攻坚异地普查"体检"，使全县人民共同奔赴全面小康的"幸福约定"。

在全面打赢脱贫攻坚战、决胜全面小康的过程中，还有很多像张小娟一样坚守在脱贫攻坚一线、用生命践行信仰的扶贫干部。他们扎根脱贫攻坚一线，勇敢地拿起"接力棒"，日夜奋战在脱贫攻坚主战场，始终坚持和群众想在一起、干在一起。他们用双脚丈量着责任的长度，用担当践行着使命的高度，他们用无悔的青春书写了一个个成功的脱贫故事……

无悔的人生

曲告纳镇的金丝皇菊、坪定镇的土蜂蜜、曲瓦镇的丛岭藏鸡、办公室里不灭的灯光、葡萄架下耐心的身影……这些艰难也好，繁重也罢，都清晰地刻印着张小娟——一个优秀共产党员忘我工作的足迹。

只是，她的一生，却被定格在了芳华绽放的34岁。

2007年，中央民族大学毕业后，她入职北京一家五星级酒店；2008年，"5·12"汶川地震使家乡舟曲受到重创。一个月后，她毅然辞去北京的工作回到了老家舟曲。从此，她把双脚扎进舟曲的泥土里，为群众脱贫攻坚殚精竭虑，展现了她心系群众、公而忘私、国而忘家的一线扶贫工作者认真负责、务实工作的敬业精神，和担当实干、不惧困难的拼搏精神。

从北京辞职回来的张小娟，正赶上"5·12"地震灾后重建，正值农村青壮年外出务工的黄金时机，留守在家的大多是老人孩子，许多农户的房子在维修时缺乏劳力，只能焦急等待。眼看着冬天一天天到来，刚参加工作的张小娟主动请命帮助群众改造危房，在尘土漫天的土坯房和村道上，每天和钢筋水泥、砖头土块打交道，北京来的"洋学生"很快变成了村里的"土干部"。

2010年8月8日，一场突如其来的特大山洪泥石流灾害揪着全国人民的心。

交通中断，救援力量紧缺。为了发挥更大的力量，到最危险、最需要的地方去，张小娟立即递交了入党申请书。废墟之上，她庄严宣誓，从此成为一名光荣的共产党员，和父老乡亲一起抢险救灾、重建家园！

立节镇党委在张小娟的火线入党材料中这样评价："她始终冲在抗灾救援的最前线，积极进行一线救援和物资运输工作，已具备一名共产党员应有的觉悟和品质。"

无论工作在乡镇还是县上，多少个日日夜夜，在乡镇村组、田间地头、农家院落，都留下了张小娟奔走忙碌的身影，她是群众心中的"乖女儿"、孩子心中的"小娟姨"，她是群众最知心的朋友，受到广大干部群众一致好评。

"张主任走了，我就像失去了一个熟悉的街坊、一位引人向上的老师。"事发至今，舟曲县峰迭镇水泉村村民桑建帮仍难以抑制内心的悲伤。

与张小娟相识的场景令桑建帮难忘。

因为父亲脑梗卧床，家中孩子尚小，30多岁的桑建帮和妻子只能在村里打零工、靠亲戚接济艰难度日。2016 年春天，桑建帮与张小娟第一次见面，张小娟给他详细讲解了大病救助等惠民政策。"从县城来的年轻女干部没有一点架子，人很亲切，很自然就拉起了家常。"

从那时起，帮助桑建帮一家脱贫"摘帽"，成了张小娟牵挂的心事。"只要一到村里，准会来我家，一口一个'大哥''大嫂'。"张小娟与桑家人多次谈心，很快为桑建帮一家推荐了山鸡养殖项目。

水泉村村后就是海拔 2000 多米的卧牛山，适合放养山鸡。桑建帮觉得，张小娟搞山鸡养殖的提议"很靠谱"。2017 年，他和同村的 8 户贫困户行动起来，成立了山鸡养殖合作社。合作社地处半山腰，山路很陡，汽车无法直接到达。每次来考察，张小娟都要徒步走一个多小时，一见桑建帮，她总会笑着鼓励，"你要做贫困户里的致富带头人"。

这样的事例实在是太多太多……

"再崎岖的路，也是过得去的！"这是张小娟在下乡途中发的一条微信，微信还配了途中拍摄的一张俯瞰盘山路的照片。这是她生命中的最后一条微信，也成为她奔波在扶贫路上的永恒定格。

2019 年 10 月 7 日，时任县扶贫办副主任的张小娟在舟曲县山后贫困乡镇开展脱贫攻坚验收结束返回县城途中，所乘车辆坠入河中，不幸遇难，因公牺牲。

据县扶贫办干部石磊回忆，5 日，他们深入曲瓦乡和立节镇，回城已是 21 时许。6 日，他们又驱车 5 小时，翻越海拔 3800 多米的雪山，赶到全县脱贫攻坚难度最大的博峪镇进村入户，当晚住在镇上。7 日，他们一路颠簸，下午赶到曲告纳镇，随机抽选上大年村，核查贫困户收入账实不实。

上大年村是个高山村。盘山而上，要经过 34 道急弯，路上不时可见滚落的碎石。张小娟走访完藏族阿妈吴小英家时已是傍晚。这时，她又接到任务，需要连夜赶回县城。从镇上到县里，还有两个半小时车程。督导组还要继续工作，她从县融媒体中心工作人员闵江伟那里得知，融媒体中心的几个同事也在镇上采访。这天也是曲告纳镇部分藏族群众搬迁下山的一天，陈文燕等人闻讯赶来，忙活了一整天。张小娟饭也没吃，搭乘县融媒体中心的五菱牌面包车往回赶。路上，车辆不幸坠入白龙江……

而今在舟曲县江盘乡河南村的山坡上，长眠着一位叫张小娟的姑娘。她曾是众人瞩目的高考状元，在汶川地震后放弃北京的工作毅然返乡；她曾在泥石流废墟上向党旗庄严宣誓，只为能到灾区最需要的地方；她曾走遍全县 208 个村，遍访 3 万多名贫困群众，把自己的全部青春、智慧和热情注入脱贫攻坚。她把生命献给了家乡，她的事迹也留在了父老乡亲的心里。

新华社、新华网、人民网、中国甘肃网、中国青年网、中国青年杂志社、央视新闻网，《人民日报》《光明日报》《甘肃日报》《中国民族报》《中国妇女报》《中国扶贫》杂志社等国内各大主流媒体和网站，第一时间派记者实地采访，宣传报道张小娟先进事迹。

张小娟先后被追授"甘南州优秀共产党员""甘肃省优秀共产党员""甘肃青年五四奖章"、中央民族大学"杰出校友""全国脱贫攻坚模范""全国优秀共产党员"称号。

典型是最好的教科书，榜样是有形的价值观。张小娟同志先进事迹报告会在全省巡回进行，省委书记林铎亲自接见了报告团成员，"小娟精神"在全省引起了强烈反响……

于无声处树丰碑，遗范激励后来人。如今，张小娟离去已经一年余。今年是脱贫攻坚的收官之年，也是全面建成小康社会的关键之年。在甘南这片英雄辈出的土地上，就像许许多多为人民牺牲的先辈们一样，张小娟把脱贫攻坚战士的忠魂本色留在了秀美的舟曲山川，留在了多情的"藏乡江南"大地，留在了人们不尽的追思中。

我们有理由相信，张小娟的精神将会激励更多的扶贫工作者，以更加坚韧的毅力、更加无悔的初心和更为无私的奉献，积极投身"十四五"发展规划中，积极对标典型，主动担当作为，苦干实干，让小娟精神薪火相传。

我们更有理由相信，在抢占绿色崛起制高点、打造环境革命升级版的伟大进程中，全州各族干部群众将会携手并进、勇往直前，从一个胜利走向新的伟大胜利！

（原载 2021 年 12 月 7 日《甘南日报》）

第二章　生态扬帆

中国最极致的美景之一，是甘肃，而甘肃最极致的美景之一，叫甘南。

甘南的美，展现着自然的博大、神秘与秀丽；甘南的美，是向世界打开的一扇"青藏之窗"；甘南的美，是万年沧桑里壮美时光深情的咏叹；甘南的美，是4.5万平方公里的土地上波澜壮阔的"环境革命"引领的绿色蝶变；甘南的美，美在生态底气，美在全州各族干部群众践行生态文明理念、共建绿色家园的志气！

自2015年起，甘南州坚持以环境革命小切口推动经济社会大变革，在全州范围内开展了一场"政策上全链条、主体上全参与、空间上全覆盖、时间上全天候、考核上全过程"的声势浩大的"环境革命"，实现了4.5万平方公里全域无垃圾目标。"环境革命"彻底擦亮了甘南底色，改变了千百年来广大农牧村人畜混居的生产生活方式，革除了人们的落后思想和保守心理，革新了甘南的整体形象和气质内涵，实现了由"经济跟跑者"向"生态领跑者"的华丽转身。创造性地践行了习近平总书记"绿水青山就是金山银山"的理念，在精神文明和小康社会的建设中走在了全国的前列。

2021年初，甘南州又在"全域无垃圾"的基础上，启动了全域无垃圾、全域无化肥、全域无塑料、全域无污染、全域无公害的"五无甘南"创建行动，持续放大了"环境革命"品牌效应，让新发展理念深入人心，迈出了抢占生态文明制高点、打造绿色发展升级版的坚实步伐。

2022年4月28日上午，甘南州全面推进黄河上游生态保护和高质量发展主题实践活动在玛曲县启动。主题实践活动以习近平生态文明思想为指导，全面落实"共同抓好大保护、协同推进大治理"要求，立足黄河上游重要水源涵养区战略定位，抢抓黄河流域生态保护和高质量发展重大机遇，坚持目标导向，注重标本兼治，州县统筹、聚力联动，全面打响生态治理修复攻坚战，高质高效推进黄河上游生态保护和高质量发展，着力打造全域有绿色的生态家园。

甘南大地，生态扬帆，绿潮涌动。

从"环境卫生大整治"到"环境革命"，从"全域旅游无垃圾"到"五无甘南""十有家园"，从"山水林田湖草沙系统治理"到"黄河上游生态保护和高质量发展"，无不体现了75万甘南儿女躬身而行的智慧力量和辛勤付出。

一个共识更加凝聚：把绿色作为底色，发展才更有亮色。

一种力量更加强劲：坚持绿色发展，构建生态文明新高地。

一种信念更加坚定：建设青藏高原绿色现代化先行示范区。

这是越来越深刻的认识——良好生态环境正成为人民幸福生活的增长点、经济社会持续健康发展的支撑点和展现甘南良好形象的发力点。

这是越来越坚定的信念——面向未来，75万名甘南各族儿女正凝聚起绿色发展的强大共识和澎湃力量，努力打造"五无甘南"、着力创建"十有家园"、加快建设青藏高原绿色现代化先行示范区，把甘南打造成习近平生态文明思想的实践高地、人与自然和谐共生的生态高地、文旅深度融合发展的产业高地，用生态环境保护的甘南之举、绿色发展的甘南之效，彰显生态报国的甘南担当。

一

如诗如画的广袤草原为甘南发展奠定了生态主基调，奔流不息的"一江三河"为甘南发展注入了鲜活源动力，源远流长的人文历史为甘南发展开辟了产业新模式。

甘南是黄河和长江上游最重要的生态安全屏障，全州97%以上的国土面积属于限制开发区和禁止开发区。甘南生态环境保护与建设在黄河、长江流域水源涵养、气候调节、水土保持、维系生物多样性以及在维护黄河、长江中下游地区生态安全，保障流域经济社会持续平稳发展等方面发挥着不可替代的作用。

党的十八大以来，甘南州深入贯彻落实习近平生态文明思想、习近平总书记视察甘肃时的重要讲话指示精神，坚持生态优先、绿色发展，始终把生态保护作为立州之本，启动了打造全域无垃圾、全域无化肥、全域无塑料、全域无污染、全域无公害的"五无甘南"及"十有家园"创建行动，持续放大"环境革命"品牌效应，筑牢了高质量发展的生态屏障。十年来，甘南州国家生态文明先行示范区创建取得新成效，山水林田湖草沙一体化综合治理统筹推进，河湖长、林长、田长等制度全面落实。实施了玛曲黄河水源涵养区和碌曲尕海、黄河首曲湿地等一批生态保护修复工程，以及天然林保护、退耕还林、退牧还草、水土保持等重点生态工程。同时，大规模开展国土绿化，森林覆盖率达到24.57%，草原综合植被覆盖度达到97%。天然草原产草量和草群高度均达到十年来的峰值，湿地面积较2004年扩大2.8倍，湿地保有量面积达到730万亩，黄河水量补给大幅增加，出境水量提高了31%。"蓝天、碧水、净土"三大保卫战成效明显，空气质量综合指数居全省首位，水质优良比例达到100%，土壤环境质量持续改善。

全州强力推进中央和省级生态环境保护督察反馈问题整改，一大批涉及矿山治理、生态修复、污染防治的问题得到有效解决。在生态文明小康村建设中，甘南州启动以"生态人居、生态经济、生态环境、生态文化"为核心的四大工程，截至2021年，累计建成生态文明小康村1903个，惠及近50万农牧民群众。同时，甘南州纵深推进环境革命。乡村生活垃圾收运设施覆盖率达到100%，有机肥全面替代化肥，"白色污染"问题有效解决，国家明令禁止的化学农药彻底退出甘南农牧村。村庄清洁行动、乡村治理和党建扶贫"舟曲模式"在全省全国推广，卓尼县入选"中国最美县域"榜单、"2020年全国村庄清洁行动先进县"名单，迭部、卓尼、玛曲三县被评为"第四批国家生态文明建设示范区"和"国家生态补偿综合试点县",合作市荣获"国家生态文明建设示范市"称号,扎尕那农林牧复合系统被联合国粮农组织列入"全球重要农业遗产保护名录"。

从"环境革命"到"五无甘南",从生态文明小康村建设到文化旅游"一十百千万"工程,甘南不仅创造性地打造了全国第一个"全域无垃圾"示范州,而且实现了由"经济跟跑者"向"生态领跑者"的华丽转身,甘南的影响力、美誉度空前提升,各族人民群众的自信心、自豪感极大增强。

沿着 213 国道行进,甘肃首个获评国家 AAAA 级旅游景区的牧民定居点碌曲县尕秀村很快映入眼帘。

沿路的草场围栏崭新、整齐,原有坑洼被全部填平并进行了绿化;沿途的牧场和商铺面貌一新,干净、整洁,具有民族特色的经幡长廊让行走其间的人们仿佛置身某种盛大的仪式。统一设计精心打造的临街样板房气势非凡、美观端庄;家家户户环境优雅、干净整洁。微生物降解厕所,淋浴间、洗漱间、分户式光伏电源、高效节能炉采暖系统、太阳能空气源热泵复合采暖系统等现代化设施应有尽有……目光所及之处,一幅崭新的画面扑面而来。

环境就是民生,青山蕴含美丽,蓝天洋溢幸福。曾经的尕秀村只有60 多户人家,过着逐水草而居的游牧生活。近年来,随着甘南州"全域无垃圾""环境革命"、打造"五无甘南"、创建"十有家园"、建设青藏高原绿色现代化先行示范区等工作的深入推进,尕秀村完成了从破败不堪到高原"生态旅游第一藏寨"的华丽转身,引入了新能源、新设备,完善了巷道硬化、铺设了石板路面、修建了村史博物馆、打造了文化广场、覆盖了光纤网络。此外,尕秀村高举民族团结进步的旗帜,积极推进各项工作,实现了民族团结、社会进步、经济发展的良好局面。2018 年,荣获"全国民族团结进步创建示范村",2019 年,申报成功国家 AAAA 级旅游景区。如今的尕秀村,已成了甘南开发生态旅游、打造绿色发展升级版的"样板村",书写着"环境革命"的精彩、刷新着"魅力藏寨"的颜值、感奋着"朝气蓬勃"的精神。2022 年,农业农村部办公厅印发了

《关于公布 2022 年中国美丽休闲乡村名单的通知》，全国 255 个村庄入选"2022 年中国美丽休闲乡村"名单，其中，甘南州碌曲县尕海镇尕秀村榜上有名。

黄河蜿蜒，金秋时节的阿万仓湿地水清草丰。玛曲县欧拉镇达尔庆村村民卓玛加布正和乡亲们一起清理黄河沿岸的垃圾。"如今人人都为生态出力。"卓玛加布说。

玛曲县素有"中华水塔"之称，黄河在此盘桓 430 余公里。作为黄河上游重要的水源涵养地，甘南州以不足黄河流域 5% 的流域面积，贡献了流域 20% 的水资源量。为力保一河净水送下游，2021 年 1 月，甘南州启动"无垃圾、无化肥、无塑料、无污染、无公害"的"五无"创建行动。生活垃圾分类投放，转运车按点清运；不再使用塑料购物袋，全面回收废旧农膜……甘南州干部群众干劲十足，共同守护绿水青山，践行绿色发展，以实际行动迎接党的二十大胜利召开。

"有一段时间，在草原上、河道旁会见到不少塑料垃圾。"在黄河边长大的卓玛加布说，"现在阿万仓变回了记忆中干净美丽的模样。"

牛羊粪是天然的优质肥料，甘南州全面推广有机肥，变废为宝，一举多得。"现在，甘南州有机肥生产企业达 14 家，年产量近 50 万吨。"甘南州农业农村局相关负责人说。

"我们村家家都用有机肥。"卓尼县阿子滩镇下阿子滩村村民巢永胜说，起初担心有机肥肥力低，政府承诺减产给补差价，一年下来产量没怎么变，"有机肥种出的青稞、蔬菜口感佳，卖得好，土壤板结的问题也解决了。"卓尼县以绿色种植谋划绿色发展，擦亮生态招牌，筑牢绿色基底，绿色"无公害"让生活在洮河岸边的卓尼人第一次尝到了高质量发展的甜头。

"我家今年种地用的全部是有机肥料，这个绿色有机的药材在市场上很受欢迎，卖出去的价格也会很不错。"正在种植当归的村民才让欣喜地说道。

保护和发展，有机统一，一举两得。转变生产生活方式，让高质量发展深入人心，不但保护了生态环境，也为甘南农牧民增加了收入。

目前，甘南州乡村生活垃圾收运设施实现全覆盖，农作物有机肥替代化肥率达到100%，有效解决污染问题，地表水、地下水、水源地水质优良比例保持在100%。依托良好的生态环境，甘南已累计认证无公害农产品、绿色食品、有机农产品和农产品地理标志产品208个。

4.5万平方公里青山绿水大草原，天高云阔、青翠欲滴、清新怡人……无论是高山河谷，还是草原湿地，沁人心脾的是洁净的空气，映入眼帘的是绿水青山，人与自然在这里和谐共生。这一生态优先、绿色发展的景象背后，是甘南州坚守绿色发展理念，不断加强生态环境保护的不懈努力。打赢这场"环境翻身仗"的制胜法宝，就是坚定不移地走绿色生态发展之路。

在生态建设广阔实践中，甘南涌现出许多的"生态卫士"和先进典型。十八年如一日，在母亲河畔捡垃圾、治沙的"草原愚公"卓玛加布；"宁肯一人脏，换来万人洁"，17年共清扫8000多万平方米的全国劳动模范吾尔白……他们带动广大人民群众参与生态保护和环境革命的热情，极大地转变了当地群众生产生活方式，使保护生态成为群众的行动自觉和行为习惯。

如今的甘南，全域无垃圾已经成为甘南州各族人民发自内心的"生态信仰"和"环保自觉"，形成了可总结、可复制、可推广的经验。"全域旅游无垃圾·九色甘南香巴拉"品牌形象享誉全国，甘南真正走出了一条具有时代特征、地域特色、甘南特点的绿色发展之路。

2022年9月8日下午，由中国作家协会办公厅、人民日报出版社、甘肃省文学艺术界联合会、中共甘南州委主办的《躬身——缘起于甘南的"环境革命"与人文传奇》新书发布会暨著名作家甘南采风活动在甘南州首府合作市举行。来自各地的专家学者，以甘南人民切实践行"绿水青山就是金山银山"伟大理念的实践为主题，对甘南生态保护、基层治理、乡村振兴等方面取得的成就进行了深入探讨，并给予了充分肯定。长篇报告文学《躬身——缘起于甘南的"环境革命"与人文传奇》一书由中国报告文学学会理事会副会长、鲁迅文学奖获得者任林举深入基层采访、倾心创作完成。

任林举在分享写作体会时说道:"在甘南我受到了人生最重要的一次洗礼,甘南在捡垃圾的举动中,不但捡回了干净的环境,捡回了良好的生态环境,也捡回了干群关系,捡回了民心,捡回了党的形象和尊严,让党的初心真正落了地。"

这是甘南回应时代命题所做出的实践创新和责任担当;这是甘南75万民众共同叩开的高原绿色生态之门;这是一个传奇,是甘南大地十年来所激荡起的华彩蝶变,是中国生态理念的生动实践……

二

绿意,从"天下黄河第一弯"延伸,流动沙丘披上绿装,沙化草地盖上绿毯,城镇村庄添上绿色……山更绿了,水更清了,林更密了,就连一些难觅踪影的野生动物也频频露脸。

初夏的清晨,甘南玛曲草原云蒸霞蔚,雾气氤氲。在这里,眺首曲日出,望朝霞映河,观水禽群戏,一步一景,处处描绘着人与自然和谐共生的美丽画卷。

"推动黄河流域生态保护和高质量发展,非一日之功。要保持历史耐心和战略定力,以功成不必在我的精神境界和功成必定有我的历史担当,既要谋划长远,又要干在当下,一张蓝图绘到底,一茬接着一茬干,让黄河造福人民。"[①]

黄河,是中华民族的母亲河。黄河在甘肃两进两出,从青藏高原奔向黄土高原。黄河干流甘肃段913公里,占干流总长度的16.7%。地处黄河源区的玛曲,藏语是"黄河"之意。玛曲位于青藏高原东部边缘甘、青、川三省交界处,平均海拔3600米,是黄河源头区和黄河上游重要的水源涵养区。黄河玛曲段增加的径流量占黄河源区径流量的58.7%,为黄河年

[①] 见《在黄河流域生态保护和高质量发展座谈会上的讲话》,《求是》,2019年9月18日。

补水超百亿立方米，沿黄流域国考断面水质优良比例超 92%，水土保持率十年提升 16 个百分点。被誉为"黄河之肾""中华水塔"。

千百年来，黄河哺育了草原儿女，润泽了山川大地。保护黄河是事关中华民族伟大复兴的千秋大计。甘南州作为青藏高原的生态安全屏障，黄河、长江上游重要的水源涵养补给区，对黄河上游生态保护和高质量发展，承担着特殊而重大的使命。近年来，全州 75 万干部群众"躬身"在 4.5 万平方公里的山川大地，在生态保护中发展，在发展过程中保护，不遗余力打造"五无甘南"、创建"十有家园"，全力以赴"提气质""净水质""保土质"，深入推进山水林田湖草沙一体化保护和系统治理，深耕绿色发展沃土，培育绿色发展动能，擦亮绿色发展名片，着力构建青藏高原生态文明新高地，充分彰显"生态报国"的甘南担当。

凝心聚力黄河首曲，倾情涵养世界水塔。

2022 年 4 月 28 日上午，一场 1.5 万人参加的实践活动在玛曲县黄河大桥南岸举行，标志着甘南州黄河上游生态保护和高质量发展主题实践活动正式拉开序幕。

"让黄河成为造福人民的幸福河！"伟大号召、跫音回荡，大河里的每一朵浪花都激荡着催人奋进的感召。

怎样才是"幸福河"？如何"造福人民"？

甘南人以"重在保护、要在治理"的实践作答；以"以水而定、量水而行"的落实作答；以统筹谋划、系统治理的贯彻作答；以改革创新、多措并举的探索作答；以水美人和、宜居乐业的丰裕作答。

4 月 28 日，甘南州 10 万余名党政干部、僧俗群众挖坑培土、栽树种草，又以全州范围同步开展黄河上游生态保护和高质量发展主题实践活动作答。

这既是深入贯彻习近平生态文明思想的生动实践，也是奏响新时代黄河大合唱的澎湃乐章；既是纵深推进山水林田湖草沙系统治理的创新路径，也是加快建设青藏高原绿色现代化先行示范区的务实举措；既是激发提振广大干部群众干事创业信心斗志的平台载体，也是不断满足各族人民对美好生活向往的实际行动。

推进黄河上游生态保护和高质量发展主题实践活动是甘南州第十三次党代会报告提出"着力创建全域有绿色的生态家园"的生动实践。主题实践活动现场，红旗招展，彩旗飘扬，广大干部群众挥锹扬镐，干劲十足，分工协作、相互配合，充分发扬不怕苦、不怕累、不怕脏的精神，重点对分包片区开展了退化草场治理、采坑回填、边坡修整、乱堆乱放整治、河道清理等规整工作，经过多半天的集中治理，分包片区草场生态得到了明显改善，整体面貌发生了显著提升。

玛曲县尼玛镇干部仁增道吉说："作为玛曲县的一名基层党员干部，很荣幸能够参与黄河上游生态保护和高质量发展主题实践活动。守护好玛曲的蓝天碧水，保护好玛曲的生态环境，就要从我们自身做起，用实际行动争做创建'五无甘南''十有家园'的参与者、城乡环境综合整治的实践者、生态环境保护的示范者、黄河上游生态保护和高质量发展的推动者，用实际行动展现新时代基层党员的精神和风采。"

主题实践活动不限于玛曲、碌曲两县，而是在全州4.5万平方公里土地上全面展开，各族干部群众持续广泛参与，掀起了生态保护和山水林田湖草沙系统治理的热潮，随着三河一江的澎湃波涛，时代的跫音久久回响在天地之间。

治理中，各级干部群众对责任区域开展沙坑修复治理、乱搭乱建拆除、边坡修整、破旧围栏拆除、杆线整治、边沟清理、乱堆乱放整治、河道清淤等8个方面的治理。大家忙碌地挥锹修复沙坑、修整边坡，道路两旁的边沟、河道也被清理得干干净净，真正做到了不遗漏任何死角。

在黄河上游生态保护和高质量发展主题实践活动中碌曲县着力打造"最美国道"和"最美省道"沿公路线开展治理行动。"当前碌曲县对矿山生态修复治理、公路两侧草原生态治理等工作正在有序推进，以最美干部带领最美群众、建设最美生态，打造最美家园、创造最美生活，让生态文明建设思想在碌曲落地生根，让生态环境保护变成全社会的共识，成为自觉行动。"碌曲县委书记扎西才让说。山水林田湖草沙系统治理行动解决了党员干部和群众对生态保护理念的思想认识问题，也明确了下一步努力方向和发力重点，不断从整治行动中总结建设最美国道和最美省道的经验。

一路走来，沿着国道 213 线聚焦保护、修复、治理"三重弹唱"，加大红线、底线、上线"三线管控"，强化禁牧休牧轮牧"三牧发力"，推进荒地、坡地、闲地、裸地"四地插绿"，实施拆违、治乱、补漏、遮露、祛疤"五病共治"，以"生态底色"为旅游打足"绿色底气"，把绿水青山建得更美，把金山银山做得更大，让各族群众在绿水青山中共享自然之美、生命之美、生活之美。

"青山不墨千秋画，绿水无弦万古琴"的自然美景正在逐步重现，环境革命、生态文明小康村建设、文化旅游"一十百千万"工程、"五无甘南"创建等百姓受益、国际点赞的生动范例不断涌现，甘南也实现了"一步越千年"的沧桑巨变，成为黄河上游生态文明建设的重要参与者、贡献者、引领者。

建设生态文明，践行可持续发展理念，功在当代，利在千秋。甘南各族儿女以"功成不必在我"的境界和"功成必定有我"的担当，以热爱自然的情怀和科学治理的精神，像保护眼睛和对待生命一样保护生态环境，建设青山常在、绿水长流、空气常新的美丽家园。

入冬以来，碌曲县尕海湿地越冬的大天鹅和众多候鸟浴雪欢歌，翩翩起舞，成为草原上一道独特的风景。

"随着生态持续向好，这两年几乎每年都有新物种出现，连续 3 年发现国家一级保护动物雪豹的活动踪迹；国家一级保护动物黑颈鹤在此繁殖数量逐年增加；此外我们还发现了鸳鸯、大天鹅、中华斑羚等珍稀动物，'六不像'前段时间在尕海出现，我们还拍到了清晰的画面。"甘肃尕海则岔国家级自然保护区管护中心尕海保护站站长香毛吉激动地给记者展示手机上的视频。

甘肃尕海则岔国家级自然保护区总面积 2474 平方公里，是黄河流域生态环境治理、水资源保护、建设的源头和战略要地之一。尕海湿地及其泥炭资源在生物多样性保护和涵水、养水、储水、供水特别是储存碳汇方面具有极其重要的生态意义，成为生物多样性的聚集地。

如今，尕海湿地生活着大天鹅、黑鹳、苍鹭、斑头雁、赤麻鸭、鹮嘴鹬等湿地动物86种，特别是水鸟种类达到63种，每年前来栖息和繁殖的鸟类约有3万只，成了鸟类的天堂。尕海湿地生态修复工程成效逐步显现，湿地涵养水源、净化空气、降解有害物质的能力进一步增强，原来部分退化的湿地得以恢复，生态效益明显。

"这里简直就是摄影师的天堂，真没想到会有这么多罕见水鸟，拍到了很多珍贵的作品，真是不虚此行了。"

"蓝天白云青山绿水，美丽乡村各具特色，甘南处处展现着碧草连天、环境优美的生态之美。"专程到尕海游览、拍摄照片的摄影爱好者郭晗、郁斌眼中充满了向往和欣悦，他们拍摄的甘南美景随后出现在各类图片网站上，收获了万千网友的点赞和评论。

三

蓝天碧水净土成为甘南的底色。

冬日的甘南大地，湛蓝的天空明净如洗，行走在田野里、景区内、村巷中、街道上、小区里，拂面而来的轻风有些许冷冽，但清新的空气却让人心旷神怡。

甘南蓝天保卫战取得新成果，空气质量综合指数居全省首位——

这样的成果里凝聚的是甘南州致力于生态文明建设的不懈努力。

近年来，甘南高度重视生态环境保护，始终坚持把生态文明建设放在突出位置，融入经济、社会发展的全过程和各方面，全力推进生态优先、绿色发展，区域生态环境质量持续改善。

甘南全面建立以改善环境空气质量为核心的大气环境管理制度，落实燃煤锅炉改造治理等9项重点任务清单，通过综合治理手段和网格化管理措施，狠抓合作市及各县城区大气污染治理，全州共淘汰整治燃煤锅炉322台921.3蒸吨，县市建成区各类施工场地"六个百分百"抑尘措施抽查合格率达到97%，城区所有施工工地扬尘污染在线监控率达到88%，576家餐饮业单位中清洁能源使用率达到90%，高效油烟净化设施安装率

达到 92%，建成运行煤炭集中配送一级市场 10 个、二级配送网点 54
个，完成城乡居民取暖小火炉、土炕清洁能源改造 3 万余户，合作市建成
区道路机械化清扫率达到 70% 以上，其他县建成区道路机械化清扫率达
到 68% 以上。2021 年 1—10 月份空气优良天数 298 天。

这些闪亮的数据背后，离不开环保人员的坚持与努力。在环保战线，
无数环保人员真抓实干，担当作为，为打赢蓝天保卫战默默奉献。

蓝天对于市民来说，是幸福，是满足。"以前，我们商铺都用小煤炉
生火取暖，虽然很方便，但是污染了环境，而且铺面内的环境也是脏乱
差，游客都不愿意进来消费"。卖旅游产品的夏河县个体户扎西才让说：
"现在改了暖气，天越来越蓝了，不脏不乱了，而且游客也多了，不但环
境整洁了，最重要的是收入增加了。"

甘南碧水保卫战取得新成绩，水质优良比例达到 100%——

甘南始终以改善水生态环境质量为核心，建立执行水生态环境保护预
警通报制度，全面落实水污染防治重点任务，碧水保卫战成果得到巩固深
化。坚持"三水统筹"，科学编制《甘南州黄河流域生态保护与污染防治
专项实施方案》《甘南州重点流域水生态环境保护规划》，各项工作目标更
加明确，思路更加清晰。

全州持续强化饮用水水源保护，完成 11 个县级以上和 103 个乡镇级集
中式饮用水水源地规范化建设任务，8 县市水源地环境保护专项行动排查
问题全面整治。不断提升城镇污水治理水平，完成合作、玛曲、临潭、夏
河、舟曲新区生活污水处理厂提标改造，新增污水管网 193 公里，合作市
污水处理率达到 95.95%，其他七县平均 91.5%，污泥无害化处置率
100%。有序推进入河排污口监督管理，建立实施黄河流域 623 个入河排污
口管理清单，采取"依法取缔、截污纳管、规范建设"等方式，完成 144
个入河排污口综合整治任务，依法论证设置 13 家。积极创建美丽河湖，碌
曲"尕海湿地"成功入围全国优秀案例。各类水体水质达标率 100%，城市
建成区保持无黑臭水体，"一江三河"流域水质今年提前实现Ⅱ类目标。

天蓝、水清、路畅……川流不息的一江三河滋润着勤劳善良的甘南人
民，甘南人民也用自己勤劳的双手回报养育着他们的山川、河流、草原和

蓝天，"环境越来越好，生活越来越幸福"是无数甘南儿女心中的共识，一幅天蓝草绿水清的美丽画卷正徐徐展现在世人眼前。

净土保卫战取得新突破，受污染地块安全利用率达到 100%——

守护好甘南这方净土是我们义不容辞的责任，保护好绿色家园是厚植甘南底色的义务，打响净土保卫战以来，积极开展土壤和农用地污染状况排查详查，查明面积、分布及其对农产品质量的影响。2021 年，完成受污染耕地安全利用面积 23491.66 亩，完成严格管控耕地面积 537.59 亩，土壤环境质量总体保持稳定。

全州加大重点行业企业用地调查，动态更新辖区内土壤污染重点监管单位名单，督促土壤污染重点监管单位制定、实施自行监测方案，组织有毒有害物质地下储罐排查和土壤污染隐患排查。开展 6 处无主矿山土壤污染状况调查和风险评估，为后续开展土壤污染风险管控提供数据支撑。实施 3 个土壤污染治理与修复试点项目，开展涉镉等重金属排查整治，治理历史遗留废渣 24.6 万立方米，做到了"守土有责、守土负责、守土尽责"。

四

践行绿色发展理念，铺就富民生态路。

绿色是甘南最美的底色，也是甘南最大的发展优势。

甘南在治理中发展，在发展中治理，"绿色"则是贯穿其中的最终目的。

良好的生态带动了特色产业，特色产业又促进了生态保护。甘南将坚持生态产业化、产业生态化，加快构建节约资源和保护环境的空间格局、产业结构、生产方式、生活方式，加快构建现代产业体系，夯实高质量发展基础，采取"旅游+"模式，深化文化旅游与现代农牧、中藏医药、节能环保、数据信息、通道物流等生态产业的渗透融合，着力在延链、补链、强链上狠下功夫，加快构建"大生态催生大旅游、大旅游牵引大转型、大转型释放大效应"的现代绿色产业体系。大力发展以"牛羊猪鸡果菜菌药"八大特色产业为主体的现代农牧业，主攻精深加工，主打拳头产品，主推"甘南"品牌。

立足生态禀赋，甘南州大胆探索创新农牧村发展新模式，累计投资167.3亿元，建成1903个生态文明小康村，打造了碌曲尕秀、临潭池沟、卓尼博峪和力赛、合作俄合拉、夏河安果和黑力宁巴、舟曲土桥子和各皂坝、迭部俄界、玛曲沃特等一大批样板村，农牧村面貌发生了翻天覆地的变化。

在生态文明小康村建设过程中州县乡村各级量身定做"生态人居工程""生态经济工程""生态环境工程""生态文化工程"四大"生态工程"。把生态保护和绿色发展摆在首位，贯穿生态文明小康村建设的全过程，大力推进实施。

——改造农牧村基础设施，配套建设幼儿园、卫生室等公共服务设施，推进农牧村危旧房改造，动员群众绿化、美化自家庭院和村庄周边环境；

——牧区重点发展牦牛、藏羊等产业，农区重点发展中藏药、高原夏菜等产业，发展乡村旅游业，让农牧村休闲、观光等旅游业态成为甘南新名片；

——合理划定村级生态保护区域，实施生态护坡和护村护田工程，开展村庄绿化行动，推广光伏发电等新型能源利用；

——对有条件的生态文明小康村进行传统村落、重点历史街区保护和开发，分类编印藏汉双语生态文明教育读本，分层次对干部、群众、学生进行专门生态文明传承教育，"四大生态"工程集中实施、集中显效，不断厚植甘南生态产业基础，为生态甘南现代化建设奠定了基础。

行走在甘南大地，清澈的河水纵横在广袤田野，一排排农牧民集中居住区掩映在绿荫丛中，一个个风景如画的生态文明小康村散落于青山绿水间，一条条乡村振兴大道通向远方。

生态环境变得越来越好，生态旅游也蓬勃发展起来。"这里环境太美了，用人间仙境来形容都不为过。"来自兰州的一位游客在扎尕那景区一边不停地拍摄录像，一边不断地询问导游关于扎尕那的各种问题。

"昔日门可罗雀的村子如今变成了游人如织的景区，民房变成了客房，村民的精气神越来越足；村子的人气越来越旺，环境越来越好，整个村庄就像是一幅美丽的图画。"合作市加拉尕玛村村民卡老说。

扎尕那景区、加拉尕玛村只是整个甘南州生态保护的缩影。独特自然风光、良好生态环境、多元富民产业、淳朴乡风民俗的美丽乡村吸引了国内外大量游客来甘南旅游，2021 年，来甘南旅游的人数突破 2000 万人次。甘南的"绿"是高质量发展的活样板，是实现"青山绿水"与"金山银山"双丰收的生动体现。

绿水青山不断释放出生态红利，焕发出大美甘南的璀璨光芒。甘南认真落实中央生态补偿改革意见，加大国家生态转移支付争取力度，建立生态保护区群众生态利益共享机制，将当地群众就地转化为护草员、护林员等，生态保护质量与群众生活质量同步提高，初步构建起政府部门为主、群众共同参与生态管护的新格局。仅 2021 年，全州共落实森林、草原、生态扶贫等各项生态补偿资金 11.2 亿元，续聘选聘生态护林员 10907名，落实报酬补助 8726 万元。多渠道增加就业岗位，每年新增城镇就业4000 人以上。2021 年，甘南城镇居民人均可支配收入 29481 元，相比2012 年翻了一番；农村居民人均可支配收入从 2012 年的 4164 元增长至2021 年的 10142 元。如今，甘南已成为各族群众安居乐业的生态园、守望相助的幸福港。

十年，多彩交织的秀美景色，绘就诗意栖居新画卷；十年，精致宜居的城乡环境，谱写幸福喜乐新乐章。仰望星空，脚踏净土，我们欣喜地见证着甘南大地生态环境蝶变之美，见证着绿色发展促进经济高质量发展的必由之路。追青逐绿，久久为功。如今，漫步甘南大地，绿韵为裳，映照着干群一心对人与自然和谐相处的不懈追求；山水塑形，见证了绿水青山向金山银山转化的生动实践。

绘青山绿水新画卷

——甘南州着力构筑生态安全屏障纪实

◎记者　苗娟娟　特约记者　韦德占

如果你是远方的客人，踏进这片绿色，定会心生美意。蓝天碧水间，葱茏青山下，热情好客的主人身着艳丽的藏衣，手捧洁白的哈达在路口迎接你。

像是取景框里的一幅画，有山、有水、有草地，美丽富足，这就是草原人的好日子。

每个地区都有自己的资源优势，要实现科学发展，就必须找准特色，明确方向。黄河源于青海而成河于甘南，因此甘南被国家定位为全国重要的生态安全屏障，被誉为"中华水塔""黄河蓄水池"，属于"限制开发区"，甘南被国家整体纳入全国13个创建生态文明示范区范围，2007年12月，总投资44.51亿元的《甘肃甘南黄河重要水源补给生态功能区生态保护与建设规划》项目正式获批实施。

州委、州政府审时度势，提出了"生态立州"战略，明确了建设"生态甘南"的发展思路。坚持以科学发展观为指导，深入贯彻落实党的十八大精神，正确处理经济社会发展与生态环境保护的关系，统筹兼顾人与自然和谐发展，紧紧围绕经济结构调整、发展方式转变，着力优化生态环境，大力弘扬生态文化，全力推进生态屏障建设工作深入开展。

充分认识将甘南定位为"我国重要的高原生态屏障"的重大意义，准确把握面临的新形势、新任务和新要求，切实把生态屏障建设摆在了更加重要的战略位置，统筹协调、宏观调控、扎实推进。编制完成了《甘南州环境保护"十二五"规划》《甘肃长江流域"两江一水"生态保护与综合治理建设规划》和《川西北（甘南）沙化草地综合治理项目规划》等中长期规划。2012 年 7 月，编制的涉及农业、生态工业、生态服务业、社会事业与民生项目、生态城镇与人居环境、生态基础设施、生态建设与环境治理等 7 大类 266 个项目，总投资 3169.3 亿元的《甘南州生态文明建设规划》通过了专家评审。出台了《甘南州深入推进"生态立州"战略，努力建设"生态甘南"的实施意见》，加快高原生态安全屏障建设步伐，提高生态文明建设水平。《甘肃省甘南藏族自治州生态环境保护条例》经州十五届人大常委会第十四次会议决定公布实施，从民族立法层面将生态环境保护工作纳入法制化轨道，使加强生态环境保护工作有了法律依据。为进一步规范甘南国家重点生态功能区转移支付资金的使用管理及绩效评估考核工作，成立了领导小组，下设了办公室，制定印发了《甘南州国家重点生态功能区转移支付资金的使用及绩效评估考核管理办法》，明确将国家重点生态功能区转移支付资金的 60% 以实施具体项目的方式用于生态建设和环境保护，提高资金使用效益，切实为生态安全屏障建设发挥作用。制定了《甘南州生态战略平台建设实施方案》，梳理了涉及农牧、林业、水电、环保等方面的项目 51 个，以这些打基础、管长远的具体项目支撑生态屏障的建设。

碌曲县尕海乡秀哇村村民万玛过去依靠草场放牧，牛羊在"冬窝子""夏窝子"中间转场，草场得不到充分休养，导致草畜矛盾突出。2010 年，国家出台了建立草原生态保护补助奖励机制促进牧民增收的惠民政策后，万玛组建了牦牛繁育专业合作社，通过集约化生产方式保持草原生态与生产协调发展，加强畜种改良，优化畜种结构，不断改善和优化牦牛品种，社员户均年纯收入达到 5.6 万元，这一生态畜牧业发展方式在保护草场的同时，也增加了群众收入。

2007 年，涉及生态保护与修复、农牧民生活生产设施、保护支撑体系三大基本方面 17 项重点内容，总投资 44.51 亿元的甘南黄河重要水源补给生态功能区生态保护与建设项目启动实施。截至目前，国家共安排甘南黄河项目游牧民定居工程、草原鼠害综合治理、青稞基地建设、牛羊育肥小区、奶牛养殖小区、农牧户养殖设施建设等 6 个项目，游牧民定居工程已完成建设任务，14524 户游牧民实现了定居；草原鼠害综合治理项目在全州 6 县市 47 个乡镇展开，通过人工捕捉、招鹰灭鼠和生物毒素灭治的方法，综合治理鼠害草场 88.46 万公顷；转移天然草场超载牲畜，减轻天然草原压力，建成 49 个牛羊育肥小区，修建暖棚 5257 座，极大地缓解牧区草畜矛盾，累计完成总投资 13.7 亿元。以饮用水源地保护、生活垃圾处理为重点，完成了 89 个行政村的农村环境连片整治项目，着力解决农牧村脏、乱、差现状，改善农村人居环境。今年又争取资金 1680 万元，将在 25 个行政村开展农牧村环境连片整治工作。从 2009 年开始，共下拨甘南国家重点生态功能区转移支付资金 10.19 亿元，用于生态保护与建设及与生态环境相关的民生项目支出，对生态环境改善、民生保障方面发挥了资金效益。开展生态创建活动，通过实地查看、认真审核申报材料，今年申报国家级生态乡镇 2 个，省级生态村 6 个。

认真落实环保第一审批制度，严把环评审批关，严禁国家明令禁止、限办、淘汰的落后产能项目落户甘南，对新上项目严格落实"三同时"制度，规范了项目建设行为。依法对重点流域、重点行业、重点企业开展了环保专项行动，重点围绕"一江三河"流域，工矿企业，公路、水电、矿山"三大建设"领域深入开展了执法大检查，确保不发生环境违法行为，企业环保设施正常运转，各类污染物稳定达标排放。截至目前，现场检查企业 47 家，出动执法人员 658 人次，对"未批先建、久拖不验"的建设项目及生态用水保障不足的部分水电站下发《限期整改通知书》28 份、《行政处罚事先告知书》14 份，对垃圾填埋场运行不规范的县市下发了环境监察建议书，着力解决突出环境问题，维护群众环境权益。在全州已建成的水电站 60% 安装了生态下泄流量在线监控设备，实现了与县级环保部门联网，保证了生态用水。对国控黄河玛曲桥断面、省控大夏河及合作格河断面、6 个重金属国控断面、8 县（市）城区集中式饮用水水质进行监督性监测，并从今年 1 月份开始对各县市生态转移支付资金绩效考评指标开展每月一次的监测工作，为年底绩效考评工作提供重要依据。开通"12369"环保举报投诉热线，受理并处置各类举报投诉案件 16 起。

　　辞典里"生态"一词含义简单而直白：是指家或者我们的环境。人们常常用"生态"来定义许多美好的事物，如健康的、美丽的、和谐的。甘南"生态立州"发展战略和建设"生态甘南"的发展目标，把发展设施农业、生态移民、水源涵养、植树造林作为生态建设最重要的工程。相信，这项重要工程一定能绘就一幅更美更和谐的生态画卷。

　　　　　　　　　　　　　　　（原载 2013 年 12 月 26 日《甘南日报》）

天蓝地绿村庄靓

——甘南州建设生态文明小康村纪实

◎记者　何　龙　马保真

村在景中，人在画中。行走在生态文明小康村，仿佛进入了曲径通幽的公园，如画的村容村貌让州外来客羡慕称道。

穿梭在柳林镇上卓村乡村阡陌间，随处可见生态文明建设的生动画面，从生态文明小康村建设到新产业发展，一派如火如荼的景象。

然而就在几年前，对上卓村的村民而言"生态发展"还是一个模糊的概念。随着"生态旅游""生态产业""生态家园"等具象化的事业蓬勃兴起，这个抽象的概念词汇也逐渐落实为切实推进农村发展的新引擎。

近年来，甘南大力实施"生态立州"战略，着力建设"生态甘南"，在保护和建设良好生态环境的基础上推动经济社会可持续发展，全力推进社会主义新农村建设。在"生态立州"战略的指引下，广大农牧村走上一条建设"生态文明小康村"之路，一幅"生产发展、生活宽裕、乡风文明、村容整洁、管理民主"的新农村画卷正在徐徐展开……

走在生态文明小康村　呼吸都是甜的

提起甘南，大家都会想到碧水蓝天和草地牛羊，但是多年前的甘南农牧村却是另外一番景象：垃圾乱堆、柴草横放、道路泥泞不平。

徜徉在合作市卡加曼乡香拉村，昔日杂乱的现象已不复存在，映入眼帘的是错落有致的藏式民居、宽阔整洁的道路、生机盎然的花圃草地，处处是景，步步入画。从昔日贫穷的小山村到如今花团锦簇、绿草茵茵的致富明星村，70 岁的桑杰老人见证了这个奇迹。

说起村庄的巨大变迁，老人一脸自豪。他说："党的政策使我们村面貌一年一个样，生活条件也一年好似一年，闲暇时在村里村外走走逛逛，还可以到广场上跟老伙计们聊聊天，生活其乐融融。"

"良好的生态环境是甘南的财富，应该惠及每个老百姓。"这一理念一直是甘南州几届领导班子的共识。2015 年，甘南整合各类资金 5.63 亿元，大力实施"生态人居、生态经济、生态环境、生态文化"四大工程，创建生态文明示范村 103 个，有效改善了示范村的基本生产生活、基本公共服务、基本社会保障和基本生态环境条件，为"十三五"期间全面建设生态文明小康村探索了路子，创新了模式，积累了经验。

走进临潭县冶力关镇池沟村，清澈的小溪穿村而过，一座座石桥连接着村庄。溪边的农家小院，青瓦白墙、绿树掩映。院墙上，农民自己画的山水画朴拙、生动；空地上，石头围成的花圃别致而自然，村边一棵棵杨柳树像是在列队迎接八方来宾，苍翠的山峦绵延起伏，突兀的山石青苔裹面，在河谷，淙淙的小溪一路欢歌向前奔流。山水之间，一幢幢干净整洁的房屋散落其间，如一幅美不胜收的水墨画。

环境优美的生态文明小康村吸引了国内大量游客前来观光，大家不禁感叹："走在文明生态小康村，呼吸都是甜的！"

生态品牌是我们的金字招牌

现如今，独具甘南特色的生态文明小康村，已成为展示甘南新农村建设成就的最好窗口，"绿色小康"路越走越宽。

在"生态立州"战略不变的前提下，各地纷纷创新思路，为生态文明小康村建设加入新的内涵。

生态文明示范村旨在把农村建设成为宜居宜游的美丽去处，它因此有了更新的诠释和更深远的意义，一个个特色村庄就像一个个美丽童话一样陆续诞生。

甘南结合示范村各自特点，因地制宜，坚持差异化，避免同质化，按照"一乡一业""一村一品""一家一特"的发展思路，创建了红色旅游型、生态体验型、休闲度假型、民俗文化型、特色产业型等风格多样、特色各异的生态文明示范村。

"近年来，卓尼的'红色旅游'初现雏形，用于旅游设施建设的投入也不断加大。现在，博峪村的土司官邸修缮为'博峪村希望小学'。"村党支部书记说。借着"土司文化"的金字招牌，博峪这个距县城5公里的小村庄，每年都会吸引上万游客前来观光旅游，而村民也因势而动，改变了传统的生产生活模式，放下了锄头，办起了别具特色的农家乐，每年的旅游产值正随着配套设施的不断完善逐步增加。

合作市围绕"发展生态旅游经济"，提出打造城乡即景的理念，充分保存农牧村原有样貌，发挥生态环境优势，对农牧村的基础设施进行提升和改造，将城镇功能充分融入其中，勒秀乡安果自然村自然景观生态体验型、坚木克街道办大绍玛村等城郊休闲度假型、佐盖曼玛乡加科自然村等民俗文化型，一个个风格迥异的生态文明小康村纷纷涌现，不仅美了乡村还鼓了群众的腰包。

在生态文明小康建设中，合作市把助农增收贯穿于建设始终，坚持生态与经济协调发展的理念，推进美丽乡村建设与农牧民增收互联互动，把生态优势转化为发展优势，达到生态效益和经济效益双丰收的目的。

"现在村子变漂亮了，面貌改善了，大家办起了农家乐、牧家乐来增收致富，生态品牌是我们的金字招牌。"坚木克街道办主任阿黑说。

物质和精神文明都不缺　才是新时代农民

甘南确立了以生态伦理、培育生态道德、弘扬生态文化、倡导低碳生活为目标，创新生态文化载体，开发生态文化产品，提高生态文化素养，以着力加强小康村生态道德建设、生态文明宣传教育、培育生态文化村、着力推进平安村庄建设，实现农牧村群众言行文明化、村内管理民主化，引领农牧村生态文明新风尚，构建和谐共享的生态文化新体系。

在创建生态文明小康村活动中，着重选择一批自然环境好、区位优势好、发展前景好、文化特色好、村风民风好，群众积极性高，具有一定基础条件和能够发挥示范带动作用的自然村分类创建。

临潭县羊永乡李岗村绿树成荫，行走在干净整洁的村道上，青砖白墙，整齐有序，墙壁上用小漫画形象地展示着邻里和睦、尊老爱幼、孝敬父母的和谐画卷，一股乡村特有的清新之风扑面而来。在村文化广场上，群众一边拉家常一边锻炼身体，篮球架、跑步器等健身器材一应俱全。

据乡上干部介绍，李岗村文化广场曾是村里的一处沼泽地，每到夏天垃圾遍地，臭气冲天，县上通过整合天津援建项目资金 50 万元和县财政"一事一议"项目资金 49 万元，建成了设施完备的村级活动室和文化广场，使群众"娱乐有去处、沟通有场所、活动有阵地"。

值得一提的是李岗村还成立了自己的文化艺术团，有成员 60 多人，经过帮扶单位支持和群众自筹资金 8 万多元，专门配备了舞台音响设备和演出服装等，还自编自导自演了以歌颂党、歌颂新生活等为主要内容的 60 多个节目。

村民王举焕兴奋地说："物质和精神文明都不缺，才是新时代农民。"

文明新风进新村　农家今朝醉春风

道路通了，腰包鼓了；电、电话、自来水，现代化生活的配套设施应有尽有，村民的视野也宽了……

生态文明小康村建设不仅让农民得到实惠，而且点燃、激发了广大农民参与生态文明小康村建设的热情。

"路上不干净，很快有人扫，垃圾拎出来，很快有人运……"村民对送到家门口的"农村物业"赞不绝口。

搞好环境卫生，实现村容整洁，是创建生态文明小康村的重要内容。开展城乡环境卫生综合整治和生态文明小康村建设，是一项群众性、社会性很强的工作。通过群众喜闻乐见、易于接受的方式，加大宣传教育力度，引导帮助各族群众不断提高主人翁意识，自觉参与环境卫生综合整治和生态文明小康村建设的实践中来。

甘南以整治垃圾杂物乱倒乱堆这一"陋习"为突破口，及时清理垃圾、平整道路、疏通沟渠，在每一个村社做到宅院物料有序堆放、房前屋后整齐干净、锅台灶台一尘不染。以整治畜禽乱跑乱窜这一"顽疾"为切入点，动员引导农牧民群众发展棚圈养殖、清洁养殖，实行人居与畜禽养殖分开、生产区与生活区分离，把整治环境卫生的实际成效体现在提升生态文明小康村建设的品位和档次上。

如今，一踏进甘南界内，一个个依山傍水、树木掩映、错落有致的藏式民居，吸引着人们的目光。从昔日山道崎岖、村庄破旧到今日交通顺畅、乡村美丽，甘南生态文明新农村建设如一缕缕春风，吹遍山川田野，把一个个村庄装点得如诗如画。

农村今日景色新，改道改厕建家园，家家户户讲卫生，户户争挂文明星，陈规陋习随风去，文明新风进新村，农家今朝醉春风。这正是对甘南生态文明新农村建设的写照，也唱响了富裕、文明、和谐的新农村主旋律。

（原载 2016 年 8 月 17 日《甘南日报》）

为了甘南的底色更绿

——记甘南生态保护志愿者们

◎记者　王满辉　加次力

我们要用自己的力量，为甘南青山绿水做出应有的贡献！真情添为砖，真爱加为瓦。不怕风儿吹，不怕雨儿打！我们要让甘南的天更蓝，草更绿，水更清！

在甘南草原这片绿色的大地上，生态保护志愿者们践行"绿水青山就是金山银山"的可持续发展理念，用实际行动讲述他们的感人故事。

卓玛加布：让沙化草原再现绿洲美景

前些年，由于气候变化和过度放牧等综合因素的影响，玛曲县境内约8904平方公里的天然草原、草场不同程度地出现退化、沙化、盐碱化等现象。

玛曲县欧拉乡牧民卓玛加布在草原生活了52年，为了守护家园，多年来，他带领村民自发治理草原沙化，并将自己60多万元的积蓄拿出来用于治沙。

"每年5月份，我们就开始植树种草，看到一片片沙化的草原经过治理重新变绿后，大家都很开心。"卓玛加布说，现在已有100多位牧民加入了治沙环保队伍。

"卓玛加布和牧民们治沙的'土方法'，十分有效。"玛曲县畜牧局负责人说，他们把以前建房屋圈舍的老草皮重新利用，放置在沙地里固沙生长。还有一种方法是在撒完草籽的一周后，将一群牦牛赶进去，在踩踏和牛粪的作用下，沙土里重新长出了绿草。

目前，玛曲县划定禁牧区265万亩，草畜平衡区1023万亩，核减超载牲畜79.19万个羊单位，牲畜超载率下降29.8%，天然草场压力有所减轻，人畜草之间的矛盾得到一定缓解。

近年来，玛曲县9万多亩中度及以上退化草原得到有效治理，沙化草场再现往日的绿洲美景。

张顺亮：从伐木工变成护林员

张顺亮，自23岁来到迭部县林业局腊子口林场工作，一干就是32年。

1998年起，国家实施天然林保护工程，全面禁止天然林采伐，张顺亮的角色也发生了转变：前15年是伐木工，后17年是护林员。

张顺亮说："现在，一根木头也不能采，不但不能采，还要造林。每年3月至5月是造林季节，林场有3000亩的造林任务。"

和张顺亮一样，甘南的每一位护林员对自己亲手培育的树苗、亲手栽植的小树都充满了感情，看着小树苗一寸寸长高，就像看着自家的孩子长大一样。

甘南是甘肃省最大的天然林区，是我国九大重点林区之一。近年来，甘南州形成了义务植树、绿化家园的强大生态意识，2009年至2018年，甘南州完成营造林148万亩，其中人工造林73.3万亩，森林抚育41.2万亩，封山育林33.5万亩。

由于森林守护者的坚守和全民植树造林工作的开展，如今甘南州的森林面积达到1339万亩，森林覆盖率达到24.38%。

西合道：让尕海变成鸟儿的天堂

深秋的清晨，牧民西合道起床后，习惯性地走向尕海湿地，湿地还未散去的晨雾衬托着他敦厚的身影。

年过六旬的西合道是碌曲县尕海乡秀哇村牧民，是国际"斯巴鲁野生动物保护奖"和"中国梦·最美甘南人"荣誉称号的获得者。他从小在尕海湖边放牧，并守护着来此过冬的鸟类。

西合道说："如今，湖区的生态得到了保护，公路也改道了，这里的鸟儿种类、数量都大幅增加，尕海真正变成了鸟儿的天堂。"

2011 年 9 月，尕海湿地成功申报国际重要湿地，成为全球第 1975 块、中国第 41 块、我省首块国际重要湿地。长 60 千米的尕秀至玛曲公路建设投入使用，实现了"人类为鸟儿让道"。

"三十多年来，西合道不计个人得失，变卖牛羊、出租草场、定居湖边，承担起了义务保护尕海水鸟的责任。"尕海保护站站长张勇说。经过政府和牧民群众十多年的精心保护，尕海也成了 78 种 3 万余鸟类栖息繁衍的乐园。

湿地保护是甘南生态保护工作的重中之重，也是构筑生态安全屏障的一个缩影。如今的甘南共有 53.4 万公顷的湿地，素有"黄河之肾""中华水塔"的美誉，在黄河、长江流域水源补给、气候调节、水土保持等方面发挥着不可替代的重要作用。

安复祥：绝不让垃圾玷污甘南草原

每逢周末，甘南州环境保护协会会长安复祥便与数十名环保志愿者结伴，徒步向合作市周边的山上进发。他们随身携带环保袋，沿途捡拾垃圾。

"2010 年至 2015 年，志愿者捡拾的垃圾超过 5 吨，仅 2014 年清理的废弃物就有 100 多麻袋。"安复祥说。但随着 2015 年，甘南州掀起声势浩大的"环境革命"后，乱扔垃圾的现象变少了，民众在游玩结束后，会自觉将垃圾"打包"带走。

"绝不让垃圾玷污草原！"这是安复祥的心愿，也是甘南广大干部群众的心愿。经过三年多的努力，甘南现已初步实现了 4.5 万平方公里青山绿水"全域无垃圾"的目标。2014年，甘南州旅游人数和综合收入仅为501.2万人次、22.58亿元；到2017年，甘南州共接待国内外游客1105.6万人次，实现综合收入51.5亿元，旅游收入连续几年实现"井喷式"增长。

为了甘南的底色更绿，为了生活的环境更美，来自甘南各行各业的生态保护志愿者们，用自己微薄的力量，身体力行，为甘南的生态保护事业做出了贡献，树立了榜样。

（原载2019年1月2日《甘南日报》）

让"香巴拉"更加美丽

——甘南州创建"全域旅游无垃圾示范区"
助力乡村振兴发展综述

◎新甘肃·甘肃日报记者　徐锦涛

"一朵格桑里盛开的尕秀，一束阳光里灿烂的尕秀，一场环境革命里涅槃重生的尕秀……"甘南诗人牧风在一首诗里如此描写尕秀村。这个地处碌曲县草原深处的藏寨不仅有"高颜值"的自然风光，还有包括村级博物馆、民俗表演在内的诸多文化休闲项目，牧民们靠着乡村旅游过上了安居乐业的好日子。从一个人畜混居的游牧民定居点，到全国乡村旅游重点村、全省乡村旅游示范村，尕秀村的"蝶变"，正是甘南州创建"全域旅游无垃圾示范区"助力乡村振兴的有力见证。

下好"环境革命"先手棋

"你们看村子干净吧？我们这里全方位、全天候、全领域都有专人保洁，同时村民的环保意识都很高，大家自觉地维护着乡村的美丽。在环境整治方面，我们人人都是监督员、人人都是环卫工、人人都是主人翁。"尕海镇党委书记苏努东珠说。这都是甘南州四年来城乡环境综合整治带来的成果。

然而，回首昔日，这里虽然顶着"九色香巴拉"的光环，但"只顾温饱、不顾环境"的传统陋习，一度使甘南这片大自然恩赐的美丽山水黯然失色。"垃圾随风刮、污水靠蒸发"，市容市貌和城乡环境卫生"脏乱差"

现象非常突出，成为制约当地经济社会发展的重要因素。

2015 年以来，甘南州委、州政府着眼创建"全域旅游示范区"，启动实施城乡环境综合整治。各级干部和广大群众拿起扫把，扬起铁锨，清扫垃圾，一场声势浩大的环境革命火热展开。

为推动城乡环境综合整治工作向长效化、常态化转变，确保"视线内见不到垃圾"目标的实现，甘南州先后下发了《甘南州城乡环境卫生综合整治督查考评办法（试行）》等一系列规章制度，各县市建立健全领导责任、目标管理、考核奖惩等机制，乡镇也将环境卫生整治工作纳入村规民约，形成全民广泛参与、全社会关心支持的良好氛围，凝聚起了共同建设干净、整洁美丽家园的强大合力。

乡村振兴，环境革命是一步举足轻重的"先手棋"。四年来，甘南州持续发力，着力打造环境革命"升级版"，累计有 740.9 万人次参与城乡环境综合整治工作，有力解决了"脏乱差"问题，提振了"精气神"。如今，在甘南 4.5 万平方公里大草原上，看得着颜值、摸得着幸福，城乡面貌焕然一新，各方游客蜂拥而至，整洁、亮丽、文明的宜游宜居宜业环境"破茧而出"。

绽放"美丽经济"新活力

乡村振兴，产业是重点。只有产业发展起来了，乡村振兴才有活水源泉。在尕秀村高贡保加的"央庆牧家乐"里，浓浓的藏文化元素吸引游客不时拍照留念。"今年来我们村的游客比去年翻了一倍，天南海北的都有，甚至还有外国人。两三年间，我从一个游牧民变成了'尕老板'。今年 1 至 9 月我的牧家乐利润 13 万元，真的要感谢党的好政策。"高贡保加很是兴奋。在尕秀村，吃上"旅游饭"的不止高贡保加一家。据苏努东珠介绍，尕秀村将民俗文化与乡村旅游深度融合后，确立了"5+1"发展模式，即东喀尔景区、晒金滩帐篷城、东喀尔民间艺术团、牧家乐、电子商务中心和光伏发电产业。目前，全村旅游从业人员达 400 余人，帐篷城稳定带动入股资金收益、年底每户分红 3600 元，东喀尔民间艺术团现有从业人员 80 余人，每人每年工资性收入 15000 元。今年 1 至 9 月，尕秀村接待游客 40 万人，综合收入达 730 万元，村民人均可支配收入由 2016 年的 6700 元提高到了 2019 年的 15500 元，生态旅游业的发展为巩固脱贫成效、推进乡村振兴提供了坚强保障。

生态旅游不止尕秀独好。"到了甘南才发现，到处都有美丽的景色，舍不得离开每一个地方，最愁的事就是时间有限。"这是一位南京游客发出的感叹。据甘南州文旅局负责人介绍，近年来，甘南州深入践行"绿水青山就是金山银山"理念，坚持把生态旅游与乡村振兴战略、生态文明小康村建设、扶贫开发有机融合，通过环境综合整治工程扮靓"颜值"、提振信心，通过产业发展打通绿水青山到金山银山的转换通道，带动群众增收致富。全州旅游从业人员达 17300 人，通过发展旅游业带动贫困群众稳定脱贫的人数占脱贫总人数的 48%，甘南州旅游扶贫减贫模式入围世界旅游减贫典型案例，成为我省唯一入围案例，截至今年 7 月，全州建成旅游专业村 186 个、扶持发展农牧家乐 1112 户。在近日举办的"2019 亚洲旅游产业年会"上，甘南州荣获"2019 年亚洲旅游'红珊瑚'奖十大最受欢迎文旅目的地"荣誉称号，全域旅游发展谱写出了惠民富民的华彩乐章。

（原载 2019 年 9 月 26 日《甘南日报》公众号）

全国村庄清洁行动现场会观摩侧记

◎《甘南日报》报道组

在这绿草如茵、碧空如洗、风景如画的美好季节，"五无"新甘南带着 4.5 万平方公里的清新姿颜，喜迎八方宾客。7 月 3 日，来自全国各省、自治区、直辖市、新疆建设兵团、省直有关部门 150 余人齐聚甘南，深入合作市加拉尕玛村、俄合拉村，夏河县安果村和黑力宁巴村，集中"检阅"甘南农牧村生态文明小康村建设成果，改善人居环境推进成效，学习借鉴成功经验，共绘锦绣画卷，憧憬美好未来。

观摩团所到之处，清新怡人的环境之美、干净整洁的牧村之美、鲜花簇拥的庭院之美，以及人民群众脸上绽放的幸福笑容之美，如画卷般呈现在眼前。一个个质朴温婉、乡风浓郁的美丽乡村建设示范点，犹如一颗颗璀璨的明珠，散落在甘南草原的各个角落，匠心独具的"微田园"景观，更是将美丽乡村点缀得锦上添花。

观摩团一行乘车沿合冶公路前行，连绵起伏的草甸草原、散落其间的藏家村寨、蜿蜒流淌的小溪河流、骑马悠然前行的牧民群众、高原版小桥流水人家跃然眼前，这里就是坐落于美仁大草原腹地的佐盖曼玛镇俄合拉旅游标杆村。

俄 合 拉 村

俄合拉是镶嵌在合冶公路黄金旅游线路上一颗璀璨的明珠，西距合作市区约 13 公里，东连美仁大草原腹地，自然风光优美，区位优势显著，地域形态良好，具有甘南特色的生态美。人在草上游、路自景中过、车在画中行的美丽画卷呈现在每位嘉宾面前。昔日俄合拉村基础设施落后、产业发展滞后、经济条件薄弱、群众生活水平低等状况与如今形成了鲜明对比。2019 年，俄合拉村被确定为全州"一十百千万"工程并开始设计以来，将一个半农半牧的村落一步步打造成了美丽的景区，实现了华丽的蜕变。"是党的好政策让农村人过上了好日子！"问起村里的"幸福秘诀"，村民们的归结是何其一致。

加拉尕玛村

当观摩团一行来到坚木克尔街道加拉尕玛村时，美丽的村庄，客舍清新，草色霏霏，格外别致。加拉尕玛村的"颜值"令人眼前一亮——藏式的小康新居坐落在山坡上，房前屋后干净整洁，看不到一点垃圾，静谧而洁净的村庄美如一幅油画。

甘南州从农牧村经济发展和生态文明建设实际出发，以自然村为单元建设生态文明小康村 1605 多个，实施了"生态环境、生态人居、生态经济、生态文化"四大工程，全面补齐农牧村基础设施短板，取得了显著的社会效益、经济效益和生态效益。绿水青山就是金山银山。2015 年，在全州掀起了一场声势浩大的"环境革命"，狠抓城乡环境综合整治，实现了 4.5 万平方公里青山绿水大草原"全域无垃圾"的预期目标，全面革新了甘南的整体形象和气质内涵。同时，大胆探索创新全州农牧村发展新模式，创造性地启动了以"生态人居、生态经济、生态环境、生态文化"四大工程为核心的生态文明小康村建设，夯实了农牧村基础设施、富民产业等方面的短板，扮靓了美丽乡村，为巩固脱贫攻坚成果和推进乡村振兴战略的实施奠定了坚实基础。草原美了，乡村富了，群众的精气神足了，这是全国村庄清洁行动现场会观摩团成员最大的感受。

安 果 村

平坦的硬化公路贯通全村，道路两旁的绿化相得益彰，充满浓郁乡村特色的墙绘别具一格，规划有序、干净整洁的村容村貌尽显村庄之美……来到夏河县阿木去乎镇安果村，观摩团成员看到文化广场宽阔整洁，庭院内外环境优美，村路干净明亮，路旁鲜花盛放，一座座用张拉膜材质做成的新式帐篷与草原雪山遥相辉映，彰显现代风格又融入了藏族元素，纷纷称赞："好一幅美丽的乡村画卷。"帐篷里，简约大方的沙发桌椅和开放式的前台设计，更让大家耳目一新，你点一份咖啡，他来一点藏餐，好不惬意。观摩团一行走进了安果民俗村贡宝杰之家，藏式大门古香古色，客厅、卧室透着浓郁的民族特色，房前屋后是碧绿的草地……近年来，依托"全域旅游无垃圾示范区""生态文明小康村"建设等项目，牧民们放下羊鞭，端起了"旅游碗"，吃上了"致富饭"。

黑力宁巴村

　　一栋栋藏族建筑特色的院落散落草原深处，黑力宁巴村，位于国道213线，便捷的地理位置、广袤的天然草场、独特的藏戏文化，是最美藏寨诗与远方的体现。一个从前贫穷落后"脏乱差"的村庄如何蜕变成如今的特色旅游藏寨，还要从2018年说起。黑力宁巴村被确定为生态文明小康村和环境革命样板村后，高起点编制规划、高标准改造，在发展藏家乐和精品民宿的同时，还积极开发乳制品、毛绒加工、游牧生活体验、油菜花观赏等特色旅游产品，组建民间文艺演出团队，开展锅庄舞展演等民间歌舞常态化演出，探索推广民俗节庆体验项目，鼓励农牧民积极投身乡村文化旅游产业，让农牧民群众依靠旅游就业发家致富。"第一次来甘南，给我的感受是：这里的人美，环境美，村庄更美。总体就是一个字'美'！"天津市乡村振兴局指导推动处二级调研员赵国华说。一个美字，说出了甘南乡村清洁行动和乡村振兴的山水之美、乡村之美、人文之美、文明之美、和谐之美。全面推进乡村振兴的号角已经吹响，甘南州生态文明小康村建设和"五无甘南"创建正在遍地开花，如火如荼。打造"五无"新甘南，与五大发展理念一脉相承，与国家对涉藏州县的定位高度契合，顺应时代潮流发展大势，是落实党中央决策的创新举措，是抢占生态文明制高点的重要抓手，是实现黄河上游高质量发展的应有之义，是实施乡村振兴战略的务实之举，是推动产业提质增效的有效措施，必将让甘南的绿水青山更有颜值、让金山银山更有价值。

一个个美丽乡村错落有致、整洁美观，碧草连天的自然环境恬静悠然，勤劳简朴的藏族群众辛勤耕耘，走进甘南的生态文明小康村，无处不显示甘南村庄的整齐清洁和生态之美。

江西省农业农村厅副厅长刘伟说："'五无甘南''一十百千万'工程对我们有很大的启发。今天看了四个村子都各有特色，甘南州做得非常好，结合当地实际，特别是人畜分离的做法，由'脏乱差'变为'净洁美'。黑力宁巴村在村规民约中还把高价彩礼和环境卫生整治做了硬性规定，我们要把甘南的好经验和好做法带回去。"穿行在甘南，但见一步一景，一村一韵，这些美丽乡村各显特点，千姿百态，引人入胜。观摩团在观摩的同时，也有了一次全新的体验，经历了一次难以忘怀的精彩之旅。

自 2015 年全面打响"环境革命"这场战役以来，甘南举全州之力，用了六年时间倾力打造"全域旅游无垃圾"这块"金字招牌"并大获全胜，让这座雪域高原实现了涅槃重生，成为青藏屋檐下一颗熠熠生辉的明珠。行走在"天蓝、地绿、山青、水秀"的绿色家园，观摩团真切地感受到了"甘南模式"带给农牧村的华美蝶变，感受到了甘南各族儿女守护青山绿水的决心和信心，更真切地感受到了荡漾在甘南大地的希望与勃勃生机。

"生态美丽有朝气、环境秀丽有灵气、景观靓丽有名气、产业富丽有商气、生活绚丽有底气、家庭雅丽有人气"，这是观摩团一行在 4 个观摩点最直观的感受。"生活不止眼前的苟且，还有诗和远方的田野，甘南就是诗和远方的田野。"黑龙江农业农村厅农村社会事业促进处副处长毕涛在观摩完说道。"这次来考察学习，让我感触颇深的就是美。当地通过政府的引导，充分调动群众的积极性，广泛参与乡村建设，带动产业发展，为提高群众生活水平，改善乡风民风，不断提升人民群众的幸福感和获得感奠定了基础，这是非常值得学习和借鉴的。"河南省乡村振兴局开发指导处处长施保清说。州上领导杨武、杨雄、刘永革、张志红、梁维吉、召玛杰等陪同观摩。

（原载 2021 年 7 月 3 日《甘南日报》公众号）

甘南：青青草原　美丽家园

◎特约记者　韦德占

秋日的玛曲草原，碧空如洗，一望无际。

黄河，在这里拐了一个 180 度的大弯，清澈、安静地缠绵在和她同名的青藏高原玛曲县（玛曲，藏语即"黄河"），形成了久负盛名的"天下黄河第一弯"。蜿蜒流淌的黄河水，在这里获得了充分的补给。因此，玛曲被誉为"黄河之肾""中华水塔"。甘南作为黄河上游三大水源涵养区之一，以不足黄河流域 5%的流域面积，贡献了黄河流域 20%的水资源量，是黄河上游最大的水源补给区和径流汇流区，是维系黄河流域生态安全的重要天然屏障。近几年，甘南没有新建一座水电站、没有新开发一座矿山、没有污染一条河流，天蓝、地绿、水清的生态家园得以休养生息。治理黄河，重在保护，要在治理。近年来，甘南州把黄河流域生态保护和高质量发展摆在事关全局的重要位置，科学编制了《甘南州黄河流域生态保护和高质量发展规划》，确定了以"一源区、二主线、三空间、三流域、六重点、六产业"为重点的"123366"发展战略，谋划了包括生态保护与修复、民生改善、基础设施和公共服务提升、生态经济发展和黄河文化建设等在内的一批标志性、引领性工程，力促甘南黄河流域生态保护和高质量发展取得突破性成效。

强化上游意识　做好水源涵养文章

初秋，尕海湿地水阔连天、水草丰美、飞鹤凌波……看着眼前的壮美景观，甘肃尕海则岔国家级自然保护区管护中心主任陈有顺感慨道："面对这一眼望不到边的尕海湖，又有谁能想到，作为黄河上游支流洮河的水源涵养地以及重要水源补给区，尕海湖过去曾经干涸。"自20世纪90年代起，由于气候变化和人类活动频繁等原因，尕海湖曾3次干涸，周边湿地面积锐减。近年来，甘肃尕海则岔国家级自然保护区通过实施湿地禁牧补偿、生态修复和环境治理等项目，使尕海湖水域面积目前达到了27平方公里，湿地生态系统日趋完善。甘肃尕海则岔国家级自然保护区总面积2474平方公里，是黄河流域生态环境治理、水资源保护建设的源头和战略要地之一，其中湿地面积581.5平方公里。尕海湿地在生物多样性保护和涵水、养水、储水、供水，特别是储存碳汇方面具有极其重要的生态意义，成为生物多样性的聚集地。"随着生态持续向好，连续3年在这里发现国家一级保护动物雪豹的活动踪迹；国家一级保护动物黑颈鹤在此繁殖数量不仅逐年增加，还由之前的迁徙鸟类变成了留鸟；此外，我们还发现了鸳鸯、大天鹅、中华斑羚等动物。"尕海保护站副站长范龙说。"水鸟数量也在逐年增加，目前大概有2.8万只水鸟在此繁衍生息，这里也成为许多珍稀鸟类南迁北返的落脚点、繁殖地和途经地。"范龙告诉记者。据统计，目前尕海湿地境内分布着脊椎动物86种，其中鸟类63种。湿地生态修复工程成效逐步显现，湿地涵养水源、净化空气、降解有害物质的能力进一步增强，原来部分退化的湿地得以恢复，生态效益明显。黄河首曲，绿毯似的草地延伸向远方，黄河支流似飘带般蜿蜒其间……贡曲河全长23公里，在玛曲县阿万仓境内汇入黄河，是黄河的支流之一。阿万仓镇党委副书记贡去加，是这条河的"河长"。每周，他都要抽出小半天时间巡河。9月8日，记者跟随他来到贡曲河，只见水流湍急，水面没有垃圾和漂浮物，也没有闻到异味。巡完河后，贡去加从手机上打开了"甘肃省河湖长制"客户端，将巡河情况上报。"黄河阿万仓段的主要支流有9条，每一条支流都由镇里的一名科级干部担当河长。作为河长，我们用脚丈量辖区的每一处河段，为河畅、水清、岸绿、景美做出贡献。"贡去加说。近年来，甘南深入践行"绿水青山就是金山银山"理念，下大力气抓好污染防治、生态治理，强化上游意识、担好上游责任、做好上游文章，统筹推进山水林田湖草沙综合治理，大力实施甘南州国家主体功能区试点、"两江一水"区域综合治理和洮河流域水源涵养保护与建设，扎实推进国家生态文明先行区、国家生态文明示范工程试点和水生态文明县试点建设。

全州先后投入 100 多亿元，狠抓新一轮退耕还林（草）、天然林保护、湿地修复、水土保持等重大生态工程项目，促进水源涵养区生态保护与修复，确保生态环境持续安全。全面落实森林生态效益补偿、重点生态功能区转移支付和草原生态保护奖补等政策，大力推行草原禁牧休牧轮牧，加快释放生态红利。甘南州委、州政府确立了"生态立州"战略，成立了"生态立州"战略工作领导小组和甘南州黄河流域生态保护和高质量发展协调推进领导小组，全面推进各项工作，加快推动甘南黄河流域生态保护和高质量发展。

实施生态项目　保黄河清水向东流

问渠那得清如许，为有源头活水来。在甘南，"黄河项目"并不是独奏曲。随着天然林保护、退牧还草、退耕还林、草原生态系统修复、生态公益林建设、湿地保护等工程的实施，甘南黄河流域生态环境正在逐年改善，生态环境退化的趋势得以遏制。自 2015 年开始，借助国务院确定的重大水利工程——甘肃黄河干流防洪治理工程，黄河玛曲段两岸垮塌的河道得以大面积治理。玛曲县阿万仓镇贡赛村党支部书记索南说，村里一大半牧民的草场都在黄河边。以前，每年夏天，河水一上涨，草场都要垮塌 5 米到 10 米。冬天风一吹，这些垮塌的河岸还引起沙化。"黄河干流甘肃段防洪治理工程是黄河上游生态安全屏障生态治理工程，工程涉及河曲马场、尼玛镇、采日玛乡、欧拉乡、齐哈玛乡、曼日玛乡，工程主要设计方案以枯水平台为界分为上下两部分，上部采用格宾网石笼护坡，下部采用抛石护坡脚。"玛曲县水土保持工作站副站长尼玛加介绍，玛曲新建护坡及护岸 86.15 公里，工程的实施从根本上遏制了生态恶化的趋势,使草场塌岸得到彻底治理。甘南,总面积七成以上都是天然草原,约为4084万亩。曾经,玛曲草原上牧草减产、鼠患猖獗、沙丘纵横……最严重的时候,玛曲黄河沿岸有长约200公里的沙丘起伏,牧草变得稀疏,毒杂草遍地开花。甘南每一片草原的荣与枯,都关乎着黄河之水的涨与落,更关乎着黄河流域生态保护和高质量发展的成效。近年来,党和国家加大了对黄河上游重要水源补给区天然草原保护建设的力度,相继安排落实了草原生态保护补助奖励政策,实施了退牧还草、鼠害综合防治、沙化综合治理和农牧交错带已垦草原综合治理等一系列草原生态保护建设项目。秋风吹过,碌曲尕秀村围栏牧场中的牧草迎风摇曳,新长起来的草丛被各式各样的灌木丛悉心地保护着。"这些短草和灌木是近几年修复治理的成果。"碌曲县草原工作站站长杨彦东说。以前,这里布满了星星点点的鼠洞,地下鼠啃坏了牧草草根,导致牧草减产。地上鼠打起高高土包,翻挖的土壤随风扩散,形成了像疤痕一样的黑土滩。"退化草地治理(黑土滩)的策略应因地制宜,按不同退化程度采取不同的治理措施。"杨彦东介绍。通过科学、有效的技术组合,总结完善黑土滩和鼠害退化草地治理技术模式与体系,全面进行治理,推动碌曲县黑土滩和鼠害退化草地的全面治理与生态环境的修复和重建。走进碌曲县玛艾镇花格村,高级畜牧师刘承杰正在和同事们做样方试验。只见刘承杰熟练地将草场上的金露梅灌丛圈出一个4平方米的样方,通过一系列试验,测算牧草生产量,对草原进行检测和评价。"经过多年治理,中度以上退化草原面积迅速减少,生物多样性不断提高,眼前的这片草原,就有480多种草。"刘承杰说。据杨彦东介绍,目前,碌曲县草地退化面积已由原来的430万亩减少到306万亩,治理率达到37.2%,其中重度退化面积由原来的140万亩减少到96万亩,中度退化面积由原来的207万亩下降到131万亩。退化草场得到有效的保护和建设,草原植被得到休养生息的机会,天然草原的植被覆盖度、优良牧草比例和草原初级生产能力大幅度提高,草场质量显著提高。"一度猖獗的鼠害,也是草场退化的一大原因。"玛曲县草原工作站站长杨林平说。为了治理草原鼠患,相关部门四处探寻良方,专门从外地引进了银狐、鹰黑狐放归草场用以灭鼠。甘南州还专门建起青藏高原鼠害天敌驯化繁育生态控鼠基地，积极探索无害化生物防治技术……截至目前，甘南州治理鼠害草原 1573.5 万亩、流动沙丘 3.55 万亩、沙化草地 10.69 万亩、退化草原 116 万亩，核减超载牲畜 92.4 万个羊单位……如今，甘南草原重新焕发新绿，流经甘南的黄河也得到了充沛补给。

坚持绿色发展 构建生态文明新高地

自 2015 年以来，甘南持续推进"环境革命"，动员全社会力量，保护一方青山绿水，打造美好人居环境。今年年初，甘南州又提出以"全域无垃圾、无化肥、无塑料、无污染、无公害"为内容的"五无甘南"创建行动，迈出了"抢占生态文明制高点、打造绿色发展升级版"的坚实步伐。作为黄河流域生态安全的重要天然屏障，玛曲县保护生态环境的同时，将乡村振兴和文旅结合起来，改善人居环境，完善基础设施，挖掘和开发文化旅游资源，构建旅游大格局。距离玛曲县城 3 公里处的尼玛镇"首曲驿站"，将历史文化和当地游牧民俗特色文化相结合，建成具有民族特色的旅游休闲居住区和文化旅游区，让游客在广阔的牧场上骑马放牧，感受当地的游牧文化。今年 58 岁的萨合村村民胜利，以自家宅基地入股"首曲驿站"，开办起了牧家乐。世代逐水草而居的牧民，开始从传统畜牧业悄然转型到旅游业，为保护草原、保护母亲河提供了有力的产业支撑。过去，阿万仓镇虽然有美景，但受住宿条件限制，很多游客看完湿地后就匆匆赶赴下一目的地。2016 年起投资建设的阿万仓镇帐篷城及自驾车营地，作为湿地驿站的重要组成部分，提升了当地的旅游接待能力。走进距玛曲县城 12 公里的河曲马场景区，绿意蔓延。蓝天上的云朵，在山坡上投下巨大的影子，使草原有了光影的变化，谱成和谐的旋律。这里，是中国名马河曲马的中心产地。河曲马以体格高大、适应性强、能爬高山、善走水草地而闻名，与内蒙古三河马、新疆伊犁马并称为中国三大名马。近年来，玛曲县结合河曲马场旅游资源优势，积极打造"河曲驿站"。行走在马场，沿湖栈道、观景亭、小木屋、自驾营地、星空房等景观让人流连忘返，这里集高原湖滨湿地、沼泽湿地、高寒草原于一体，构成了复合性的别样风景。"'河曲驿站'依托玛曲独特的区位旅游资源优势，努力吸引更多游客，全力扭转以往游客留不住、住不下的局面。""河曲驿站"项目负责人曾莉说。良好的生态带动了特色产业，特色产业又促进了生态保护。玛曲依托阿万仓湿地建成的"湿地驿站"、河曲马场建立的"河曲驿站"和"首曲驿站"共同串起玛曲县的文旅资源，对游客来说，走过这三个驿站，既能看到玛曲著名的阿万仓湿地，了解中国三大名马之一河曲马，又能感受赛马之乡的赛马文化。对玛曲县来说，这是从过度放牧到草畜平衡、主动减畜、科学养殖，再到发展第三产业的"突围之举"……进入新时代，甘南75万各族人民正奋力书写着黄河上游绿色发展的壮美篇章。

（原载 2021 年 9 月 17 日《甘南日报》公众号）

冬奥村里的大美甘南

◎新甘肃·甘肃日报记者　王睿君

每天 9 时至 21 时，北京冬奥村广场区的旅行社展区里，33 个省市的宣传视频轮番播放。其中，由甘肃省政府新闻办与中国外文局联合制作的《解码中国美好生活·甘肃甘南实践》系列视频，受到了各国奥运健儿的热切关注和广泛好评。

《解码中国美好生活·甘肃甘南实践》共分为三集，分别为《碌曲尕秀："网红"村的逆袭》《合作现代农牧业唱响草原幸福之歌》《夏河唐卡：从古老技艺到现代瑰宝》。据介绍，全片通过创新的融媒体形式，生动体现甘南人民在党的坚强领导下，甘南州经济发展从百废待兴走向多业并举，基础条件从一穷二白走向日新月异，生态环境从恶化退化走向有效治理，社会事业从极度落后走向全面进步，人民生活从积贫积弱走向富足富裕，走出的具有甘南特色、区域特点、时代特征的发展道路。

正如视频中所描绘的，甘南的美令人心醉，令人向往。甘南州相关负责人动情地说，甘南的美，源自与生俱来的绿水青山和雪域净土，源自无垠的草原和成群结队的牛羊，更源自践行生态文明理念，深入推进"五无甘南"创建行动下呈现出的"苟日新，日日新，又日新"。如今，城乡环境更美了，群众幸福感更强了，"全域无垃圾"已成为享誉全国的金字招牌。"甘南更美了"已成为越来越多人的共识。甘南的美，翻越了青藏高原，跨过了千山万水，直抵每一个人心灵深处。湛蓝的天空、辽阔的草原、成群的牛羊……冬奥村轮播视频里，甘南宛如人间仙境，引得世界各国友人连连发出赞叹，"这里真是太美了，有机会一定要去甘南旅游。"在北京冬奥村广场区的旅行社展区负责人周莎莎的眼里，甘肃是一个欠发达地区，"黄土高原，沙漠成群"是她对甘肃的唯一印象。"这部视频让我大开眼界，也感到十分意外。"周莎莎说。自1月18日《解码中国美好生活》系列视频开播以来，甘南这段视频是最受欢迎的几段视频之一，有不少外国友人对视频里的地方很感兴趣，纷纷向我们了解甘肃甘南。

北京冬奥村工作人员杨倩说，"视频改变了很多人对甘肃的印象，让我们重新认识甘肃，了解这里的风土人情，这儿真是一个美不胜收的旅游胜地。"

（原载 2022 年 2 月 11 日《甘南日报》）

潮起"首曲"满目新 澄源正本向东流

——甘南州黄河上游生态保护和高质量发展主题实践活动侧记

◎特约记者 韦德占

清晨，甘南玛曲草原雾气氤氲。河山竞秀、频岁安澜，沃野平畴、水美振兴。不同于中下游段的气势磅礴，黄河在这里尽显秀美之色。

玛曲，位于黄河上游，蜿蜒流淌的黄河水，在这里获得了充分的滋养、补给，形成了闻名遐迩的"天下黄河第一弯"。

凝心聚力黄河首曲，倾情涵养世界水塔。4月28日上午，一场15000人参加的实践活动在玛曲县黄河大桥南岸举行，标志着甘南州黄河上游生态保护和高质量发展主题实践活动正式拉开序幕。

"让黄河成为造福人民的幸福河！"伟大号召、跫音回荡，大河里的每一朵浪花都激荡着催人奋进的感召。

怎样才是"幸福河"？如何"造福人民"？

甘南人以"重在保护、要在治理"的实践作答；以"以水而定、量水而行"的落实作答；以统筹谋划、系统治理的贯彻作答；以改革创新、多措并举的探索作答；以水美人和、宜居乐业的丰裕作答。

2019年8月，习近平总书记在甘肃考察期间指出，甘肃是黄河流域重要的水源涵养区和补给区，要首先担负起黄河上游生态修复、水土保持和污染防治的重任。

今天，甘南州10万余名党政干部、僧俗群众挖坑培土，栽树种草，又以全州范围同步开展黄河上游生态保护和高质量发展主题实践活动作答。这既是深入贯彻习近平生态文明思想的生动实践，也是奏响新时代黄河大合唱的澎湃乐章；既是纵深推进山水林田湖草沙系统治理的创新路径，也是加快建设青藏高原绿色现代化先行示范区的务实举措；既是激发提振广大干部群众干事创业信心斗志的平台载体，也是不断满足各族人民对美好生活向往的实际行动。

"情"注首曲源头让生态屏障在精心呵护中巍峨挺拔，"心"系一汪碧水、让生态环境在系统治理中持续改善，"爱"撒黄河流域、让生态红利在绿色发展中全面释放，"梦"萦世界水塔、让生态福祉在共建共享中惠泽千秋……

甘南州委主要负责同志在致辞中表示，甘南是黄河上游重要的水源涵养区和补给区，是国家重要的生态安全屏障，全州上下要把生态环境保护作为基本前提和刚性约束，坚决筑牢青藏高原生态安全屏障，充分彰显生态报国的甘南担当。要统筹推进山水林田湖草沙一体化保护和修复治理，深入打好污染防治攻坚战，巩固拓展减畜成果，守住蓝天白云，留住青山绿水，为生态改善用心发力，为生态大局倾情效力。要以大责任去抓大治理，以大情怀形成大格局，用大作为展现大担当，以大效果营造大场面，真正把构建最美生命共同体家园，当成每一位甘南人义不容辞的职责和责无旁贷的使命，接续谱写黄河上游生态保护和高质量发展的崭新篇章。

治理黄河，重在保护，要在治理。

近年来，甘南州谨遵习近平总书记关于"甘南黄河上游水源涵养区"标定的新方位、赋予的新使命、带来的新机遇，树牢上游意识、扛起上游责任，协同抓好大保护、共同推进大治理，使最美甘南成为大美甘肃、美丽中国的靓丽名片。曾经满目疮痍的沿黄沙化带，如今绿意盎然，花开遍野。

千帆一道带风轻，奋楫逐浪天地宽。

如今，焕发生机和活力的母亲河仿佛一条巨龙，奔腾跃动，滔滔向东。甘南各族群众心怀"国之大者"力助千秋伟业，千百年来奔腾不息的母亲河正和75万甘南各族群众一起，在新征程上阔步昂扬。

长河激浪起，潮涌日日新。

立足新发展阶段、贯彻新发展理念、构建新发展格局，在新的历史征程上，75 万甘南各族儿女勠力同心，携手奋进，立足黄河流域生态保护和高质量发展，凝聚大共识、聚焦大保护、共创大发展，守护好生灵草木、万水千山，建设好高原屏障、绿色家园，全力推动黄河上游生态保护和高质量发展，为"让黄河成为造福人民的幸福河"不懈奋斗。

（原载 2022 年 4 月 29 日《甘南日报》）

第三章　民生礼赞

党的十八大以来，甘南州各级党组织牢记习近平总书记的嘱托，责任上肩，激情担当，牢固树立以人民为中心的发展思想，持续办好利民惠民实事好事，民生投入力度之大、民生举措出台之多前所未有，有效解决了一批各族群众牵肠挂肚、急难愁盼的问题。

十年来，甘南州成功夺取脱贫攻坚战的全面胜利，提前一年实现整体脱贫目标，和全国、全省一道全面建成小康社会。教育惠民深得人心，医疗水平不断提升，社会保障持续强化，生活条件明显改善，一波接一波民生政策的深入推进，犹如春风吹遍雪域高原，温暖着农牧民的心田，甘南积年的贫困冰山解冻消融，各族群众的日子越过越好、越来越有奔头。

"民心就是政治，只要心里装着老百姓，就会获得无穷的动力源泉。"顺民心、厚民生，在甘南经济社会发展的时代卷轴上，增进民生福祉是一条贯穿始终的重要脉络，是践行以人民为中心的发展思想，是推进各项工作的出发点和落脚点。

民之所盼，政之所向。十年来，甘南州始终把人民对美好生活的向往作为奋斗目标，坚持在推动高质量发展中改善民生，将关乎基本民生的大事要事纳入重点民生实事项目考核，量化指标、跟踪督办，着力将好事办好、实事办实，大力实施民生实事项目，真正做到让发展红利惠及甘南州75万各族儿女。

一

百年大计，教育为本。坚持教育优先发展，促进教育公平，是党中央提出的重要战略思想。

教育是最大的民生，对于一个有着 75 万人口的民族自治州来说尤为重要。万丈高楼平地起，作为全州经济社会发展"大厦地基"中的教育工作，更是甘南社会事业发展的重中之重，寄托着数万家庭对美好生活的期盼。十年来，甘南州抢抓机遇，针对教育短板弱项和差距，全面落实教育优先发展战略，汇万民之智，举全州之力，推进教育事业改革发展，教育逐步走上高质量发展之路。

——这十年，各学段教育的普及程度大幅提升。学前三年毛入园率达到 94.05%，较 2012 年提高了 63 个百分点。九年义务教育巩固率达到 99.26%，较 2012 年提高了 22 个百分点。高中阶段毛入学率达到 95.98%，较 2012 年提高了 20 个百分点。

——这十年，各级财政共投入改善办学条件资金 30.19 亿元，实施了"学前教育发展专项""改善普通高中办学条件""现代职业教育质量提升""省政府民生实事""三区三州教育脱贫攻坚""全面改薄"等项目，新增学校 355 所，校舍面积达到 215.76 万平方米，新增校舍面积 86.94 万平方米，D 级危房全部消除。建设运动场地 41.02 万平方米，新增图书 42.67 万册、课桌凳 10.74 万套、计算机 1.15 万台、多媒体设备 3100 台件、教学仪器等设备 1.11 万件套，新增学生用床、食堂设备、用水、安保、采暖等设施 4.29 万台件。

——这十年，投入 46.55 亿元，建立起从学前教育开始的全链条贯通、全覆盖保障资助政策体系，15 年免费教育基本实现。59759 名家庭经济困难学生享受了 3.45 亿元助学贷款。特别是从 2017 年开始，州、县市财政自筹资金在全省率先实施了高中免费教育、农牧村学前教育幼儿营养改善计划和免保教费政策，之后国家纳入教育"三包"政策，全州没有一个学生因贫失学辍学。

——这十年，投入 8.27 亿元，实施幼儿园建设工程，大力发展学前教育，优质资源迅速扩充，全州在办幼儿园达到 418 所，较 2012 年 83 所新增 335 所。现有 1 所甘肃省领航幼儿园、5 所省级示范性幼儿园、43 所州级示范性幼儿园、29 所省级一类幼儿园、189 所标准化幼儿园。

——这十年，加快寄宿制学校建设步伐，寄宿制学校达到 191 所，占中小学校的 47.39%。寄宿学生 60541 名，占中小学生数的 54.81%。寄宿生生活补助从每生每年 1200 元提高到 2200 元。

——这十年，招录引进教师 3746 名，全州教职工总数达到 14272 名，城乡交流教师 4006 人（次）。全州现有正高级教师 82 名，高级教师 2490 名。

这组闪亮的数字背后是甘南州委、州政府把办好人民满意的教育放在首位亮出的甘南答卷。一张张笑脸，因为教育改革释放的惠民红利而绽放。每一项有利于老百姓、有利于教育事业良性发展的改革举措，无不深刻体现着办好人民满意教育的坚定初心。

"家门口新办了幼儿园，条件好收费还不高。"家住碌曲县的娘毛措听到这个消息，喜上眉梢。

近几年来，甘南州基础教育普惠水平大幅提升，一批看得见、摸得着、感受得到的教育改革成果扑面而来，教育获得感和幸福感走进千家万户。

针对农牧民群众居住分散，面广、线长、点多、服务半径大的实际，甘南州通过新建、改扩建等形式，新增公办幼儿园和巡回支教点，让七县一市更多偏远地区的适龄幼儿接受教育，全面保障学前教育工作。

全州各级党政高度重视学前教育发展，把推进学前教育发展作为补短板、调结构、促公平和精准扶贫的重中之重，按照"三抓三促"的工作思路和"广覆盖、保基本"的工作要求，坚持"公益性、普惠性"原则，在园所建设、办园条件、师资队伍、保教质量等方面大力攻坚克难，全力实施了三期学前教育三年行动计划并探索政府主导的民族地区办园体制改革试点项目，推动学前教育实现了超常规、跨越式发展。全州学前教育三年毛入园率达到94.05%，特别是农牧村儿童入园率的快速提高，有效解放了农牧村家庭劳动力，使他们有更多的时间精力投入脱贫致富，让贫困地区幼儿真正不输在起跑线上。

宽敞明亮的教学楼内，科学实验室、书法室、图书室等功能室一应俱全，宿舍、食堂干净整洁，孩子们在崭新的塑胶操场上欢快奔跑……走进临潭县长川九年制学校，校园一片生机勃勃，而在几年前，这里还是坑坑洼洼的土操场，"晴天一身土，雨天一身泥"，七八间土瓦房，教室拥挤不说，更别提多功能室了……许多家长舍近求远把孩子送到县城或者外地就读。

党的二十大报告指出："坚持以人民为中心发展教育，加快建设高质量教育体系，发展素质教育，促进教育公平。"甘南州按照学校布局合理化、办学条件标准化、教师配备均衡化、教育管理精细化、教育质量优质化的工作思路，从县域内城乡间、校际间办学条件均衡、师资水平均衡等方面精准发力，投入资金30.19亿元，实施了全面改薄、农村义务教育薄弱学校改造、教育现代化等项目，中小学生人均图书达到国家二类标准，仪器设备值均达到甘肃省标准，全州中小学实现了班班通全覆盖，中小学互联网接入率达到100%；加大城乡教师交流轮岗力度，激励优秀教师到乡村学校任教；加强精细化管理，提升教育教学质量，全力推进义务教育均衡发展。2019年，甘南实现了义务教育基本均衡发展目标。卓尼县、玛曲县接受评估验收的时间比省上规划分别提前了2年和3年。2021年，临潭县通过县域义务教育基本均衡发展国家督导认定，标志着甘南义务教育基本均衡开始向优质均衡迈进，树立了甘南教育发展的里程碑。

职教事业是国民教育体系和人力资源开发的重要组成部分，是培养多样化人才、传承技术技能、促进就业创业的重要途径。甘南州积极推动职业教育加快发展，制定相关政策，科学谋划了甘南职业教育发展蓝图。近年来，投入职业教育经费4.1亿元，有力推动了职业教育加速发展。整合甘南师范学校、甘南州畜牧学校、甘南州藏族综合专业学校，按照高职院校规格新建了甘南州中等职业学校，2019年新校区建成招生。舟曲县在中组部的帮扶支持下，对职业中学提档升级，2019年升格为职业中等专业学校。两所学校的建成完善了职教体系，使中职教育从分散小规模办学转向集中规模化办学，标志着甘南中职教育进入发展新阶段。在办专业有学前教育、烹饪、工艺美术（唐卡）、旅游服务与管理、汽车运用与维修、护理、中药制药等31个，专业结构更加完整、布局更趋合理。

面对农牧区部分适龄儿童少年长期失学辍学的历史性难题，州委、州政府扛起教育扶贫的政治责任，举全州之力打响了控辍保学攻坚战，州县乡校四级联动，着力在摸清底数、比对数据、思想动员、劝返复学、分类施教、精准保学、跟踪巩固、常态长效上出实招下功夫，动之以情、晓之以理、严之以法全面控辍，一户一策、一生一案、因人施教全力保学，5624名失辍学生全部走进校园接受义务教育。在较短时间内消除了制约教育扶贫和教育事业发展的最大难点、最深痛点。立足不让一个孩子因贫困而失学、不让一个家庭因供学生上学而返贫的目标，把扶贫助学作为凸显教育公平、助推精准脱贫的民生工程来抓，建立起从学前教育开始的全链条贯通、全覆盖保障资助政策体系。2012年以来，投入各学段保障助学资金46.55亿元，15年免费教育基本实现。特别是州、县市财政在十分困难的情况下，自筹资金在全省率先实施了高中免费教育、农牧村学前教育阶段幼儿营养改善计划和农牧村幼儿园免保教费政策，切实减轻了家庭经济负担。落实义务教育保障新机制政策，义务教育阶段学校保障水平大幅提升，全州学生吃上了营养早餐，尤其是寄宿制学校实现了"包吃、包住、包学习"，寄宿生生活补助从每生每年1200元提高到2200元。

教师是办好教育的根本依靠，有高质量的教师，才会有高质量的教育。甘南州始终把教师队伍建设作为最重要的基础性工作，切实加强教师队伍建设，着力破解教师队伍建设中的难题和制约瓶颈，努力造就一支师德高尚、业务精湛、结构合理、充满活力的高素质专业化教师队伍。出台《乡村教师支持计划》《关于全面深化新时代教师队伍建设改革的实施意见》，从引进教师、优化结构、提高待遇、城乡交流等方面倾斜扶持。坚持师德为先，建立健全师德体系，引导广大教师以德立身、以德立学、以德施教，争做"四有好老师"，做好学生"引路人"。想方设法招录引进紧缺学科教师，目前全州教职工总数达到14272名，比2012年增加3358名；师资结构进一步优化，对所有教师进行了全覆盖培训，教师整体素质和专业水平进一步提高。2015年以来，落实乡村教师生活补助资金1.76亿元、班主任岗位补助资金7324万元；新建乡村教师周转宿舍1221套，改善了乡村教师住宿条件。加大教师职称评聘力度，职称评聘向乡村教师倾斜，在限额内优先考虑乡村教师。

普通高中教育迈向高质量发展新阶段。在改善普通高中办学条件过程中投入1.67亿元，优秀初中学生考取优质高中的机会增多、渠道更加顺畅，高中教育质量稳步提高，高中阶段毛入学率达到95.98%。在西北师范大学附属中学等12所省级示范性普通高中实施"内地普通高中民族班扩招工程"，共招收甘南少数民族初中应届毕业生667名，兰州新区舟曲中学招收甘南学生6600名，再次拓宽了甘南学生接受高质量普通高中教育的途径。中央民族大学、西藏大学首次向甘肃省下达民考汉计划，改变了甘南民考汉考生不能上最高民族学府的局面。2021年高考录取率达到91%。

随着教育改革在这片大地上如火如荼地展开，如今的甘南教育事业发展欣欣向荣。优美的校园、先进的教育设备、高素质的老师……无论是到县城还是乡村，这样的景象已随处可见。

二

"大爷！最近身体状况怎么样，药按时吃了吗？"这是健康扶贫工作队日常工作经常问到的一句话。寒冷的冬天，因为有了他们的真情关爱而变得温暖；饱受病痛折磨的家庭，因为有了他们的帮助，生活多了一份安康和希望。

"你这两天晕不晕？有没有哪儿觉得不舒服？早上的药吃了没？药吃完了我给你取？"舟曲县大川镇卫生院家庭医生孙建玲一大早就收拾

医疗器械准备巡诊。孙建玲医生来到 86 岁的袁克明家中，为他测血糖、测血压。

袁克明是一名老党员，儿子已经去世，儿媳一直在照顾他的生活起居。前些年因高血压引起脑出血，值得庆幸的是，发现早、出血量不多，经过治疗老人脱离了生命危险，生活还能自理。袁克明老人伸出双手拇指："是党的政策好，是这些娃娃大夫好，我很知足。"

近年来，甘南州始终把抓实抓细健康扶贫工作作为提高贫困群众健康生活水平、有效解决因病致贫因病返贫的重要举措，整合全州各级医疗资源，强力推进"一人一策"健康治疗及管理工作，开通精准扶贫绿色通道，实施"一站式结算"运营模式，广泛开展"送病就医"、"送医上门"、健康扶贫政策、健康知识宣传等工作，确保全州贫困群众医疗服务优先有保障。州、县、乡、村四级医疗机构全面完成居民电子健康卡建设任务，配备电子健康卡识读终端 2420 台，发放居民电子健康卡近 30.44 万张，电子健康卡设备采购到位率、应用覆盖率和正常使用率均达到 100%。州政府解决一般债券资金 700 万元，启动甘南州全民健康信息平台项目建设，目前全民健康信息平台已覆盖全州 21 所州县医疗机构，112 个乡镇卫生院和 633 个村卫生室全面启用了居民电子健康卡，解决了群众看病就医时"一院一卡、重复发卡、互不通用"等堵点问题。五大信息资源库 16 项应用系统已完成 13 项建设任务，疾病防控综合管理信息系统、州级区域心电中心、健康便民移动应用终端三项应用正在建设中。逐步推进二级以上医院分时段预约挂号，州人民医院、卓尼县中医院等九所医疗机构实现了省、州、县内检查结果互认。

病有所医、老有所养是群众最朴实的需求。只有守住健康，才能乐享人生的幸福。

"医保政策就是好，以前老觉得自己身体好，经过这次住院看病才知道有医保的重要性，不然我家承担不起这么昂贵的医药费。"王尕全逢人便说。临潭县洮滨镇上川村易返贫致贫户王尕全因单侧下肢动脉硬化闭塞症在兰州大学第二医院住院治疗，出院时，被告知住院总费用为 261859.61 元，经医院结算，可以报销的费用总额为 229858.99 元，基本医保、大病保险、医疗救助三重保障可以报销 212722.89 元，个人合规自负费用不到 6000 元，其中大病保险报销 154087.19 元，医疗救助报销 37635.7 元。通过基本医保、大病保险和医疗救助的三重保障，有效解决了患者看病就医问题，避免了因病致贫、因病返贫现象的发生。

2019 年 7 月，甘南州城乡居民基本医疗保险实现了州级统筹，2022 年 3 月，甘南州城镇职工基本医疗保险实现了州级统筹，基金共济能力进一步增强。为了充分发挥医保基金效能，切实减轻参保人员就医负担，甘南州医保局坚持"以收定支、收支平衡、略有结余"的原则，2022 年先后对居民和职工的住院、生育、门诊慢特病等待遇政策进行了多次政策调整和优化，使全州医保待遇各项政策趋于合理和完善，参保人员待遇保障水平不断提高。

舟曲县吾坪乡吾别村赵科西日 2020 年冬天被诊断为胃部肿瘤，先后 5 次转入兰州大学第二人民医院和甘南州人民医院进行手术治疗和术后化疗。赵科西日 2021 年共住院 6 次，出院后全部享受"一站式"结算，住院医疗总费用 99157 元，医保基金支出 81627 元，其中基本医保基金支出 62817 元，大病医疗支出 11841 元，医疗救助支出 6969 元，个人现金支付 17530 元。像赵科西日这样的家庭，甘南州还有很多，他们在便捷就医的同时，都深刻感受到了医保"一站式"结算等惠民政策带来的红利。

城乡居民基本医疗保险报销比例整体在原基础上提高了 5% 以上。同时，按医疗救助类别相应降低起付线；进一步优化省内无异地就医联网"一站式"直接结算工作；未按规定转诊，但异地居住、转诊转院、外出务工、异地就学人员等已办理或新增备案的参保人员，继续按现行政策进行联网直接结算；不降低报销比例，其他未按规定转诊、无备案自行前往省内外医疗机构就医的，也可实现联网直接结算，但降低报销比例；参保人员因特殊情况在省内、外就医无法直接结算的，返回参保地按相关规定手工审核结算。对城镇职工住院、生育、门诊慢特病等待遇政策进行调整和优化，大幅提高职工医保报销比例。

自 2022 年 7 月 1 日起，在职职工报销比例平均提高 6%，退休职工报销比例平均提高 2%，同时，在省内各定点医疗机构就诊时，无须备案就可实现联网结算，不再降低报销比例。职工大病医疗保险调整为上不封顶。合理调整慢特病补助标准，降低申请准入门槛。参保人员身患多种特殊及慢特病病种的取消原只能享受一种疾病补助标准的政策，调整为可同时享受多种病种相应补助标准政策；申请城镇职工特殊及慢性疾病门诊补助的，按照甘南实际，调整为提供一家公立三级乙等以上医疗机构专科医生临床诊断证明或住院治疗病案、病历等相关证明。

将高血压、糖尿病、恶性肿瘤门诊治疗、透析、器官移植抗排异治疗 5 种慢特病纳入全国联网结算，极大地方便了参保人员看病就医。完善生育保险定额标准。将常见的 16 种生育项目保险待遇标准在原基础上提高 1000 元至 20000 元。同时，对生育期间出现的并发症医疗费按相关政策进行了提标。通过多轮政策调整优化，使甘南州参保人员每年可多享受 1.3 亿元以上的医保政策红利。待遇标准在全省各市州处于高位。

三

民生就是老百姓的生计，老百姓的衣食住行就是最基本的民生，关心百姓的衣食住行就是最直接的民生关怀。

让老百姓住有所居、安居乐业，始终是各级党委、政府奋斗的民生目标之一。近十年来，甘南州大力推进保障性住房建设，初步形成了以廉租住房、公共租赁住房、城市棚户区改造等类型为主的多层次、全方位的住房保障格局，凸显民生含义。

"自从住进了廉租房，我这家就算安下了，心里也踏实了。"合作市丽安家园廉租房住户当子加，言谈中洋溢着他对生活的满足感。

当子加全家五口人，本人肢体二级残疾，无劳动能力；妻子完么草，视力残疾，为限制劳动力；两个孩子都在上学，还有一位老母亲要赡养，生活十分困难。搬进廉租房之前，租住在合作市安毛村，住房面积不足 30 平方米，一家五口人蜗居在里面。有一套属于自己的住房一直是他们的梦想。

"2020年经申请，核实后，政府分给我家一套面积为112.1平方米的楼房，房子宽敞明亮。以前租房住的时候一年要搬几次家，一直过着漂泊不定的生活，现在有新房子住了，真是感谢党和政府。"当子加说。

"扎油新村以前是合作市最脏、最乱的一个村，晴天一身土，雨天一身泥，杂物乱堆乱放。2018年实施棚户区改造，使旧屋变新房，村内23条泥泞小巷变成了柏油马路，路边安装了太阳能路灯，格河沿岸安装了护栏，人居环境越来越好了。"合作市扎油新村居委会书记马兰芳说。修通产业路、大车进乡村……近年来，甘南州各县市实施了道路硬化、村庄亮化、庭院美化绿化、电网升级改造、人饮安全、文化广场及标准化卫生室、数字网络宽带等项目，补齐了村庄基础设施和公共服务设施的短板，让群众走上了平坦路、用上了天然气、喝上了干净水。以基础设施建设"行动力度"加码美丽乡村"民生温度"，交上了一份满意的"民生答卷"。

为切实把"四好农村路"建设这项顺民心、合民意工程组织落实好，州委、州政府先后印发了《甘南州推进"四好农村路"高质量发展实施方案》《甘南州农村公路路长制工作方案》《"五无甘南"公路沿线全域无垃圾提升行动工作方案》等文件，为全州"四好农村路"建设发展做好了顶层设计。各县市政府和州、县市交通运输部门大力推进"四好农村路"建设，农村公路建、管、养、运取得了显著成效。与此同时，全州交通运输部门始终把保障和改善民生作为交通运输工作的出发点和落脚点，贯彻落实"四好农村路"建设要求，强化政策支持，加大资金投入，加快建设步伐，积极推进城乡基本公共交通服务均等化，努力缩小城乡交通运输发展差距，确保人民群众共享交通运输发展成果。

"以前这里的路不好，拉运饲料成一大难题，导致养殖成本很高，现在，新修的公路带给我们很多便利，降低了拉运饲料和运输畜牧产品的成本。"卡加道乡日加村村民、藏羊基地管理员才让杰高说起新修公路的事儿，开心极了。

"比煤气方便、省钱，做饭还香。""以前，正在炖肉就没有液化气了，现在真是太方便了。"……邻居阿姨你一言我一语说的都是现如今的便捷生活。

随着燃气利用工作的推进，甘南居民用气开始广泛普及，燃气普及率达到67.45%。目前，全州共有燃气经营企业24家，主要经营范围为液化天然气储存、销售、工程安装、汽车加气、液化石油气充装。全州在用市政燃气压力管道149.86公里，天然气居民用户16700户。

"以前喝自来水，水质会出现浑浊问题，现在能喝上纯净甘甜的洮河水，解决了健康生活的大事。"市民李先生说。

引洮济合等水利工程彻底解决了合作市城区及周边14.4万人的安全饮水问题。

为保障群众饮水安全及用水需求，严格落实原水及出厂水日检9项、月检42项、半年检106项水质检测国家标准要求，建立健全水质化验室和检测制度，统筹谋划供水管道等老化更新改造项目，有计划推进市政供水管网改造和建设。目前全州建成区已建成供水管网384.22公里。

"在这住了快30年，现在天然气通了，水畅了，老百姓的生活一天比一天好了。"居民王惠兰谈起这些年小区的变化，笑语间透着掩饰不住的幸福。

宜业宜居的生活环境，智慧化、精细化的服务和管理……一系列惠民举措的落地实施，使民生幸福的底色越来越鲜亮。

一项决定改变历史，一项工程深得民心。全州累计开工建设各类保障性安居工程142474套，基本建成137339套，其中公共租赁住房50113套、城市棚户区改造87171户，累计为39744户住房困难家庭发放租赁补贴11516万元，为全州近25万户中低收入家庭解决和改善了住房居住问题。

棚户区改造，把城市脸上的"恶疮疤"变为城市的新名片，让曾经低矮危旧房里的居民都住上功能齐全、环境优美、品质优良的新楼房，为全州城镇提质改造、新型城镇化建设作出了巨大贡献。

"安得广厦千万间，大庇天下寒士俱欢颜，风雨不动安如山。"千年的梦想，正在一步步变为现实。

四

就业是民生改善的温度计、社会稳定的压舱石，也是经济发展的晴雨表。就业问题，关系到千家万户的期盼与福祉。

甘南州劳动力人口多。一户户渴求安居乐业的家庭，一个个想要通过拼搏实现理想的创业者，不仅要"好就业"，更期盼"就好业"。

甘南州坚决贯彻"六稳""六保"部署，实施就业优先政策，不断拓宽就业渠道，着力强化就业服务，全州稳就业工作取得积极成效，近三年城镇新增就业 13450 人。

优化服务，搭建就业服务平台——

2022 年 7 月，毕业于重庆医科大学中药制药专业的高胜龙闲暇之余关注了州人社部门的"直播带岗"活动，了解到甘南百草生物科技有限公司相关情况，公司招聘岗位与他所学专业相符，通过面试后签订了劳动合同。高胜龙说，他享受了支持未就业高校毕业生到企业就业项目，政府每月补贴 1500 元，并且正在提交资料申报一次性扩岗补助。

甘南州积极打造春风行动、就业援助月、民营企业招聘月等"11+N"公共就业服务专项系列活动，将其作为实现更加充分更高质量就业的重要举措来抓。针对高校毕业生、贫困劳动力、退役军人、残疾人等重点群体，依托"甘肃人才网甘南分站"，举办线上线下招聘会，为求职者推送岗位信息。举办"直播带岗"活动 87 场（次），1413 家企业报名参加，提供就业岗位 26791 个，累计在线观看人数达 35 万人（次），在线投递简历 2455 份，州、县市人社局主要领导和州内部分优质企业代表走进直播间，为求职者宣传就业政策、解读就业形势、推介就业岗位。开展"援企稳岗、服务千企"活动，走访企业 134 户，通过到企业召开座谈会、深入生产一线等方式，了解企业生产经营和用工情况，向企业宣传讲解援企稳岗政策，发现和解决企业遇到的社保和就业问题，全力为企业纾困解难。

牵线搭桥，劳务输转促就业——

2021年4月25日，道吉加的儿子再次前往广东东莞务工。

他说，由于有工作经验，用工方承诺给加薪，政府不但牵线搭桥提供无偿服务，还给解决来往路费，而且干满一定时间会给予补助，我们特别满意。

全州人社部门把富余劳动力输转、职业技能培训、乡村就业工厂（帮扶车间）认定作为农牧民群众增收致富、打赢脱贫攻坚战、助力乡村振兴的重要抓手，持续用力，全面推进。2021年春节期间，州人社部门持续加大劳务输转力度，及时摸清群众就业意愿，强化企业用工对接，积极开展"点对点""一站式"返岗务工工作，引导帮助有输转意愿的外出务工人员出得去、稳得住、能致富。

全州人社系统始终把"稳就业、保就业"作为最大民生工程，把劳务输出作为促进农牧民增收致富的"铁杆庄稼"。指导各县市人社部门、州人力资源服务产业（孵化）园积极开展线上线下"迎新春送温暖、稳岗留工"专项行动暨"春风行动"招聘会，全方位搭建就业平台，帮助农民工求职就业，为劳动力外出务工提供全面保障。2021年，全州共组织"点对点""一站式"返岗务工劳动力406人。

2022年8月底，江苏英仕达人力资源甘南分公司组织16名外出务工人员赴安徽省马鞍山市仪达空调有限公司就业。此次组织输送外出务工，是州人社局促进以高校毕业生为重点的各类群体就业系列举措的一项。这批外出务工人员是通过州人社局"直播带岗"发布的务工信息，主动联系咨询后的又一批"探路者"。

州人社局多措并举促就业稳就业，以"直播带岗"线上招聘为主平台，统筹协调各县市、各人力资源机构等力量，深入乡镇、村社鼓励返乡回流人员走出家门，及时征求返乡回流人员就业意愿，并主动与企业对接，广泛募集用工信息和岗位，通过微信公众号、抖音号、QQ群、微信群等多渠道宣传发布，做到就业信息送上门；同时集中州县人社部门力量，为外出务工群众和用人单位牵线搭桥，有组织转移就业，实现了"输转务工一人、稳保就业一户、增收致富一家"的目标。

创业引领，推进创业带动就业——

李周成高校毕业后，通过支持未就业高校毕业生到企业就业项目去舟曲绿脉农业科技有限责任公司上班，2019 年 11 月开始创业，成立了舟曲县晨源发展电子商务有限责任公司。

李周成的创业经历，只是甘南州创业者的一个缩影。

甘南把推动创业、打造创业载体平台建设作为推动经济发展的着力点，推动形成了政府鼓励创新创业、社会支持创新创业、个人勇于创新创业的工作机制，促进创业政策体系不断完善，全社会支持创业、参与创业的积极性显著提高，创业促进就业增收能力持续增强。对符合条件的各类群体提供创业担保贷款资金扶持，推动了城乡居民创业激情，提高了各类创业人员的创业能力和创业成功率，全州发放创业担保贷款逐年增长，2022 年，发放创业担保贷款 16982 万元，申报 5 个省级就业创业孵化示范基地，按政策规定落实了省级创业带动就业扶持资金 60 万元。甘南推荐的一个项目获得第四届"中国创翼"创业创新大赛全省创新项目组三等奖，获得全国"创翼之星"称号。甘南获得第五届"中国创翼"创业创新大赛甘肃省选拔赛优秀组织奖，参赛的一个项目获得青年创意专项赛二等奖。

五

习近平总书记指出，不断满足人民群众对美好生活的需要，必须保护好残疾人权益，残疾人事业一定要继续推动；各级残联要发扬优良传统，切实履行职责，为残疾人解难、为党和政府分忧，团结带领残疾人继续开创工作新局面。

"十分感谢你们能够上门服务，这可真是解决了我家的大问题。"卓尼县洮砚镇杜家川村张林芳说。

张林芳母亲安文娥因早年患病落下病根，加上年岁已高，行动非常不便。民政、残联、乡镇府工作人员调查得知他家情况后，卓尼县医院残疾等级评定委员会医务人员上门，免费为他母亲办理了残疾证，及时将他母亲纳入了残疾人"两项补贴"保障对象，当月发放了残疾人"两项补贴"。

卓尼县刀告乡贡巴村村民班地牙早年因患脑部疾病，生活不能自理，2020年5月，经县残联评定为精神二级残疾，6月份开始享受重度残疾人护理补贴。2021年9月，乡驻村干部在走访入户中发现，其家庭情况非常困难，班地牙病情加重。乡镇府及时向县民政局申报将其纳入"单人户"低保保障范围，他女儿按照政策享受事实无人抚养儿童保障范围，将班地牙纳入困难残疾人生活补贴保障对象，10月份发放了困难残疾人生活补贴。

班地牙父亲逢人便说："感谢党和政府的好政策，在我家庭特别困难的时候，让我们享受到了这么多的好政策，让这个家的生活得到了保障。"

自2016年建立残疾人两项补贴制度以来，甘南州先后出台了《关于完善困难残疾人生活补贴和重度残疾护理补贴制度的实施意见》《关于做好完善残疾人两项补贴制度有关工作的通知》《关于开展全州残疾人两项补贴制度落实情况大督查的实施方案》《关于进一步加强残疾人两项补贴发放工作的通知》《残疾人两项补贴冲刺清零筛查工作方案》等规范性文件，为助力脱贫攻坚做出了积极贡献。

残疾人两项补贴标准由省、州、县政府统筹确定，并根据经济社会发展水平和残疾人生活保障需求长期照护需求适时调整，城镇低保家庭及农牧村一、二类低保家庭中的困难残疾人生活补贴标准为每人每月130元，重度残疾人护理补贴标准为每人每月130元；农牧村三、四类低保家庭中的困难残疾人生活补贴标准由县市自行确定。

自2016年开始，截至2021年11月底，全州共有7596名困难残疾人、10014名重度残疾人，6年累计发放困难残疾人生活补贴4819.48万元和重度护理补贴4398.9万元，两项合计9218.38万元。

用心、用情、用力，是甘南民政部门做好残疾人工作秉承的工作理念。为深入开展好"我为群众办实事"实践活动，将"学党史、悟思想、办实事、开新局"的总体要求内化于心、外化于行，甘南创新方式为群众办实事、做好事、解难事，用一件件暖人心、聚民心的实事好事提升残疾人的获得感、幸福感和安全感。

"来到这里我就不想走了！" 80 多岁的老人高井新说。

从 2020 年 4 月住进合作市敬老院后，就把敬老院当成了自己的家。"敬老院的好，一整天也说不完。" 高井新说。

目前，全州共有 13 个医养结合试点机构，确定州人民医院、州藏医医院、临潭县中医院、舟曲县城关社区卫生服务中心等 9 家机构为医办养机构，临潭县、迭部县、碌曲县、夏河县社会福利院（敬老院）等 4 家为养办医机构，共设置老年医学科床位 35 张、安宁疗护床位 5 张、老年医疗床位 43 张、养老床位 439 张，开展机构养老工作。将玛曲县藏医院呈报为全省第二批医养结合工作示范基地，将舟曲县城关镇西城社区呈报为 2021 年全国老年友好型社区。依托社区卫生服务中心和基层卫生院，积极推广居家老人家庭医生签约服务工作，为居家老人提供健康管理、健康教育、社区护理等基本医疗卫生服务。对全州 60 岁以上老年人健康状况、失能老年人健康状况进行评估，并录入电子健康档案管理系统进行跟踪管理，共登记管理 60 岁以上老人 75226 人，占全州老年人口的 93.16%，其中失能老人 23928 人、家庭养老人员 74997 人、居家社区养老人员 84 人、机构养老人员 145 人。

始终把人民群众安危冷暖放在心上，不是一句空话，而是一分初心的坚守，更是坚持以人民为中心发展思想的生动写照。笑容挂在脸上，幸福留在心中。一组组民生数据，一件件民生实事，不是枯燥数字的堆积，而是群众的"暖心指数"。

六

全民参保，夯实幸福之基。

近年来，甘南州持续提高参保率、保障水平，统筹推进参保扩面任务，一系列看得见、可感受的民生举措，印证社会保障水平的稳步提高，促进各族群众从全面小康朝着共同富裕目标扎实迈进。

截至 2022 年年底，甘南城镇五项社会保险参保人数 56.92 万人，其中机关事业单位基本养老保险参保 4.8 万人、城镇职工基本养老保险参保 1.87 万人、城乡居民基本养老保险参保 39.43 万人、失业保险参保 4.01 万人、工伤保险参保 6.8 万人，各项社会保险参保率平均达到 95% 以上。

今年 79 岁的王海华从企业退休的时候，每月才拿到几百元的养老金。经过这些年企业退休人员基本养老金的多次调整，现在他每月可以拿到 3000 多元。

王海华说："这些年甘南的变化很大，我们老年人的退休金年年增加，我和老伴的生活质量提高了很多，也减轻了儿女的负担。"

"十三五"时期，随着我国经济社会的快速发展，国家从宏观上、战略上给予社会保险事业更多支持。在此大背景下，甘南社会保险事业也取得了长足进步和发展。制度体系不断完善，覆盖范围不断扩大，基金征缴大幅增长，基金支撑能力不断增强，待遇水平稳步提高，社会保险经办能力不断提升。

制度建设取得历史性突破，覆盖城乡居民的社会保障体系框架基本形成。按照"广覆盖、保基本、多层次、可持续"的方针，甘南州不断推进覆盖城乡居民的社会保障体系建设，进一步完善各项制度，《中华人民共和国社会保险法》的颁布，将社会保险事业发展纳入了法制轨道。2014 年 10 月，甘南启动实施机关事业单位养老保险制度。

经过几年的不懈努力，甘南州基本形成了适应社会主义市场经济体制的多层次社会保障体系，社会保障制度已经覆盖到城乡所有应参保人群，实现了老来有所养、伤后有所助、失业有所济的目标。覆盖城乡居民的社会保障制度的建立和完善，对于促进和谐社会建设、维护社会稳定发挥了十分重要的作用。

同时，根据国家统一部署，甘南州不断提高企业退休人员基本养老保险待遇，平均年增长达到 1.2%。2021 年，州内企业退休人员月人均养老金 2514 元，比 2012 年（1711 元）增长了 46.93%；离休人员养老金水平达到 11042 元，比 2012 年（5871 元）增长了 88.08%。2022 年失业保险金发放标准再次提高，二类区发放标准为每月 1593 元，三类区发放标准为 1548 元。

悠悠万事，民生为大。

回望十年，普惠民生是保障。这十年是甘南经济高速发展的十年，更是民生保障和社会福祉飞速发展的十年。与过去住房难、就业难、看病难相比，如今，保障性住房拔地而起，稳岗位扩就业，医疗卫生事业进一步加强……翻开十八大以来的"民生答卷"，一串串鲜活真实的数据，一件件看得见、摸得着的实事，让老百姓感到安心和舒心，对未来有了更多的期盼。

学有所教，民心所向。十年来，作为民生之根本，甘南教育事业一路前行，"教育免费"的惠民之举，带着温度，从乡村到城市，从义务教育到职业教育，让越来越多的人获得实惠。

十年来，随着甘南经济社会快速发展，人民生活水平不断提高，医疗卫生保障体系逐步完善，群众整体健康水平大幅提高，生活幸福指数与日俱增。

十年来，甘南州把民生工作做到百姓心坎上，民生实事一件接一件地办、一年接一年地干，诚心诚意为民解忧，尽心尽力为民谋福。

服务民生无止境，一枝一叶总关情。在民生改善的道路上，甘南州正按下"快进键"，奏出"最强音"，用推动经济社会高质量发展来持续改善民生，坚持服务民生无微不至、改善民生久久为功，努力为实现新时代甘南社会主义现代化事业新篇章提供更加坚强有力的民生保障。

我们的新家园

◎记者 马保真

7月22日，是一个特殊的日子。

——题记

一年前的这一天，正当清晨的阳光照在陇原大地时，在岷县、漳县交界的地方，突然地动山摇。

之后发生的一切，已然刻在了人们的心中。

我们极不愿意再去触碰心底的悲伤，而是希望看到更美好的远方。

因此，在岷县漳县地震周年之际，我们用文字记录灾难中顽强挺立的灾区人民和他们的新生活。

"7·22"岷县漳县6.6级地震，造成临潭县16个乡镇受灾，波及1.3万户近6万人。

一年后，当记者来到距离冶力关镇10余里外的蒽家庄村灾后居民安置点时，一座座徽派建筑风格的青瓦白墙二层小楼映入眼帘。

冶力关镇镇长牛怡栋告诉记者，在这个安置点，将有蒽家山、蒿坪两个社103户受灾群众搬进来。

蒽山顶上的蒿坪社以前有60多户人家，一直以来，存在着"行路难、吃水难、就医难、上学难"的困难。去年"7·22"地震，又让原本就不富裕的村子蒙受了更大的灾难。灾害发生后，州县各级政府就地安置、合理规划，对灾区实行了高标准规划、高起点建设，切实保证了集中安置区的规划和建设质量。

蒿坪社村民李改英现在最大的愿望就是多挣些钱修新房。地震发生后，她和丈夫白天在镇上打工，晚上回来收拾地震后的残垣断壁。今年年初，在政府选址的安置点上，他们请来匠人，拉来搅拌机，一家人都加入新家的建设中。

"爸爸妈妈干活的时候，我就帮他们烧水做饭。"李改英12岁的小女儿说。看到别人家的新房时，也不时向妈妈嚷嚷要住新房子，李大姐听了也有了动力。"以前住在山顶上，房子又不好，地震了，房子塌了、漏了。现在镇政府给我们征了平川大地，使我们住的条件更好了。我家是二女户，我要多挣点钱，鼓起劲给娃娃们修个漂亮的大房子，以后发展起来开农家乐，我们对生活也更有信心了。"

现在她家上下10间的徽派瓦房整体框架已经完工，只剩下内部装修了。

在另一处安置点冶力关镇池沟村，各家各户也都热火朝天地进行着安置房的重建。崭新的池沟小学已经投入使用了，虽然学校放假了，但是娃娃们经常跑来学校玩耍。在学校玩耍的冯艳萍告诉记者："以前的学校，桌子、板凳都很破。现在搬进了新学校，窗户明亮，桌椅板凳都是新的，学校里可以打篮球、打羽毛球、打乒乓球，我们可喜欢了。"

地震发生后，临潭投入近4.58亿元进行城乡居民住房和村镇建设，农村居民住房重建投资计划4246户，维修加固投资计划10664户，总投资4.35亿元。民房重建已全部开工建设，累计完成投资3.14亿元。新开工项目政府进行统一规划部署，确保建筑物达到抗震设防标准，严把工程质量关、安全生产关、工程进度关，力争10月底入住。

（原载2014年7月22日《甘南日报》）

甘南：从"住有所居"迈向"住有宜居"

◎记者 何 龙 加次力

近年来，甘南凝心聚力、筑基强本，积极推进造林绿化、生态水系工程、城乡环境卫生综合整治，使得天更蓝了、水更清了、景更美了，精细化的城市管理让市民生活环境改观看得见、体验得到，幸福指数与日俱增，人居环境更加生态宜居，城乡居民环境改善"获得感"逐步增强。

去年，为落实党的十九大报告中"住房回归居住属性"的定位，甘南创新性地统筹推进棚改、老旧小区整治、节能保暖改造、农村危房改造等工程，改善城乡居民的生活条件和居住环境，实现从"住有所居"到"住有宜居"，全州 8 县市住房和城乡建设事业发展步入快车道，城镇功能显著增强，城乡面貌焕然一新，居民生活条件明显提升，有力促进了全州经济社会的持续快速健康发展。

从"住有所居"到"住有宜居"，一字之差，却让全州广大农牧民感受到了实实在在的变化。

宜居甘南城乡规划不断加强

2017 年，全州城区总体规划新一轮修编和评估工作全面完成，8 县市城区城乡一体化建设规划、城市风貌规划编制和重要地段修建性详细规划编制完成，县域乡村建设规划和"千村美丽"示范村规划正在编制完成。合作市控制性详细规划覆盖率达到 100%，各县城区控制性详细规划覆盖率达到 95%，全州 99 个乡镇总体规划编制已经全覆盖，村庄建设规划覆盖率达到 49%，合作市、卓尼县"多规合一"试点工作全面实施，形成了层次分明的规划体系。加强城乡规划工作监督管理，强化城乡规划行政督察，研究制定了《甘南州 2017 年城乡规划督察工作方案》，已由州政府办批转实施。配合省规划督察组完成了合作市（设市城市）、夏河县（省级历史文化名城）、临潭县（冶力关风景名胜区）、碌曲县（郎木寺风景名胜区）现场督察工作，并按《甘南州城乡规划工作的督察意见书》要求完成了整改方案上报工作。完成州人大听取并审议了《全州城乡规划管理工作情况的报告》，满意测评度达到 95% 以上，并按照《州人大关于对全州城市规划管理工作情况的审议意见》，制定完成了《关于对全州城市规划管理工作审议意见的整改方案》。强化历史文化街区划定和历史建筑确定工作，卓尼县杨土司革命烈士纪念馆、临潭县隍庙（苏维埃遗址）、临潭县洮州卫城已入选甘肃省历史建筑名录。夏河县关帝庙、碌曲县拉仁关寺院、卓尼县木耳镇叶儿村等 5 户居民住房被确定为历史建筑上报省上保护。

衣食住行"住"是民之归属

去年中央城市工作会议提出，"建设和谐宜居、富有活力、各具特色的现代化城市"。甘南高度重视改善居民居住环境，把棚改、老旧小区整治、节能保暖、农村危房改造四项民生工程列为为民办实事项目，以改善居民居住环境作为全面提升城市品质和居住幸福感的重要抓手，实现城乡居民居住条件和生活环境的整体提升。重点把筒子楼、破旧平房、倒危房及陋旧村等列入棚户区改造范围，这些房屋大多都是基本生活设施不配套、居住条件恶劣且破旧并存在安全隐患，亟须得到改造。另外一些还具备居住条件的小区，通过进行节能保暖改造，统筹开展老旧小区整治，加强危房改造。2017 年，全州共争取城镇棚户区改造 20306 户，落实中央、省级补助资金 17.2 亿元，地方配套资金 2.6 亿元，目前已全部开工建设，项目手续齐全，开工率达到 100%，完成投资 24.6 亿元。全面解决州直单位职工老旧房屋配套设施老化滞后问题，甘南大力实施棚户区改造

"改、扩、翻"项目，2017年，共实施州本级棚户区改造项目1872户，有力改善了州直单位职工居住环境和住房条件。

近年来，甘南按照城市绿色发展理念，突出抓好宜居工程项目建设，实施了一批重大基础设施项目，将建筑景观与自然景观融为一体，努力建设绿色生态城市，让城市"透绿见蓝"。目前，高标准改造了城市入市口，绿化、亮化、净化得以升级，城市形象进一步提升。

"加减乘"法则让老百姓感受城市"内在美"

生态绿化做"加法"。近年来，甘南州投入大量资金，实施城市绿化美化，完善市区绿地服务功能和生态功能，扩大绿化总量，打造良好的生态环境。州府所在地合作市实施了"千棵大树进合作"和绿色生态长廊工程，对城区绿化进行了提升，对念钦街（西路）沿线加种绿化树木8000余株、安装防护栏16000余米；在城区、景区、面山区域、城乡接合部、公路沿线实施造林和绿化工程；对城郊裸露空地实施种草植绿，绿化面积达到65000余平方米；在广场、城区、北出口种植树形良好、树冠茂盛的上云杉3200余株。在提升绿化的同时，在裸露空地植树种草、铺设地砖、安装设施，新建成沿河路、卓玛路两处休闲、健身型小广场。

污染治理做"减法"。近年来，州委、州政府高度重视大气污染治理工作，认真贯彻落实"大气十条"，实施了一系列保障性措施，先后组织召开了5次大气污染防治专题会议，科学合理制定《甘南州2018年度大气污染防治工作方案》和《甘南州2017—2018年度大气污染"冬防"工作方案》等指导性文件，为大气污染防治提供了制度保障。目前，合作市城区97台146蒸吨燃煤锅炉实现100%改造完成，425家餐饮油烟单位中约370家使用了清洁能源燃料，135家加装了油烟净化设施，30家施工工地全面落实"六个百分百"制度，16家煤炭销售单位全部搬迁至甘南煤炭交易市场，完成了4000户煤改气改造任务，淘汰黄标车和老旧车共5436辆，各项措施基本落实到位。2016年，合作市城区空气质量优良天气比例为88.5%，全省排名第一，超额完成年度目标任务，可吸入颗粒物（PM10）平均浓度值为 70 微克/立方米，同比下降 11.4%，低于年度目标任务值 3 微克/立方米，细颗粒物（PM2.5）平均浓度值为 38 微克/立方米。

绿色发展做"乘法"。望得见山，看得见水，记得住乡愁，是每个城市居民的追求和期盼。2015 年以来，甘南州举行了"史上最严"的"环境革命"，全州公务员和民众一起打扫公路、草原和街道，新建城乡垃圾填埋点 1100 多处，清运城乡垃圾 48.6 万吨，探索出"全域无垃圾"的生态治理经验。同时，分批建设生态文明小康村，形成甘南特色的绿色发展之路。2017 年，甘南州将进一步明确走绿色发展之路建设生态文明的发展目标，围绕创建"青藏高原绿色现代化先行示范区、国家生态文明先行示范区、国家全域旅游示范区、全国城乡环境综合整治示范区"的总体部署，着力培育绿色产业，发展生态经济，建设生态文明。全力建设生态文明小康村，完成 2017 年总投资 31.5 亿元的 300 个生态文明小康村建设任务，群众居住环境进一步改善。

厚重的藏文化气息、优美的城市环境、良好的社会风气、高素质的市民、高效的政务环境……一个个城市文明的剪影，被镌刻在甘南发展的记忆中。文明，已成为甘南经济社会发展中的新优势。宜居，已成为甘南最鲜明标识和最靓丽名片。

（原载 2018 年 3 月 30 日《甘南日报》）

甘南，没有去不了的远方

——改革开放 40 年甘南交通发展纪实

◎实习记者　海秀芳　徐晨龙

　　四十年前，对于地处偏远、交通不便的甘南各地的人们来说，走出村口，就意味着要"出一趟远门"了，为此要收拾好几天，还要备好路上的干粮，谁要外出全村人都知道。四十年后的今天，道路四通八达，说不定哪天，就会来一场说走就走的旅行，去甘南以外的地方看看……经济社会发展，交通必须先行。改革开放四十年来，甘南州交通基础设施建设日新月异，群众空前便捷的出行方式，正是四十年来甘南州各项事业变迁、进步的缩影。

　　"四十年前，交通不发达，人们出行基本靠双脚。那个时候，放假休息基本不回家，不是不想家，是回一趟太难了。"住在合作市的 75 岁退休老人牛永平对我们说，"偶尔回家一次，回单位的时候天没亮就要背着大包干粮出发，沙砾土路，一旦遇上雨雪天气，只能在沿路亲戚家借住一晚。即使挑捷径走，临潭到合作也要 20 多个小时。那个年代的我们，可真是'有家难回，无处可去'。但是现在不一样了，柏油马路直接修到村口，回趟老家也就 1 个小时左右。以前的 20 多个小时，现在都可以从临潭到合作走 10 个来回了。对于现在的我来说，只要身体健康，没有去不了的地方。"

　　建州前，甘南交通十分闭塞落后，1945 年建成的岷夏公路是甘南境内唯一的干线公路，但全线未建桥梁，汽车勉强通行。而当时以骡、马、牛驮运以及木轮大车为主的运输方式更是晴通雨阻。

从第一条干线公路兰郎公路的建成通车，到与岷夏公路的接通，之后又修通卓尼到电尕寺公路。这几条公路段建成通车，逐渐将各县市紧密连接起来。

穿过高山，跨过河流，一条条宽广整洁的柏油马路蜿蜒向前，雄伟壮观。翻山越岭，蜿蜒曲折，一条条水泥公路盘旋而上，壮美如画。

2005 年以来，临合、合郎、岷合、尕玛、合冶、迭宕等二级公路建设，彻底改变了甘南交通现状。全州公路里程达到 7423 公里，比 1978 年增长 2.0 倍，二级公路达到 532 公里。说到以前地方交通状况，老家在卓尼的后爱龙记忆犹新，他告诉记者，十年前在合作师专上学。他说当时卓尼到合作路况不好，4 个小时左右的车程，一路坐下来"骨头都快散架了"；现在卓尼到合作二级公路建成通车，来回不到 2 小时，既方便又快捷。

改革开放以来，甘南交通运输事业的发展进入了一个新阶段。到"十五"末，甘南州的公路通车总里程达 4350 公里，其中等级公路达 2250 公里，实现了县县通油路、乡乡通等级公路的目标。尤其是 2003 年至 2006 年，甘南州公路交通基础设施建设总投资达到 19 亿元，相当于前十年的总和。2007 年，国家给甘南交通基础设施的投资达到 6.07 亿元，建成了 5 条通乡油路，并开工建设了迭九、玛久、迭红等 3 条省际公路，新建了 10 条农牧区通乡油路、14 条农牧区通乡等级公路和 196 条通村公路。

2013 年，夏河机场的建成运营，结束了甘南没有民用航空的历史，也改变了甘南仅靠公路单一出行的交通网络格局，为甘南本土居民外出和外来旅客到来提供了极大的便利。

2018 年 3 月 9 日，正好是周五，家住合作的张芳一家三口和朋友约好去重庆，下班后到夏河机场乘坐到重庆江北机场的航班，晚上 11 点多已经在重庆繁华的街头吃起了火锅。两天后的周一早上又返回合作坐在了办公桌前。

夏河机场运营以来，客座率逐年平稳上升，旅客吞吐量从 2014 年的

2.2 万人到 2015 年的 4.5 万人再到 2016 年的 9.2 万人，年增长率达到 100%；货邮吞吐量从 2014 年的 35.3 吨到 2015 年 160.2 吨再到 2016 年的 250.6 吨，年平均增长率超 60%，到 2017 年夏河机场旅客吞吐量达到 12 万人次，货邮吞吐量超过 300 吨。

刚下飞机从成都回来的马文新告诉我们，现在从成都到甘南只需要 1 个多小时。而在十年前，甘南还没有机场，去成都只能搭班车换乘火车，几经周转才能到目的地。

交通的便利，让甘南人走向了远方，也让更多的人走进了甘南。截至 2017 年，全州旅游人数 1003.15 万人次，综合收入达到 46.78 亿元。随着客流量的逐年增加，甘南最美旅游、自驾游路线也纷纷呈现。蓝天绿草油菜花交相辉映的合冶公路，静谧深远的夏河机场公路，山花烂漫、河水清澈的江迭公路……公路因甘南而美丽，甘南因公路而旖旎。

如今，我们又在期盼着兰合铁路的建成通车，它将打破甘南没有铁路的历史，为甘南与外界更好地交流与沟通提供更大便利。

修一条路可带动一方经济，铺就一张交通网可以拉动整个国民经济。改革开放四十年来，甘南交通运输事业的迅速发展，极大地改善了甘南的发展环境，推动了旅游、餐饮等第三产业的迅速发展，拉近了甘南与全国乃至世界各地的距离，使得甘南这片土地面貌焕然一新。我们相信，在不远的将来，随着交通运输事业的全方位发展和完善性建设，甘南人民将尽享改革开放的红利，生活越来越幸福。

（原载 2018 年 6 月 11 日《甘南日报》公众号）

新年开启新生活

——记舟曲避险搬迁群众入住兰州新区后的首个春节

◎记者 王满辉 孙晓东

虎年新春至，新年新希望。兰州新区的舟曲县避险搬迁群众迎来搬迁后的首个春节。

从舟曲大山深处来到兰州新区，避险搬迁让他们摆脱了连年受灾的苦恼，在新家开启幸福新生活。舟曲县是滑坡、泥石流、塌方等地质灾害高发区，2021 年，甘肃省启动舟曲县地质灾害避险搬迁工程，将灾害多发区的群众，搬迁到千里之外的兰州新区。截至目前，已有 7 批 850 户 3495 名舟曲避险搬迁群众在兰州新区安居乐业。

新春佳节将至，搬迁群众挂灯笼、办年货、练社火，喜迎在新区的崭新生活，安居乐业交通便利、百姓稳定增收、孩子就近入学……这样的新生活来自党和政府的关怀，也来自搬迁百姓的自强不息。

党建引领群众走向新生活

"视搬迁群众为亲人，服务人民情深似海""为民办事关怀备至，为民排忧恩重如山"，在舟曲地质灾害避险搬迁第一临时党支部悬挂的两面锦旗十分醒目。

一个党支部就是一个堡垒，搬迁群众入住以来，伴随着一项项政策的落实、落地，舟曲地质灾害避险搬迁第一临时党支部积极探索。坚持以党建为引领，完善管理机制、优化资源配置，强化就业创业服务，用情、用心、用力为群众办实事、办好事，让群众随时随地"看得见、找得到、叫得应。""如何让来自不同地方、有着不同生活习惯的搬迁群众在新的环境更快适应和融入，凝聚合力发展致富，坚持党建引领是关键。"避险搬迁第一临时党支部书记那有布这样说。有着43年党龄的韩六保老人，是一名网格长，他为人和善，积极乐观，在临时党支部的倡导下，成了党员突击队的一员，协助党支部为搬迁群众卸车、整治搬迁群众家里的环境卫生，还义务当起了搬迁点上的党建宣传员。党的政策好，党的干部好，是他表达真实情感最朴实的话语。尽管有心理准备，但搬迁群众入住后出现的一些问题，是临时党支部没有预料到的。"不会用天然气、不会用卫生间、不会用电饭煲和电磁炉，老年人出门找不到回家的路……更让人没想到的是，搬迁群众遇到最突出的问题，是下水管道堵塞。""下水道经常堵塞，根本原因在于搬迁群众向里面倒剩饭剩菜。不改变群众生活习惯，这个问题就无法解决。"临时党支部的工作往往与这些"鸡毛蒜皮"的小事息息相关。临时党支部书记那有布说："只有我们的干部每天不断入户，耐心细致地处理，视避险搬迁群众为亲人，所有的问题就都能解决。"经过4个多月耐心工作，再加上批评和激励，诸如使用天然气、下水管道堵塞等问题被解决了，搬迁群众更加适应兰州新区的生活。下水道不再经常堵塞，能就近就业创业，孩子能就近入园入学，让搬迁群众的心也不堵了。

家门口创业就业让群众稳定增收

"一方水土难以养活一方人"，搬迁成为最好的选择，但搬迁了，群众后续如何发展？如何确保群众持续增收？能否真正实现"搬得出、稳得住、有工作、能致富"的目标？这才是搬迁后的重心工作。

"在这个厂上班第一月的工作是剪线头，第二个月开始跟着师傅检验货，检验货是按件计工资，大家在生活、工作方面对我很照顾。"在兰州新区西岔镇的一家服装厂，质检员韩小林受到了特殊的关怀和帮助。在家门口就业的韩小林勤奋认真,熟练掌握了工作流程,很快就适应了这份工作。

47岁的韩小林是第一批从果耶镇搬迁到兰州新区的避险搬迁群众,8年前的一场意外,使得她腰部受伤压迫神经,导致行走不便。在老家靠开小卖部为生的她,搬迁到兰州新区后没有了收入来源,就在韩小林为生计发愁时,舟曲避险搬迁第一临时党支部积极和兰州锦亿圣服饰有限公司对接,让从来没过工作经历的韩小林在服装厂就业。韩小林说:"检验货一天就是按件算,一个就是4角,工资是一月发,现在我一个月将近有两千元收入,管吃管住,非常开心。"

"这两天天气好,早点出去把垃圾捡了,可以早点收工。"一大早,搬迁群众罗忠仙就早早地推上垃圾车,拿着工具上班去了。第一批搬迁到兰州新区的她,去年9月份成了一名保洁员。罗忠仙说:"我是从果耶镇第一批搬到这里的,给我安排的工作就是打扫卫生,一个月收入有1700元,好着呢。"

"真的没有想到我们这些60岁的老年人在农投公司锄草,每天还能有120元到150元的收入,4个月的时间,每个人至少挣了1万多元。"在避险搬迁安置点,68岁的韩长生老人说,"我们锄草、打扫卫生的这些人都是60岁到70岁以上的老年人,有夫妇10对,有残疾人8个,由我当大队长,分了4个组,从去年9月8日开始到去年12月底,一共是挣了60多万,每个人能分1万多,这就解决了老年人和残疾人的生活问题。"

机会总是留给有准备的人,大学刚刚毕业的刘金燕搬到兰州新区后,看到这边的发展空间和发展前景,开办了一家家电超市,开启了自己的创业之路。刘金燕说:"我这个店顺利开业了4个多月,现在规模不是很大,但是收益还可以,希望以后这个店可以越做越好,然后可以带动更多的人就业致富。"韩小林、刘金燕他们只是避险搬迁群众在兰州新区实现就业创业的一个缩影。舟曲县避险搬迁第一临时党支部与多部门联动开展就业帮扶,多渠道开发就地就近就业岗位,因地制宜推广创业扶持,大力开发就业岗位,引导因家庭原因不能外出就业人员就业,拓宽就业渠道,确保今年搬迁以及以后搬迁的每一个有就业意愿的搬迁群众至少获得一个有针对性的岗位信息。

技能培训拓展群众就业创业渠道

"红烧肉制作的过程冰糖熬色不能过火，过火的话会变黑，菜品就会不光亮，要领就是鲜红而不腻……"近日，在兰州新区舟曲搬迁群众中式烹调技能培训现场，甘肃竞职职业技能培训学校的老师正在为避险搬迁安置点的培训学员讲解红烧肉制作的理论知识。

培训现场，培训老师采取理论讲解与实操相结合的方式进行授课，从菜肴的选材、搭配、佐料等着手，再从洗菜、切菜、调味、火候，到如何装盘，老师对每个步骤都进行了耐心讲解。在老师的示范下，学员们细心地学习着每道菜的烹饪技巧，并认真地进行着现场实操。甘肃竞职职业技能培训学校负责人俞金含说："现在我们的这个班是中式烹调初级班，初级班是 20 天的课时，课时安排了将近 45 个菜肴，每天荤素搭配，最少教会学员两到三个菜，保证学员在毕业的时候能把重要的一些菜品、一些餐馆里的菜品可以实地制作出来。20 天课程结束时会有一个考核，考核完以后由新区社保局颁发中式烹调的初级证书，有证书能保证大家更好地去就业、创业，然后得到社会的认可。""很荣幸能参加这个免费培训，在这边呢，确实学到了很多技能，感谢党和政府对我们搬迁群众的关爱和照顾，学好技能后，我准备开个饭馆做盖浇饭、小炒之类的。"从舟曲县武坪镇坝子行政村搬迁到兰州新区的群众杨丽军自信满满地说道。甘肃竞职职业技能培训学校是由兰甘肃省人力资源和社会保障厅批准成立的一家职业技能培训学校，据学校负责人俞金含介绍，学校在去年 10 月份已经为舟曲县避险搬迁群众开设了一个家政服务员培训班，第一批 51 名家政服务已经全部培训合格，取得了培训资格证书，已经帮助 26 名学员就业，今年春节过后，还将举办养老护理员培训班。今年 30 岁的孔宝里代是果耶镇搬迁到兰州新区的群众，因为自己学历不高，只能靠种植、外出务工维持生活，得知有挖掘机培训的机会，他主动报名参加，目前本次挖掘机培训学习已接近尾声，对搬迁到兰州新区后的生活，孔宝里代感到就业机会很多，有技术的话还是很有希望。孔宝里代说："这次的挖掘机培训，已经培训了13天，我感觉到特别好，尤其是教练教得认真细心，我也学到了很多挖掘机方面的技术，以后想找一个操作挖掘机方面的工作。"在广泛征求搬迁群众培训意愿的基础上，舟曲县避险搬迁第一临时党支部紧紧围绕需求与供给、岗位与求职等关键问题，坚持党建引领，积极对接协调西岔园区因地制宜开设实用技能培训班，通过"政府+培训机构+企业"的培训方式，实现稳定就业，全面助力搬迁群众"搬得来、稳得住、能发展、可致富"。

就近入学让搬迁群众子女学有所育

在地质灾害避险搬迁工作中，舟曲县组成工作专班积极与兰州新区对接协调，全力做好随迁子女的入园入学工作。

去年8月份以来，兰州新区已经陆续接纳了7批850户的避险搬迁群众，其中随迁子女就有600多名。孩子们大多就近在兰州新区第二小学上学。

兰州新区第二小学现有学生1227名学生，教师72名，有6个年级25个教学班，现有舟曲移民点的学生275名。走进兰州新区第二小学，"好好学习、天天向上"八个大字格外醒目，现代化的教学楼、塑胶操场、室内体育馆等设施一应俱全，正赶上学生们期末考试，整个校园显得格外安静，在教室记者见到了正在认真答卷的舟曲随迁学生房健强、仇佳艺，考试结束后他俩向记者介绍起来了这边的学习生活情况。

兰州新区第二小学学生、原立节小学学生房健强说："老师和同学们对我都很热情，现在我的英语成绩都提升了不少。以前家里住在山上，租房子住，每次周末还要走着回家，这边我们上学放学可以坐校车，我很喜欢这边的生活学习环境。"兰州新区第二小学学生、原峰迭新区小学学生仇佳艺说："现在我所在的地方就是我们学校开放式的书吧，在这里我们可以放松地阅读各种书籍，我们学校还有各种各样的课外活动，比如说，跳绳、足球、篮球等，还有我们的三操一活动，还有科技节、足球节、阅读节，这边的活动非常丰富，这里的环境特别好，同学都特别友好。"

"我们首先跟家长详细了解孩子的家庭环境、家庭人口的组成、孩子的性格特点，以及他之前在那边学校的学习状况，根据孩子在学习上的一些缺失，在这边对孩子们进行课余集中辅导，对学习上比较困难的学生针对性地加强训练。"兰州新区第二小学教师腾国霞说，"作为班主任，我更多关心的是孩子们的生活、学习、精神和心理这些方面的问题，有些孩子搬来不适应，我们就对孩子进行个别辅导，沟通交流，和全班的孩子们一起，为新来的同学营造一个开心、和谐、愉悦的环境，我们最大的愿望就是这些孩子们能够和之前做到无缝对接。"

按照就近入学原则，舟曲避险搬迁随迁子女学前适龄儿童到搬迁安置点希望幼儿园就读，小学适龄儿童到兰州新区第二小学就读，初中学生到兰州新区第二初级中学就读，高中学生到兰州新区高级中学就读。按省教育厅规定，高一学生借读一年后转学籍，高三学生原学校就读原籍参加高考。截至目前，舟曲避险搬迁随迁子女663名学生学籍已全部迁转至兰州新区，其中504名学前、小学、初中、高中各学段学生已在兰州新区入园入学稳定就读。

新年伴随新希望，新年开启新生活。如今，兰州新区避险搬迁安置点楼房整齐划一，基础设施日益完善，人们的生活收入水平不断提升。1月25日，时值农历腊月二十三小年，这一天，兰州新区避险安置点850户人家年味渐浓，包饺子、挂灯笼、排社火……乡亲们互帮互助，一边忙活着准备过新年，一边畅谈着将来的生活，他们在这里度过搬迁后的第一个虎年春节。

（原载2022年2月7日《甘南日报》）

第四章　吉祥甘南

国之兴衰系于制，民之安乐皆由治。社会治理是国家治理的重要方面，基层是社会治理的基础和支撑。提升基层社会治理水平，是实现国家治理体系和治理能力现代化的重要环节。

党的十八大以来，习近平总书记高度重视社会治理工作，发表一系列重要讲话，作出一系列重要指示，提出许多新思想新观点新举措，为新时代加强和创新社会治理指明了方向，提供了根本遵循。甘南州坚决贯彻落实习近平总书记关于社会治理重要思想，坚持把人民对美好生活的向往作为社会治理现代化和"平安甘南"创建工作的奋斗目标，紧紧围绕基层治理等重点工作，不断提高社会治理社会化、法治化、专业化和现代化水平，着力解决群众"急难愁盼"，进一步提升群众获得感、幸福感、安全感和满意度，为全州经济社会高质量发展创造更加和谐稳定的社会环境，有力维护全州社会大局稳定。

十年来，甘南州全力推动平安建设，从"达标"向"创优"转变、从"平安"向"善治"跃升，不断加快推进"大抓基层、大抓基础、大抓治理"三年攻坚行动、"8+"社会治理、城乡精神文明创建等法治防控体系建设，严厉打击各类违法犯罪，全领域动态治理、全方位依法治理、全时空精准治理、全天候有效治理、全要素智慧治理、全链条无缝治理，社会治安和公共安全形势持续好转，老百姓获得感、幸福感、安全感明显增强。十年来，社会治安变化十分明显，两组数据标注出平安甘南建设的新高度。2021年，全州群众安全感满意度达到98.43%，位列全省第一；政法机关和政法队伍执法满意度达到92.57%，位列全省第一。

平安甘南，山川增秀，格桑花开。

在高高飘扬的鲜红旗帜下，全州上下齐心协力绘就社会治理现代化的美好画卷，谱写社会安宁人民幸福的新篇章。

———

利民之事，丝发必兴；厉民之事，毫末必去。十年来，甘南州坚持以人民为中心的发展思想，充分发挥法治固根本、稳预期、利长远的作用，大力推进社会治理现代化，传承和发扬新时代"枫桥经验"，建立健全基层治理体系，积极探索基层为民服务新模式，构建矛盾多元化解信息线上系统，全面搭建线上线下同步流转运作的县、乡镇、村（社区）、调解员四级矛盾调处体系，实现从纠纷受理到受理分流、调查取证、纠纷调解、达成协议、结案回访、卷宗存档的全流程数字化运行，不断拓宽畅通群众诉求渠道，提升矛盾纠纷调处化解效率。通过长期综治实践，全州建立了州、县、乡、村四级矛盾纠纷排查化解网络，组建了人民调解组织899个，配备了调解员4525名，充分发挥了人民调解机构"第一道防线"和"主力军"作用，变群众上访为干部下访约访，领导干部大接访，全州刑事案件、治安案件、群体性事件、一般性矛盾纠纷呈下降态势，矛盾纠纷就地调处率达到98%以上。

基层是社会治理的基础和重心。习近平总书记强调，党的工作最坚实的力量支撑在基层，经济社会发展和民生最突出的矛盾和问题也在基层，必须把抓基层打基础作为长远之计和固本之策，丝毫不能放松。

基层是社会矛盾相对集中的地方，有些看似鸡毛蒜皮的小事，可在群众心中却是关系切身利益的大事，矛盾纠纷不能及时有效化解，影响群众的安全感不说，还有可能演变为恶性案件，给社会治安稳定带来安全隐患。如何把矛盾纠纷处置在初始阶段和萌芽状态，让大事化小，小事化了？

夏河县人民法院巡回审判法庭走进阿木去乎镇安果村，公开审理一起离婚纠纷案件，给村民们上了一堂生动的法治教育公开课。

受理该案件后，承办法官多次进村入户开展走访，实地了解案情。经了解，本案当事人经过村民组织及其他亲戚多次调解均未能取得良好的效果，考虑本案系离婚纠纷且原被告之间矛盾深厚，当地群众就婚姻关系法律知识存在一定的盲区，为达到"审理一案、教育一片"的社会效果，决定利用巡回审判，就地审理此案。法官晓之以理，动之以情，做好当事人的疏导工作，确保矛盾纠纷真正得到化解。经过法庭调查、举证质证、法庭辩论等环节，庭审顺利结束并妥善解决矛盾纠纷，调解结案，达到了案结、事了、人和的社会效果。

二

2020 年 9 月 24 日，甘南州召开优秀网格长、联户长表彰大会，高规格表彰奖励了一批优秀网格长、联户长，为群防群治队伍作用发挥注入新动能。玛曲县采日玛镇网格长阿加在大会上作为优秀网格长发了言。他说："作为一名网格长，熟悉自己辖区内的户情，了解群众的需求，宣传各项法律法规和党的惠民政策，都是我应该干并且必须要干好的事。"

甘南藏族自治州各民族聚居，寺庙广布，在基层社会治理中，甘南州坚持依法管理、民主管理和社会管理相结合，坚持把寺庙作为基层单位对待，把寺管会作为一级社会组织对待，把寺管会成员作为基层村组干部对待，把寺庙的广大僧尼作为普通公民对待，充分发挥寺庙办、寺管会、寺庙警务室的作用，实现寺庙管理工作的制度化、规范化。各寺庙和宗教界人士全面践行州委提出的"十个坚决不允许"（州委针对甘南维护统一、维护民族团结、维护社会稳定的现实形势与任务，向全州党员干部和僧俗群众提出的明确的综合性工作要求），发扬爱国爱教、持戒守法的光荣传统，各寺庙建立完善并长期坚持升国旗仪式制度、理论中心组学习等工作制度，全面加强爱党爱国教育。深入推进法律进寺庙活动，教育引导广大僧尼牢固树立"五个认同""两个共同""三个离不开"的思想，为推动全州基层社会治理、共建平安和谐提供了一个稳定的社会环境。

"网格化+十户联防"作为甘南州基层社会治理的特色抓手，在合作联防、综治维稳方面发挥着主要作用，另一方面，在实行村民自治，让群众管群众、僧人管僧人，群众致富增收等方面也发挥着不可估量的作用。

合作市勒秀镇将全镇10个行政村及3座寺院划分59个网格，113个联防组，配备网格指导员42名、法治辅导员4名、网格长59名、联户长113名，其中农牧民100名、机关站所13名。解决村民的矛盾冲突、帮外出务工人员联系工作、帮扶贷款、全域无垃圾治理是联户长的日常工作，安果村联户长冷本介绍说，"我的工作就是每天社会巡逻防控、情报信息搜集，并掌握我所管理的这11户村民的基础情况，刚开始村里经常发生矛盾纠纷，联户长实施到现在为止，今年都没有发生过一起冲突，我也不会让矛盾纠纷在我这里发生。"

寒冬腊月，在卓尼县构哇乡光尕村党群服务中心民事村办代办点，村党支部书记安才浪扎西正在用手机给村里的留守老人缴纳居民医疗保险，在他身边，一群老人手里拿着身份证和现金围在一起等待着……

安才浪扎西介绍说："城乡医疗保险缴费截止时间快到了，村委会安排各联户长进行了摸底核查，发现村里有个别留守老人由于没有智能手机、子女外出务工等原因尚未缴纳医疗保险，为方便村民参保，免除在外务工村民的后顾之忧，我们村委会近期轮流坐班，确保全村村民及时参保。"

据了解，白光尕村设立了民事村办代办点，村"两委"成员及包队干部与专职代办员轮流坐班，通过联户长详细了解群众生活状况，深入田间地头、群众家中，开展矛盾纠纷排查、环境卫生整治等工作，沉下身去了解群众医疗救助、牛羊保险、饮水安全等急难愁盼的问题，做到对群众的所思所想所盼心中有数，变"群众等"为"等群众"，变"层层反映"为"村级受理"，确保村民找得到人、说得上话、办得了事，切实畅通了惠民便民服务渠道，打通了联系服务群众的"最后一公里"，逐步走出一条党建引领、全民参与、自治法治德治相结合的乡村治理新路子。

三

夕阳西下，夜幕降临，合作市香巴拉文化广场的景观灯渐次亮起，霓虹闪烁，人潮涌动。市民和着音乐，跳起了欢快的锅庄；孩子们你追我赶，嬉笑打闹，好一派盛世繁华景象。

"平安不平安，群众说了算。"走遍甘南8县市，城市的环境美了、治安好了、更加宜居宜业了，群众脸上洋溢着幸福的笑容。这美好的画卷，是甘南州各级干部各族群众用忠诚、担当、汗水和心血描绘而成。

"明者因时而变，知者随事而制""上面千条线、下面一根针"是社会治理难题的写照。如何巧用这根"针"，串起千条"线"，考量着制度设计者的智慧。牵引社会问题软着陆，破解服务群众"最后一公里"难题，需在基层治理体制机制创新完善上下功夫。

2022年4月20日，甘南州"大抓基层、大抓基础、大抓治理"三年攻坚行动启动大会召开，州委决定在全州开展以推动落实"基层党建+文明村社+和谐寺庙+美丽家园+十户联防+两代表一委员+党政干部+民兵队伍"基层社会治理工作机制为重点任务的"大抓基层、大抓基础、大抓治理"三年攻坚行动，制定印发《关于以党的建设为统领构建"8+"基层社会治理工作机制的意见》《甘南州"8+"基层社会治理工作线上运行管理办法》，全面升级细化基层社会治理工作机制，构建具有时代特征、地方特点的基层社会治理"甘南模式"。

在甘南州"大抓基层、大抓基础、大抓治理"三年攻坚行动启动大会当天，甘南州社会治安综合治理中心举行揭牌仪式并正式启动运行，受理咨询、办理信访事项、法律援助等服务，对州级重大决策事项、社会稳定风险评估情况进行备案，也开通了公共法律服务热线，进一步提升了社会治理现代化质效和平安甘南建设水平。

在"大抓基层、大抓基础、大抓治理"三年攻坚行动中，为最大限度地发挥大数据集群效应和聚类效应，为决策提供重要参考，甘南州研发了"8+"信息化模块，建立"人、地、事、物、情、组织"六大基本要素信息数据库，全力打造终端采集、中心共享、平台联动，具有智能流转、联动处置、闭环运作、全程留痕功能的"8+"智能化、数字化社会治理中心信息平台，研发了"平安通"App，与平安甘肃信息化支撑平台互联互通。利用行政区划电子地图划分出3000余个网格，线上线下同步发力，把社会治理报事权赋予每一个网格长、联户长、两代表一委员、民兵队伍和工作人员，达到了随时能调度、随处连视频、随手报情况、随时查信息、随处能打卡的工作实效。

2022年8月19日，甘南州委、政法委组织召开全州"8+"工作培训视频会议。州、县市党政机关，企事业单位和省属驻州各单位分管领导、联络员近1000人参加了培训。培训对"8+"基层社会治理工作机制的构成、目的和意义做了说明，就单位、个人入格联户"双报到、双报告"和下沉演练工作要求和任务进行了解读，讲解了平安通"App"各项功能，对操作系统的安装、登录和使用进行了现场教学和答疑。通过培训，州、县市各单位和联户人员进一步明确了工作职责，掌握了平安通"App"使用，为入格联户和实战演练提供了工作保障。

2022年10月，甘南州"8+"办公室下发《关于开展"8+"工作机制人员力量入格联户的通知》。州、县市各单位积极组织入格联户力量，分赴所包村社和宗教场所开展"包村驻寺、入格联户"工作，全面了解联系户家庭人口、家庭收入、子女入学就业、思想动态及惠农政策落实情况。详细掌握联系户是否存在家庭成员、邻里、婚姻等矛盾纠纷情况，针对排摸出的矛盾纠纷协助乡镇、村社给予化解，消除了不稳定因素，交流了感情，增进了理解，达到了联人联事联心的目的，做到了底数清、情况明。入户走访过程中，各级人员突出"铸牢中华民族共同体意识"这条主线，宣传党的方针政策、乡村振兴、疫情防控等知识，引导群众增强法治观念，树立平时学法、办事依法、遇事找法、解决问题用法、化解矛盾靠法的意识，坚定各族群众听党话、感党恩、跟党走的自觉性。各级党政干部、两代表一委员、民兵队伍等力量深入各自联系户家中，利用"平安通"App完成了信息录入、入户打卡、动态上报等工作，汇集了各类信息资源，提升了走访工作实效，推进了"8+"基层社会治理工作机制实体化、实战化，实现了服务群众线上线下"零距离"。

2022 年 5 月召开的平安甘肃建设表彰大会上，甘南州被授牌命名为"平安甘肃建设示范市（州）"，合作市、迭部县被授牌命名为"平安甘肃建设示范县（市、区）"。2022 年 7 月，甘南平安指数排名全省第一。

<h1 style="text-align:center">四</h1>

平安，是和谐之基，小康之需，民生之盼。平安建设，与人民群众的幸福感、获得感和安全感息息相关。党的十八大以来，甘南坚持忠诚履职、担当尽责，夯实平安建设基层基础，弘扬社会主义法治文化，让平安在甘南上大地真实可感、触手可及。

自扫黑除恶专项斗争开展以来，甘南州各级党委政府和相关部门、单位深入学习贯彻习近平总书记关于扫黑除恶专项斗争重要指示精神，坚决贯彻执行党中央和省委、州委关于开展扫黑除恶专项斗争的决策部署，坚持在依法严惩上出实招，在深挖整治上见成效，在长效常治上下功夫，黑恶势力违法犯罪得到根本遏制，涉黑涉恶治安乱点得到全面整治，重点行业、重点领域治理水平明显提升，人民群众获得感、幸福感、安全感明显增强，全州社会大局持续和谐稳定。

甘南州在深入调研和广泛征求意见建议的基础上，制定了《关于开展扫黑除恶专项斗争的实施意见》，明确了专项斗争的总体要求、实施步骤、保障措施，特别是针对甘南的实际情况和工作特点，增加了"为谋取非法利益阻挠项目建设、煽动群众闹事的黑恶势力；借刑事案件、交通事故、医疗事故、安全生产事故围堵国家机关单位、煽动群众冲击国家机关办公场所、打砸毁坏公私财物的黑恶势力；利用传统陋习，煽动操纵、胁迫群众干扰基层政权运行、干预司法工作、制造和激化矛盾纠纷、欺压驱赶群众的黑恶势力"等 3 类打击重点，为专项斗争各项要求在甘南更好地落实提供了强有力的组织保障和高标准的指导意见。

法治是定纷止争的最好路径。近年来，甘南州发动各级各部门在重点区域、人员密集场所和交通要道张贴"两高两部"《关于依法严厉打击黑恶势力违法犯罪的通告》和《关于积极鼓励公民举报涉黑涉恶违法犯罪线索的通告》，通过手机短信、户外电子显示屏、"网格化+十户联防"微信群、州县各媒体平台等多种形式，广泛深入进行宣传动员，及时对外公布了举报邮箱、信箱和举报电话。特别是结合甘南实际，将"两高两部"《通告》翻译成藏文，制作藏汉"双语"固定宣传栏（宣传牌）、传单、横幅等在玛曲、碌曲、夏河、卓尼、迭部等县进行广泛宣传。以"马背普法队""摩托车普法队""草根宣讲团"等多种形式开展农牧村普法230余场次，发放宣传材料16.8万余份，发送普法短信10万余条，受众达23.6万人次。抽调藏汉双语律师和法律服务工作者组成法治宣传队，深入边远农牧区，开展了为期3个多月50余场次的"铸牢中华民族共同体意识"暨民法典藏汉双语法治宣传教育活动，把宣讲内容录制成群众喜闻乐见的音频、视频等形式，开展卓有成效的扫黑除恶藏汉"双语"宣传，做到家喻户晓、人人皆知。通过法治宣讲、政策宣传、法律咨询服务、矛盾纠纷调处，将党的民族政策、民法典等法律法规送到草原深处、牧村帐圈，受到了农牧民群众普遍欢迎和称赞。

与此同时，全州公共法律服务实体平台、一村（居）一法律顾问实现全覆盖，"12348"公共法律服务热线规范运行，各级法律援助机构办理法律援助案件229件，解答法律咨询2772人次，打通了法律服务群众、实现公平正义的"最后一公里"，人民群众办事依法、遇事找法、解决问题用法、化解矛盾靠法的法治良序加快形成。

在扫黑除恶专项斗争开展的三年里，全州受理线索1010件，核查办结1010件，核查完成率达到100%；深挖查处参与恶势力团伙的党员干部，存在恶势力"保护伞"行为的党员干部、乱作为人员，给予党纪处分396人，组织及其他处理183人，移送司法机关7人；侦破涉黑涉恶刑事案件21件、抓获犯罪嫌疑人211人。依法查封、冻结涉案资产2692.08万元，全部依法审结。涉黑涉恶案件移送起诉率达到100%，审结率达到100%。实现了"线索清仓、案件清结、逃犯清零、行业清源、伞网清除、黑财清底"的目标。

小家安，则大家安。只有让群众成为最大受益者、最广参与者、最终评判者，才能为加快推进甘南社会治理现代化提供源源不断的智慧和动力支持。如今，人民群众和社会各界共建共享平安甘南的热情高涨。平安甘南，已渗透全州城乡的每个角落，渗透每一个生活在甘南这片土地上的人心中。

回顾过去，我们看到，这十年，是甘南法治建设步履坚实、硕果累累、精彩纷呈的十年；这十年，是甘南政法部门与时俱进、自强不息、砥砺奋进的十年。这十年，是甘南社会充满活力、和谐发展的美丽图景加速形成，愈发清晰的十年。

全面推进依法治国，是国家治理的一场深刻变革，奋进新征程，建功新时代，甘南坚持共建、共治、共享，准确把握基层社会治理的重点任务，在统揽、统抓、统管中引领治理方向，在聚心、聚力、聚魂中贯彻治理主线，在联人、联事、联心中筑牢治理根基，在预知、预警、预防中彰显治理能力，在精准、精确、精细中拓展治理空间，在融合、融通、融入中提高治理能力，在宜居、宜业、宜游中共享治理成果，全力推动社会治理体系和治理能力现代化，使75万各族人民打造"五无甘南"、创建"十有家园"、建设青藏高原绿色现代化先行示范区的航程更加平稳、有序、有力。

始终把群众放在心中最高位置

——甘南推动化解"尼江"草山纠纷启示录

◎记者 王 力

卓尼县尼巴村与江车村互为邻里,却因争夺草场,恩怨纠纷持续了六十年,先后共导致22人死亡、86人受伤。

2013年以来,以时任州委副书记俞成辉为组长的工作组介入调解"尼江"问题,坚决贯彻党的群众路线,深入两村扎实开展群众工作,和群众交朋友,把群众当亲人,两村之间的积怨开始化解,人心思定共谋发展的曙光初步显现。

六十年的恩怨是如何开始化解的?回顾艰苦卓绝的"尼江"问题调解工作,带给我们的启示,是多方面的。

启示一:坚持了群众路线这个大法宝

心系群众鱼得水,背离群众树断根。党的根基在人民,血脉在人民,力量在人民;党和群众须臾不可分离,片刻不能割裂。否则,我们的事业就会遭遇挫折甚至失败。

工作组介入"尼江"工作后,深入贯彻群众路线,熟练运用群众工作法,积极主动深入群众做工作,依靠群众、相信群众、动员群众,拉近了党群干群关系，赢得了村民信任，这是事件得以初步化解的根本所在。

做群众工作，贵在情真。我们党的性质和宗旨，决定了广大党员干部必须对人民群众怀有深厚的感情。群众感情伤不得，干群关系僵不得，否则我们的一切事业就无从谈起。工作组提出"用联系群众的方式介入'尼江'问题、用换位思考的方法分析'尼江'问题、用真诚平等的态度对待尼江群众、用加快发展的手段推动尼江工作"的总体思路，戒掉官腔、放下架子、放低姿态、摆正位置，将心比心，与群众心意相通；换位思考，和群众同频共振。经过艰苦努力，逐步打开了两村群众的心结，为化解矛盾纠纷迈出了可喜的一步。

做群众工作，贵在践诺。言而无信，不知其可。信守承诺，是做人最起码的原则；取信于民，是党对每一位党员干部的基本要求。只有取得群众的信任，才能更好地开展群众工作，党和人民的事业才能不断向前发展。在协调化解"尼江"问题的过程中，工作组做到了"言有信，行必果"。对能够马上解决的问题马上解决、对暂时没有条件解决的问题创造条件去解决、对不合理的诉求依法依策向群众做出解释。不弄虚作假，不开空头支票；不做表面文章，不搞形式主义。工作组郑重承诺：不解决两村"因贫生乱"的问题绝不放手，不把两村群众带上脱贫致富奔小康的轨道绝不罢休。为了践行这一承诺，工作组组长俞成辉先后30多次深入尼江地区，跑遍了那里的山山水水、村村户户，主动与两村群众面对面联系对接、心交心深入沟通，千方百计消除群众思想上的顾虑、化解群众心理上的困惑、抚平群众感情上的伤痕，想方设法加深干群之间的感情、增进党群之间的信任、拉近两村之间的距离、夯实解决问题的基础。经过坚持不懈的努力，特别是经过认真兑现承诺，最终以诚挚情感换来了群众的真心拥护，从而使两村与党委政府之间由"背靠背对着干"转向了"面对面谈共识"。

启示二：坚持了团结发展这个大方向

团结稳定是大局，推动发展是根本。发展中遇到的问题，只能通过更进一步的发展来解决。

以俞成辉为组长的"尼江"问题工作组，一方面通过深入扎实的思想工作，使两村群众普遍放弃了仇恨情绪，让他们回到了"盼团结、思发展"的轨道上来，这是事件得以缓解的重要内动力。另一方面，工作组以锲而不舍的精神，以敢于反复碰钉子的勇气，以不解决问题誓不回还的决心，最终找到了"尼江"问题的症结和根源，形成了对"尼江"问题的基本判断："尼江"问题既不是民族问题，也不是宗教问题，而是一个发展问题。

推动化解矛盾纠纷，尤其是积久复杂的矛盾纠纷，最忌"头疼医头、脚疼医脚"。要彻底解决问题，保证不反复、不反弹，就要准确找到问题的症结所在，然后才能对症下药，最后达到药到病除的效果。

为什么"尼江"草山纠纷持续了六十年？原因在于制约群众发展的瓶颈问题没有解决。争夺草山就是在争夺牧民群众最基本的生产资料；争夺生产资料是为了求得更好地生存。把这个最根本的原因搞清楚了，才能"跳出草山看尼江，跳出尼江谋发展"。工作组全力以赴为群众出主意、想办法，结合实际研究推出新的惠民政策，引导群众拓宽思路，发展多种产业，以期早日脱贫致富。省委对解决"尼江"问题的重视程度之高、支持力度之大、项目覆盖面之广也是前所未有的，为彻底解决"尼江"问题提供了千载难逢的重大机遇。最近，省上相关部门将陆续进驻尼江两村，开展实地考察和项目前期工作。只有以更大的决心和勇气推进发展，不断提高发展质量和效益，群众才能有条件、有财力改善自己的生活；群众的生活水平提高了，才能更好地支持发展、参与发展，群众参与到伟大建设的热潮中来，社会才能更加和谐稳定发展。

启示三：坚持了依法办事这个大道理

实现和维护群众的根本利益是党和政府工作的核心。这个根本利益如何实现？关键要靠法治。习近平总书记强调，要依法保障全体公民享有广泛的权利，努力维护好最广大人民的根本利益，保障人民群众对美好生活的向往和追求。这既突出了法治的核心价值，也使社会主义法治建设具有广泛深厚的群众基础。把最广大人民的根本利益、长远利益实现好、维护好、发展好，尊重和保障人权，坚持法律面前人人平等，使受到侵害的权利依法得到保护和救济，使违法犯罪行为依法受到制裁和惩罚，是实现社会公平正义、和谐稳定的前提和基础。

领导干部的法治意识、法治素养、法治能力如何，直接关系着法制建设的进程和效果。只有不断提高各级领导干部运用法治思维和法治方式解决问题的能力，努力以法治凝聚发展共识、规范发展行为，促进矛盾化解、保障社会和谐，才能为经济跨越发展和社会长治久安提供强有力的法治保障。

解决积久的棘手问题，动之以情是方法，依法依策是底线。"尼江"问题工作组在获得两村群众接纳和认可的同时，入门户，上炕头，给群众讲解宪法、刑法、土地法、草原法，让群众明白国家的法律是怎样规定的，哪些诉求是合理的，哪些诉求是于法无据的。通过工作组耐心细致的普法工作，两村群众终于明白，天下没有法外之地，也不存在法外之人。高举法律旗帜，坚守法律底线，扎实推进系统治理、综合治理、源头治理和依法治理，把法治思想、法治思维、法治理念贯穿各项工作中，为尼江地区的发展稳定提供了有力保障。树立法治权威，实现法律效果和社会效果的双赢，才能在法治的轨道上彻底化解矛盾纠纷。

启示四：坚持了建设组织这个大堡垒

党的基层组织是党全部工作和战斗力的基础，是落实党的路线方针政策和各项工作任务的战斗堡垒。一方面，农牧民群众的意见、要求、困难和愿望，要通过基层党组织反映上来；另一方面，党的路线、方针、政策，要通过农牧村基层党组织贯彻下去，变为广大农牧民群众的自觉行动。没有基层党组织战斗力的发挥，党的战斗力就是空的。

在推动化解"尼江"草山纠纷的过程中，工作组高度重视村"两委"班子建设。通过村"两委"班子换届，把优秀人才选进村级班子，使两村组织更加坚强、基础更加牢固，确保了党的各项政策落地实施，这是化解矛盾的重要保证。这些既是重要原因，也是基本经验。党员干部要着眼于提高做群众工作和解决复杂问题的能力，加强对村组干部的教育、培训和引导，增强村"两委"班子敢于担当的底气、直面矛盾的勇气和有效应对复杂问题的正气，切实发挥好推动发展、服务群众、凝聚人心、促进和谐的"堡垒"作用，使两村组织更加坚强、基层基础更加牢固。州县乡党委政府要注重通过项目资金投入，帮助"两委"班子立信，通过依法打击犯罪，帮助"两委"班子立威，使村级组织真正成为党委政府的先锋队和群众心目中的"领头羊"。要在一定范围内适当扩大村"两委"班子的权限，使村干部说话办事更有分量。

现在，"尼江"工作开始由"破冰融冰"向"春暖花开"转变，这是"尼江"工作的根本性推进，为打破两村长达六十多年水火不容、老死不相往来的历史僵局迈出了决定性的一步。我们相信，在省委、州委的坚强领导下，在工作组的积极努力下，坚持团结发展这个大方向，尼江两村由"历史积怨村、矛盾纠纷村、打架斗殴村、贫穷落后村"向"团结稳定村、文明富裕村、坚强堡垒村、先进模范村"转变的步伐，一定会越来越快。

（原载 2014 年 11 月 14 日《甘南日报》）

人民当家做主的伟大实践

——改革开放 40 年甘南民主法治建设回眸

◎记者　张成芳　梁民安

　　四十年前，以党的十一届三中全会为时代坐标，中国从此进入了改革开放和社会主义现代化建设的历史新阶段，社会主义民主法治建设也开启了新探索。以 1980 年 4 月设立甘南藏族自治州人大常委会为标志，甘南民主法治建设步入了新征程，从最初筹建机构、探索行权，到现在依法规范、有序有效地行使各项法定职权；从单一听取报告，到综合运用专题调研、执法检查、工作评议、专题询问、满意度测评等多种监督手段；从试点开展民主选举，到实现城乡同比选举……自治州人大常委会工作实践中的一组组镜头、一个个举措，演绎了人民当家做主的生动画卷。社会主义民主法治建设的生机与活力正与时代发展的脉搏共同强劲跳动，人民代表大会制度也在自治州 4.5 万平方公里土地上焕发新的生机并茁壮成长。

　　坚持党的领导，是民主法治建设的根本保障。四十年来，历届自治州人大常委会始终坚持党的领导、人民当家做主、依法治国有机统一，自觉主动接受州委的领导，特别是进入 21 世纪以来，积极向州委汇报请示争取支持，分别于 2004 年和 2015 年召开了两次州委人大工作会议，从加强党的领导、支持和保障人大依法履职、督促"一府两院"主动接受监督、强化工作保障等方面，进行了综合统筹和制度政策设计，为推进民主法治建设"撑了腰鼓了劲"。

　　人民当家做主，人民代表大会是根本途径、最高实现形式和最好的制度载体。自治州人大常委会始终把坚持和完善人民代表大会制度、推动人民代表大会制度与时俱进作为最根本的履职考量，积极探索，主动作为，创新载体，完善机制，努力推动地方治理体系和治理能力建设，促进民主和法治。1980 年 4 月，甘南藏族自治州第八届人民代表大会第二次会议，听取审议了州"一府两院"工作报告、审查批准了财政决算预算、选举产生了州人大常委会组成人员和州"一府两院"领导成员，标志着人民当家做主的伟大实践进入了历史新阶段。近四十年来，自治州人民代表大会共经历九届、累计召开 39 次大会，每次大会，代表们都牢记职责使命、谨记人民嘱托、怀揣民主理想、担当时代责任，听取审议事关改革发展稳定的重要报告、讨论决定关乎人民群众权益利益的重大事项，实现了人民代表大会凝聚全民意志、绘就发展蓝图、动员全社会力量、推动社会进步的初衷，使民主法治建设有了最佳实践和最好实现。同时，针对人民代表大会工作触角延伸不足的问题，80 年代中期做出了《关于加强基层政权建设健全乡（镇）人民代表大会制度的决议》，随后各乡镇均相继设立了人民代表大会及主席团。党的十八大以来，认真学习贯彻习近平法治思想和人民代表大会制度思想，加强工作指导，从规范代表大会程序、规范县乡人大工作、规范代表履职等方面入手，进一步加强了县乡人大工作和建设，全州 99 个乡镇（街道）都建成了"代表之家"，大部分行政村、社区都设立了"代表联络站"，搭建平台组织代表宣传政策法规、服务人民群众，在实践中推动人民代表大会制度创新发展。

民主法治建设需要法制的保障，更以法律制度为载体。甘南作为少数民族自治地方，宪法法律赋予了一定的立法权。四十年来，州人大常委会坚持从社会发展需要和人民意愿出发推进立法，截至目前，甘南州已制定并颁布实施《甘南藏族自治州自治条例》《生态环境保护条例》《城乡环境卫生综合治理条例》《旅游条例》《非物质文化遗产保护条例》等 23 部单行条例和地方性法规，内容涵盖经济、社会、文化、生态等各个方面，为推进改革开放、推动发展提供法制保障。特别是八十年代初历时九年制定出台、新世纪历时十年完成全面修订的《甘南藏族自治州自治条例》，便从法律制度层面对自治州民主法治建设进行了系统规范。党的十八届四中全会后，将民主法治建设新要求新理念融入立法实践，突出重点领域立法，广泛征集立法项目，积极开展立法协商，首次筹建自治州立法项目库，科学编制了《甘南藏族自治州人大常委会 2017 年至 2021 年立法规划》，计划五年内共制定修订单行条例和地方性法规 10 件。目前，已制定修订并实施了《城乡环境卫生综合治理条例》《旅游条例》《洮河流域生态保护条例（草案）》完成了一审。

顺应时代发展，回应时代关切，是民主法治建设的题中应有之义。改革开放以来的各个历史阶段，州人大常委会紧紧围绕时代之关切，着力推动民主发展建设。保障经济发展是民主法治建设始终不变的时代责任，从八十年代中期开始，州人大及其常委会每届都审议、审查国民经济和社会发展五年规划及年度计划，号召全体人民响应党和国家政策、紧跟时代发展步伐、聚精会神发展经济。维护社会秩序是民主法治建设的重要内容，四十年来，针对各个时期社会治理的时代特征，州人大常委会多措并举推动社会建设，先后做出《关于严惩严重危害社会治安的犯罪分子的决议》《严禁种植贩卖吸食鸦片烟毒和赌博活动的决定》等重要决议决定，听取了州"一府两院"关于打击严重经济犯罪、社会治安综合治理、矛盾纠纷调处化解等多个专项报告，检查了《人民警察法》等多部法律的实施情况，从制度引领、工作监督等方面促进社会稳定。绿水青山就是金山银山，改革开放以来，州人大常委会先后作出《关于天然林停采停伐的决议》《关于加强草原生态环境保护的决议》等多项重要决议，对《森林法》《环境保护法》等法律实施开展了执法检查，重点关注了草畜平衡以草定畜、资源开发和基础社会建设中环境保护修复等工作。捍卫公平正义是民主法治深刻内涵的彰显，改革开放以来，州人大常委会先后重点关注了审判检察机关实行执法责任制和错案责任追究制、司法机关开展整顿教育等工作，强化了对司法行为的监督，有效扩大了司法民主，汇聚了社会进步的民主法治正能量。

四十年来，州人大常委会牢固树立以人民为中心的思想，履职目光始终盯着民族教育、医疗卫生、社会治安、扶贫脱贫等工作。每届常委会都重视教育工作、第十届以来常委会多次关注物价问题、近几年来反复监督食品安全问题、2013年以来连续五年聚焦扶贫工作和生态环境保护、每年都办理100多件人大代表意见建议等，切实将立法、监督、决定的履职实践纳入民主法治建设大局当中，通过实施有力有效的举措，努力让人民群众获得幸福感和安全感。民主法治建设，离不开全民的参与。为此，第八届人大常委会着眼改革开放初期人民群众在民主法治方面的思想认识问题，做出了《关于在全州讨论〈中华人民共和国宪法修正案〉的决定》；第十二届根据依法治国方略做出《关于依法治州的决议》；第十五届根据"四个全面"战略部署，做出《关于全面依法治州的决定》，并连续做出第七个五年普法的决议，动员全州各族人民加强法制学习宣传，牢固树立法治意识。

依法实行选举，是民主精神的彰显。改革开放之初，在法律规定还不健全完善的背景下，州人大常委会结合实际，制定了《甘南藏族自治州直接选举实施细则》，探索了当时可行的民主选举程序办法，全面完成县乡代表直选工作，全州85%以上的选民参加了选举投票，特别是结合选民登记，解决了一些历史遗留问题，全面依法确定了公民选举权，并组织选民参加选举活动，使全州各族人民普遍受到了一次深刻的社会主义民主和法治教育，引导人民群众行使了当家做主的权利，促进了社会安定团结，为推进改革开放营造了良好的社会法治环境。2010年新选举法颁布后，深入宣传城乡居民"平权选举"精神等，实行城乡同比选举人大代表，动员组织全体选民参加选举，感受民主法治之进步。

踩时代发展之鼓点，扬深化改革之风帆。党的十八大以来，州人大常委会着眼全面推进"五位一体"总体布局、协调推进"四个全面"战略布局进程中民主法治建设的历史责任，聚焦关系全州改革发展稳定的大事要事，正确行使立法、监督、决定、任免等职权，着力推进民主法治建设，先后制定修订单行条例、地方性法规10部；共听取和审议州"一府两院"专项工作报告90余项，对10多部法律法规的贯彻实施情况开展了执法检查，组织开展代表视察15次，组织实施专题询问8次；依法做出决议、决定70多项。监督方面，积极回应人民群众对公平正义的期盼，探索对公检法工作人员进行履职评议，督促执法司法从业者规范职业行为，弘扬民主法治。决定方面，修订了讨论决定重大事项规定，就自治州区域内经济、政治、文化、社会以及生态建设中，带有根本性、全局性、长远性或者涉及改革发展稳定和人民群众切身利益的重大事项，从制度上设计了依法运行的程序方法、划定了权力运行范围边界，防止"一府一委两院"任性用权。2014 年，立足于弘扬和保护优秀的传统民俗文化，顺应旅游发展之大势，做出《关于设立香浪节的决定》。人事任免方面，坚决贯彻全面依法治国、全面从严治党战略部署，坚持党管干部和人大依法任免相统一，改进和完善了干部任免程序，实行任前法律知识考试、任前见面谈话、任前表态发言、宪法宣誓等制度，切实增强了人大选举任命干部的民主意识和法治观念。

雄关漫道真如铁，而今迈步从头越。四十年来，自治州民主法治建设以人民代表大会为根本制度载体，在改革开放的浪潮中阔步前行，取得了历史性成就。"我们要立足新时代，肩负新使命，顺应新要求，始终坚定根本政治制度自信不动摇，以新理念新思维新举措推动人民代表大会与时俱进，努力实现人民对民主法治的新期待。"州人大常委会主任安锦龙如是说。

（原载 2018 年 9 月 26 日《甘南日报》）

乡村善治　甘南和美

——甘南州乡村治理和团结稳定工作走笔

◎记者　何　龙

乡村治，天下安。党的十九大报告指出，加强农村基础工作，健全自治、法治、德治体系，直接关系着乡村振兴的成败。

近年来，甘南州认真贯彻落实中央、省决策部署，坚持党建引领，推进乡村善治。如今，甘南各族儿女在高高飘扬的党旗下，齐心协力绘就了全州乡村治理现代化的美好画卷。

党建引领：让农牧村"强"起来

求木之长者，必固其根本。党建引领，是甘南州乡村治理工作的"固木"之策。"给钱给物不如建个好支部"，甘南州合作市那吾镇塔瓦村帮扶工作队第一书记王海认为，一个村只有建起一个好支部，才能治理出和谐稳定的环境，才能带领百姓致富。

群雁要靠头雁领，实现乡村善治党组织是主心骨。合作市在党建引领下，在持续推进"网格化+十户联防"的基础上，精心谋划打造了"141"社会治理模式，逐步形成了"十户联防、十车联防、十铺联防、十人联防、十组联防"的城乡社会治理模式，切实营造了完善的城乡管理服务，使全市社会治理更加广泛有效，人民群众生产生活秩序更加和谐。

近年来，甘南州创造性地提出以自然村为单元，按照构建基层社会治理"一张网"的要求，制定印发《"党支部+网格化"推进基层社会治理和服务体系建设实施方案》，坚持以疫情防控、维护稳定、环境革命、乡村振兴等重点工作为抓手，结合"党支部+网格化+十户联防"模式，建立纵向四级、横向加N的网格组织体系，通过定格、定人、定责，实行全方位、全过程、全覆盖动态管理，着力形成"网格管理、条块结合、层级负责"的区域化党建工作新格局，确保把党组织设在网格上、把队伍建在网格上、把管理落在网格上、把服务融进网格中，使党建工作从一个个"点"、一条条"线"，织成覆盖全县干群的一张"网"，做到网中有"格"、格中有"岗""岗"上有人，人在格上"走"、事在网中"办"的网格化管理运转方式，进一步加强党组织领导，深化党群关系，提升基层党组织凝聚力、组织力和号召力。

自治：让农牧村"实"起来

让老百姓更有获得感、幸福感，既要靠项目建设，改善农村的"硬件"，还要靠基层社会治理，优化农村的"软件"。做出何种抉择？展现何种作为？甘南人把广大人民群众的利益摆在最高位置，全力推动村级自主议事、自我管理、自我服务、自我监督，真正让群众的事群众说了算。

事情办不办，群众说了算。临潭县以党支部建设标准化为契机，积极推进村级红白理事会和新时代文明实践站、村级广播站建设，把党建工作与乡村治理深度融合，实现了农村党建不断加强，基层治理有序推进，乡风文明持续改观的良好效果。

玛曲县紧紧围绕当前村级治理中的热点难点问题，明确提出村民"该做什么、不该做什么"，确保村规民约具有针对性和操作性，保证"一村一约"，真正达到规范和约束行为的目的。把社会主义核心价值观融入村规民约，并在农村精神文明宣传栏、文化墙上进行大力宣传，成了乡风文明一道美丽的风景。

近年来，甘南州充分发挥乡村两级党组织主导作用，组织修订完善了《村规民约》，明确办事程序、酒宴标准和奖惩办法，并把反对收取彩礼、反对婚丧事大操大办、反对铺张浪费行为列入村规民约。

法治：让农牧村"严"起来

甘南州始终坚持运用法治思维化解矛盾纠纷，对涉及邻里纠纷、土地边界、房屋建设等问题，由州司法部门牵头组织，进行公开调解，推动矛盾纠纷阳光化解。

夏河县拉卜楞镇麻莲滩村坚持发展新时代"枫桥经验"，做到"小事不出村、大事不出乡"。健全人民调解员队伍，加强人民调解工作。完善调解、仲裁、行政裁决、行政复议、诉讼等有机衔接、相互协调的多元化纠纷解决机制，成功调解村区域矛盾纠纷 2 起。

卓尼县因地制宜，修改完善村规民约、成立村民议事会、道德评议会、红白理事会，制定"一约三会"制度、诚信红黑榜制度，做到了依靠群众参与民事调解、监督和服务，实现了群众自我管理、自我教育、自我提高，找回了真善美，认清了假恶丑，树立了新风气。

近年来，甘南州紧紧扭住"双普法"的"牛鼻子"，牵头建立了守法普法协调小组会议制度，编制公布了甘南州第一批 36 家州直部门"谁执法谁普法"普法责任清单，推动各部门、单位建立健全宪法宣传责任落实机制，真正形成齐抓共管、各负其责的法治宣传教育大格局。

针对群众居住分散、交通不便的实际，组建了"马背普法队""马背法庭""草原骑警队""流动派出所"。深入农牧村帐圈、田间地头，有针对性地开展法治宣传教育和"以案释法，以案讲法"活动，起到了公开处理一案、教育一片的作用，收到了良好的社会效果。

据不完全统计，全州共举办各类普法骨干培训班 143 期，培训 5729 人次；举办农村普法带头人培训班 121 期，培训农牧村普法带头人 2176 人次；培训"两委"干部 3938 人次，培养"法律明白人"2076 人次。

德治：让农牧村"活"起来

甘南州以家风展现为平台，开展"传承好家风家训家规"活动，以身边人、身边事等鲜活事例，营造崇德向善、诚信友爱的社会风尚。

"你家上榜了吗？"在临潭县冶力关镇关街村大街小巷，老乡相互碰面，经常会这样寒暄。这个榜就是人居环境"红黑榜"，每季度评比一次，成绩纳入村内各项评优之中。

如今，关街村抢抓冶力关大景区、"一十百千万"工程、生态文明小康村、"五无甘南"等建设机遇，大力推行"支部+民宿+农户"发展模式，实现了乡村旅游、产业发展、乡风文明集聚融合。全村现有民宿88户，从业人员240余人，每户年收入均在10万元以上。

甘南州坚持以新时代文明实践为抓手，培育文明乡风、良好家风、淳朴民风，为乡村塑形、铸魂、育人、增色，大力实施以"孝、诚、爱、仁"为主题的公民道德建设工程，弘扬社会公德、职业道德、家庭美德、个人品德，营造乡村和谐有序的社会氛围，全力推动乡村文化全面振兴。

全州662个行政村成立了村级公益性设施共管共享理事会，充分发挥理事会作用，按要求配备公益性岗位人员，建立健全相关配套制度。落实公益性岗位3941个，聘用人员已全部上岗。目前，全州共设立乡村保洁员、乡村道路维护员等8个岗位，各项管护工作正常运行。

如今，村规民约"约"出了文明新风尚，让乡村文化"活"了起来，村民脸上的笑容多了起来，乡村治理的实效彰显了出来。

老百姓的话语权更多了，邻里间的纠纷变少了，居住的环境更美了，百姓的腰包鼓了，脑袋活了，生活甜了，一幅幅乡村美丽画卷在甘南大地正徐徐展开……

（原载 2021 年 9 月 3 日《甘南日报》）

让数据多跑路 群众少跑腿

——甘南网上信访工作纪实

◎记者 张成芳 扎西吉

今年以来，甘南信访总量275件，其中网上信访85件，占比达30.91%、同比上升44.71%。州委、州政府领导亲自包案督办重点网上信访事项18件、视频接访网上信访群众35人次，州信访工作联席会议办公室升级调查处理网上信访事项5件。这份信访工作"成绩单"反映的是甘南做细做实信访工作的生动实践。

简单、直观的数字背后，是州委、州政府坚持以人民为中心的发展理念的高位推动和担当作为，是春风化雨般的用情用心用力的为民之举。

近年来，甘南信访部门围绕全州工作大局和"十有家园"创建，认真落实州委、州政府决策部署，把网上信访工作作为适应新时代要求、走好网上群众路线的重要体现，作为有效治理重复信访、提高信访管理水平的重要举措，作为及时反映社情民意、发挥服务保障作用的重要载体，坚持系统谋划、整体推进，进一步加强和改进网上信访工作，更好地服务全州改革发展稳定大局。

网上信访受理平台二维码全覆盖

如今，无论走进哪个县市的街道社区，都会在醒目位置看见张贴着的彩色"我为群众办实事"网上信访二维码，有的在村务公开栏，有的在村委会门口，而且有具体的操作流程以及州县信访局的电话号码。

在玛曲县齐哈玛镇国庆村党务公开栏前，群众你一言我一语地讨论着扫码网上信访的事，并纷纷夸赞："网上信访工作是一件大好事，我们再也不用专门跑那么远去反映事情了，而且也不用不好意思，有什么问题就反映什么问题。"完善网上信访渠道，让数据多跑路、群众少跑腿。近年来，甘南充分发挥网上信访"足不出户、高效快捷、公开透明"的特点，积极推进"互联网+信访"深度融合，聚焦群众需求加强网上信访平台智能化、便民化、个性化建设，巩固拓展信访信息系统省、州、县、乡四级联通全覆盖成果，提高手机 App、微信信访普及率，形成了集投诉、办理、查询、跟踪、监督、评价于一体的"一网通"网上信访综合平台。

3 月份，甘南继续加强网上信访工作宣传力度，各县市信访局及乡（镇）、街道办在接访场所引导信访人使用手机微信公众号、信访网站、网上投诉等渠道反映诉求，并在各行政村、社区服务中心及人员密集场所等醒目位置张贴网上信访受理平台二维码，印制网上信访宣传手册和操作手册，安排专人向群众讲解办理流程并协助操作办理，采取多种方式引导群众网上反映诉求，减少走访，给群众省时省力的便利。

一周内噪音扰民问题被解决

信访是反映社情民意的晴雨表，也是党委、政府了解民情、集中民智、维护民利、凝聚民心的一项重要工作。

4 月 15 日，合作市通钦街道通钦街社区居民通过网上信访反映：合作市东四路商务局家属楼小区近期风貌改造，施工过程中声音大、时间长，严重影响小区住户正常休息。合作市信访局接到网上投诉反映后，认真查看信访诉求，根据诉求内容当日即转送至责任单位合作市城市管理综合执法局，执法局立即组织人员赶赴施工现场调查核实，经调查该施工队确实存在噪声污染和超时施工行为，合作市城市管理综合执法局执法人员要求施工单位立即整改，并对施工时间做出要求。

4 月 18 日，合作市城市管理综合执法局工作人员通过网上信访信息系统对该信访事项进行答复，信访人对答复意见表示满意。

这只是甘南网上信访工作的一个缩影。

"合作市信访局把全面推行网上信访工作作为提升信访工作水平的一项重要内容。截至目前，我市39个行政村、8个社区网上信访二维码已全覆盖，今后工作中我们要进一步放大网上信访的高效优势，优化工作流程和环节，不断提升信访工作透明度和公信力，严格按照省、州信访局一天签收，两天受理，七天答复的'1+2+7'工作模式，有效提高办结时限和质量。"合作市信访局督查专员马建云说。

网上信访有速度更有温情

夏河县拉卜楞镇曼克尔村下人民街社区仁增家旁边修建的公共厕所，长年疏于管理，水管破裂，污水渗入仁增家中，长期以来，导致仁增家房屋地基下沉，墙体开裂。

经仁增通过网上信访反映后，夏河县信访局和拉卜楞镇调解，曼克尔村委会将厕所拆除，重新修理水管，并补偿资金，对仁增家房屋进行了维修。

"开展网上信访工作以来，通过工作人员大力宣传介绍和手把手教群众操作，年纪大的老人，识字少的群众也掌握了网上信访的方法，网上扫码，传送材料，让群众都感觉方便，也都表示满意。"拉卜楞镇下人民街社区党委书记周毛草介绍说。

网上信访事项"事事有回音，件件有落实"，真情地服务、庄重地承诺，赢得的是群众的理解、支持和满意。

目前，甘南群众在生产生活中遇到的大小问题，都可以通过扫描网上信访二维码受理平台来反映，经信访部门转办、交办后，相关责任单位反应迅速，答复及时规范，该解决的能坚决解决，该解释的能耐心解释，该疏导的能及时疏导。群众轻点手机、足不出户就可以反映诉求、解决问题，网上信访已成为群众信访的首要选择。

"信访工作一头连着广大群众，是反映社情民意的'晴雨表'；另一头则连着党和政府，是广大群众与党和政府的重要沟通渠道，是社会治理的'减压阀'。做好信访工作，是维护社会大局和谐稳定、支持地方经济发展的重要保障。"州信访局副局长开世荣说，"下一步要通过群众满意度评价倒逼诉求化解，对群众不满意的加强分析，及时提醒、回访、督办，倒逼信访部门和责任单位改进工作。通过督查督办推动问题解决，切实提升网上信访规范化水平，全面提高信访事项的办理质量与效率，促进'案结事了'，达到'息诉罢访'的目标；树立解决问题导向，量化网上信访目标考核，引导信访部门和责任单位把主要精力放在及时解决问题、化解矛盾上，树立起良好的工作导向。"

4月20日，甘南州"大抓基层、大抓基础、大抓治理"三年攻坚行动启动大会召开。在推进甘南治理体系和治理能力现代化的进程中，信访工作也将成为落实三年大抓行动成效的重要一环，州信访局局长杨志荣在接受记者采访时表示，将全面贯彻落实三年攻坚行动启动大会的精神和工作部署，进一步创新新形势下甘南信访工作机制和信访工作方式，畅通信访渠道，促进解决好群众的诉求和困难，共同建设团结富裕文明和谐美丽的社会主义现代化新甘南。

（原载 2022 年 4 月 21 日《甘南日报》）

第五章　党旗飘飘

　　治国必先治党，党兴才能国强。党的十八大以来，以习近平同志为核心的党中央提出并实施了新时代党的建设新的伟大工程，使走过百年奋斗历程的中国共产党在革命性锻造中更加坚强有力，更加充满活力。

　　根本固者，华实必茂。甘南州各级党组织和广大党员干部全面贯彻习近平新时代中国特色社会主义思想，扎实推进新时代党的建设新的伟大工程，在磨砺中坚守初心，在奋斗中勇担使命，坚定不移贯彻落实新时代党的组织路线，推动基层党建创新发展，不断取得新进展新成效。

一

　　党的政治建设是党的根本性建设。要把准政治方向，坚持党的政治领导，夯实政治根基，涵养政治生态，防范政治风险，永葆政治本色，提高政治能力，为我们党不断发展壮大、从胜利走向胜利提供重要保证。

　　治国安邦，重在基础；管党治党，重在基层。

　　党的十八大以来，甘南州高度重视基层党建工作。州委、州政府主要领导到社区、进村落、访百姓，在不同场合对基层党建、基层治理作出一系列重要部署，为搞好基层党建工作提供了根本遵循、指明了前进方向。

　　曾经的"尼江"问题，困扰了甘南许多年。2014年以来，甘南州主要领导情系百姓冷暖，脚踩两腿泥、心中一团火，无数次进村入户，和牧民群众交流交心，和基层干部一起想方设法，摸清了主要矛盾、找到了解决办法，"尼江"问题最终得以圆满解决。在此过程中，基层党建得以夯实、基层组织的作用得以凸显。

一级抓一级、一级带一级，全面从严治党向基层延伸、在基层见效。党的组织体系不断健全，党的创造力、凝聚力、战斗力不断增强，始终保持着旺盛的生机和活力。

加强党的基层组织建设，既要"造形"，更要"铸魂"。马克思主义政党具有崇高政治理想、高尚政治追求、纯洁政治品质、严明政治纪律。党的政治建设是一个永恒课题，来不得半点松懈。

党的十八大以来，甘南州将党的政治建设纳入党的建设总体布局，强调"把党的政治建设摆在首位""要以提升组织力为重点，突出政治功能"，推动基层党组织和广大党员增强"四个意识"、坚定"四个自信"、做到"两个维护"。

习近平总书记反复告诫全党：办好中国的事情，关键在党，关键在党要管党、从严治党；要坚持和加强党的全面领导、全面推进党的建设、全面从严治党。

甘南州各级党组织和党员干部坚持以习近平新时代中国特色社会主义思想为指导，深入贯彻落实新时代党的建设总要求，大力弘扬伟大建党精神，推动全面从严治党向纵深发展，做到了政治监督更加有效、作风建设更加深入、监督体系更加完善、惩贪治腐更加有力。5年来（截至2022年），甘南州纪委监委共审理案件248件，给予党纪政务处分320人，移送司法机关审查起诉13人。各级党委（党组）认真履行抓基层党建工作的主体责任，党委书记履行第一责任人职责，班子成员履行"一岗双责"，把严的标准、严的措施、严的要求落实到基层党建工作全过程各方面，为打造"五无甘南"、创建"十有家园"，建设青藏高原绿色现代化先行示范区提供强有力的政治保证。

二

火车跑得快，全靠车头带。党支部坚强有力，基层党建有声有色，群众就跟得紧；基层党建有声有色，走好乡村振兴之路，就有了硬核底气。

走好乡村振兴路，党建引领是根本。在乡村振兴中，甘南州以强党建为抓手，以提升农村基层党组织战斗力为重点，以"强基础、补短板、增亮点、创品牌"为基本要求，压实党建责任，筑牢坚强堡垒，在打造基层党组织组织体系、服务体系、成效体系、治理体系的同时，重塑基层党组织的政治功能与服务功能，全面规范党群服务中心建设，实现了以组织振兴促进乡村全面振兴。

乡村振兴，关键在党，根本在于乡村党组织过得硬、有力量。

"守着好风景，过着穷日子"曾经是卓尼县木耳镇博峪村的真实写照。生态文明小康村建设项目在博峪村的落地，使这个村迎来了新的发展契机。

2016年，博裕村以党建为引领，依托丰富的生态、旅游资源和便利的交通条件，将博峪村定位为"以红色土司文化"为内涵，"以乡村旅游服务"为核心、重点打造的文化旅游样板村。鼓励号召全村群众开办农（藏）家乐，成功引导群众打生态牌、吃旅游饭、走致富路。在"党建＋""旅游＋""生态＋"等模式下，木耳镇加大对博峪村"红色土司"旅游基础设施建设的投入，销售绿色山野珍品、畜产品、土特产，开发了一批具有本地特色的文创纪念品，利用多种渠道、多种方式，让博峪村民靠勤劳致富，靠双手打造本土特色乡村旅游的看点、亮点、特点。

金秋时节，走进临潭县冶力关镇池沟村，淙淙溪水的清秀与恬静，石板路上的幽深与古韵，映衬着村民们安逸幸福的生活。

2021年8月，中国作家协会选派王栋到池沟村担任驻村第一书记。"这里望得见青山、看得见绿水、记得住乡愁，宛如一幅美丽画卷。然而，通过一段时间的走访和了解，我发现家长忙于开办农家乐，村里大多数孩子在放学后无人辅导功课，甚至无法按时完成作业。"王栋说。

针对这一问题，王栋和村"两委"一起商议，和村民们反复沟通，决定在村里实施"督苗助长"助学计划，利用周末和节假日，在村委会会议室为最有需要的九年级学生辅导功课。

王栋从网上购买了初中的教材和一套全科的教学视频，又自费购置了 10 台二手笔记本电脑，和孩子们一起通过网络边看课程讲解，边辅导他们学习。同时，他又去临潭三中了解学校的课程安排、学习进度，以便为孩子们同步开展课程辅导。经过不懈努力，九年级学生平均年级名次较八年级期末考试总体提升 16 名，平均总成绩提升 34.81 分，平均每科提高 5 分。

"池沟村这么美丽的地方，我希望能够培养出更多的大学生，学成归来反哺家乡，推动乡村振兴。"王栋说。

甘南州在巩固脱贫攻坚成果同乡村振兴有效衔接的历程中，制定了《抓党建促乡村振兴的若干措施》，从政治引领、组织引领、骨干引领、人才引领等七大方面提出 30 项具体措施。严格落实"四个不摘"要求，向重点乡村持续选派驻村第一书记 317 名、帮扶干部 1112 名，引导驻村帮扶工作队在乡村振兴征程中接续奋斗、再立新功。

旺藏镇旺藏村是迭部县"党组织+人才+产业"的重要示范基地，当地群众"家家种苹果、户户有果园"，苹果产业是群众的重要收入来源之一。近年来，随着村里越来越多的青壮年外出务工，导致 20 余户家庭仅有老人独自在家，无法料理果园。针对这种情况，旺藏村党支部依托"民事村办"，成立党员志愿服务队，从施肥浇水、拉枝、疏花疏果、套袋、病虫防治、采摘、销售全过程为他们提供服务，切实解决了群众的"急难愁盼"事。

"儿子和孙子长期在外打工，我自己患有眼疾，行动不便，家里的 3 亩果园多亏党员志愿服务队帮忙打理……"58 岁的村民佳佳说。

旺藏镇将"抓乡促村"责任制作为保障"民事村办"服务机制落实的有效载体，9 名镇党委委员分别包抓一个行政村，全面负责各自包抓村的基层党建和其他业务工作，切实将党建引领凸显在"民事村办"等各项具体工作中，有效提升了村级组织服务群众的能力。

三

乡村美不美，核心看党委！

基层党组织该如何发挥核心作用，以党建工作实绩促进美丽乡村建设，各地都在积极探索。

走进舟曲县绿丰园种养殖农民专业合作社，一排排大棚映入眼帘。大棚内羊肚菌破土而出，密密麻麻，长势喜人。村民正在大棚里忙着采摘羊肚菌，脸上洋溢着丰收的喜悦。

在推进产业振兴的道路上，舟曲县坚持党建引领助推经济发展，使因地制宜特色鲜明的优势产业转型升级，强村富民。

聚焦文化旅游，从岭藏鸡、黑土猪、中华蜂、羊肚菌、中藏药材、花椒七大产业，确定"1+6"产业发展布局和"一特三高四小"（即坚持特色优势发展，坚持高品质、高端化、高效益，做到小而特、小而精、小而优、小而美）发展路径，不仅优化了当地农业产业结构，同时也有效带动了群众就业增收。

甘南州村级换届后，全州 607 个行政村实现"一肩挑"，182 个行政村配备专业化管理的村党组织书记，461 个村党组织书记担任集体经济组织和合作经济组织负责人，村党组织书记大专及以上学历的 417 名，其中研究生学历 14 名。在乡村振兴中，全州上下实现了党员领头干、群众跟着上、人人干得好的良好局面。

合作市佐盖多玛乡新寺村位于乡政府东南部，距市区 28 公里。年平均气温零下 4℃，气候寒冷潮湿，平均海拔 3600 米，属于纯牧业村。全村有农牧民党员 56 名。

近年来，新寺村不断强化组织引领带动，探索"党建+"模式，打造"生态党建"品牌，因地制宜挖掘生态潜力，擦亮生态底色，做足村集体经济发展"四篇文章"，着力开拓集现代畜牧业、清洁能源、生态旅游业为主的一、二、三产融合发展渠道，截至目前，新寺村集体经济年收入突破 45 万元。

"新寺村的成功发展有三个方面可供借鉴的经验，一是党建引领是根本，二是抢抓机遇是关键，三是多元融合是方向。"佐盖多玛乡党委书记石永刚说。新寺村在产业谋划方面大胆创新，牢牢把握两大首位产业风向标，紧紧围绕新能源发展蓝图，把产业做新、做特、做广，形成了多点绽放、全面开花的产业体系，也为乡村振兴注入了强劲动能。

甘南州从党建引领到多方合力，从思路破解到实践成型，坚持以党建系统思维推动农村基层组织全面"嵌入"乡村振兴"产业兴旺、生态宜居、乡风文明、治理有效、生活富裕"的总目标，依托基层党组织这个"主心骨"，大力实施"党建+乡村振兴"工程，全面加强对驻村帮扶工作队的调整补派和日常监管，推行"村干部+驻村干部+包村干部+驻村帮扶工作队"坐班服务制度，省州县共选派2876名优秀干部参与甘南州脱贫攻坚和接续乡村振兴的伟大实践。目前，全州317支驻村帮扶工作队共有帮扶成员1104人，奋战在巩固拓展脱贫攻坚成果同乡村振兴有效衔接的主战场上，激励引导广大青年致富带头人投身乡村振兴大业。

四

基层党组织的凝聚力和战斗力，取决于每个党员的能力素质。甘南州高度重视基层党员干部培训工作，举办党员干部教育培训各类班次4520期，培训党员干部近40万人次，教育引导广大党员干部提高"政治三力"和理论素养。积极拓宽基层干部学习培训渠道，累计举办720余期1475人次村党组织书记培训，大力实施村干部学历提升行动，226名村干部参加学历提升班。

通过培训，基层党员干部的素质能力得到了全面提升，基层党组织的凝聚力战斗力大大增强，在致富奔小康的道路上，发挥了更大更好的作用。除此之外，致富能人的示范效应，也是走向共同富裕道路上的强劲助力。

在合作市卡加曼乡香拉村，群众党员石磊一直在香拉花海工程上忙碌着。

从草产业到舍饲养殖再到花卉种植及销售，出生于兰州的石磊怎么也没想到，自己会在合作市卡加曼乡香拉村扎了根，并成为致富带头人。

2017年，在合作市的统一安排下，石磊赴贵州参加培训。这次培训深刻转变了他的思想，此后在合作市委、市政府的鼓励帮助下，他积极参与了"三变改革"试点工作。

"我们就是要将这里的人文、地理条件优势转化为经济效应。"在石磊的带动下，当地群众通过土地流转、牛羊养殖、合作社分红、打工等多种形式增加了收入，过上了更好的生活。

2018年年初，石磊与卡加曼乡香拉村签订了帮扶协议，组织当地群众以资金、土地等方式入股，组建了合作市香拉梅朵旅游公司及绿丰源高原花卉旅游合作社。经过一年多的运营，公司及合作社业务逐步向好，群众收入不断增加。

五

昔日的甘南抖落尘埃，光鲜亮丽，实现了美丽蝶变；昔日散漫无序的村庄，如今整齐划一，变成了文明小康村。天蓝水清空气好，善美乐居跃眼前。这样一幅生态人文相得益彰、和谐如一的美好画卷，是在州委、州政府的坚强领导下，甘南州2983个基层党组织7万多名党员带领各族群众谋出来、干出来的，他们在实干中开拓创新，在实干中推动发展，真干、苦干、巧干，干出了精彩，干出了豪迈，显现出甘南各级党委和基层党组织强大的创造力、凝聚力和战斗力。

回眸之处，皆是梦想照耀下的奋斗之路——

十年来，甘南州各级党组织以习近平新时代中国特色社会主义思想为指导，坚定不移贯彻新时代党的建设总要求和新时代党的组织路线，紧紧围绕服务中心工作大局，持之以恒夯基层、打基础、固基本，全力推进基层党组织全面进步、全面过硬，为打造"五无甘南"、创建"十有家园"、建设青藏高原绿色现代化先行示范区提供了坚强的组织保证。

十年来，甘南州始终坚持在充分发挥政治功能、提升服务质量、推进产业发展、强化基层治理等方面狠下功夫，有效激发全州各级党组织和广大党员干部在事业大局中勇敢担当、主动作为，为推动抓党建促乡村振兴的伟大实践注入动力、凝聚合力。

十年来，甘南州扎实推进"一县市一特色"党建品牌创建，为全州8县市制定了党建品牌创建内容，党建示范引领的品牌效应和影响力不断扩大。探索形成了抓党建促脱贫"舟曲模式"，大力推行一个党组织带动一个联合社、发展多家合作社的"1+1+N"模式，"花谷党建""甜蜜党建""金色党建"等党建品牌脱颖而出。

十年来，甘南州依托"8+"基层社会治理工作机制，将党政干部、"两代表一委员"、村（社区）"两委"班子、民兵队伍、共驻共建单位等嵌入网格成为"前沿岗哨"，统筹市、乡、村三级干部深入农牧村，开展"千名干部敲门行动"活动，变"被动服务"为"主动上门"，与群众"坐到一条板凳上"，倾听群众呼声、回应群众关切，建立了血浓于水的干群关系。

十年来，甘南州结合"一承诺四服务双评议"实践活动，认真落实村干部坐班制度，坚持把"民事村办"作为深化为民办实事、提升基层服务能力和基层治理水平的有效途径，积极探索、专班推进，以务实举措为群众办实事、解难事、做好事，切实打通了服务群众"最后一公里"。

十年来，广大党员干部在最"苦"的地方干成了最"难"的事情，思想上得到大提升、政治上得到大历练、精神上得到大洗礼，涌现出"全国优秀共产党员"张小娟等一批模范典型，甘南大地处处涌流着盎然生机、澎湃着无限活力。

以党建引领实现乡村振兴，甘南在滔滔三河一江上扬起了实干之帆，收获了实干之果：全州16个村荣获"全国美丽乡村""中国美丽乡村百家范例""全国乡村旅游重点村""中国乡村旅游模范村"等荣誉称号。临潭县冶力关镇、夏河县阿木去乎镇黑力宁巴村入选全国乡村治理示范村镇。碌曲县尕秀村被人民网评选为改革开放四十年来全国49个"美丽乡村"样板村之一……2021年，甘南州与全省、全国一道全面建成小康社会，乘势而上开启建设社会主义现代化强国第二个百年目标征程。

大道之行，壮阔无垠；大道如砥，行者无疆。甘南州各级党组织在习近平新时代中国特色社会主义思想指引下，坚决贯彻落实党的二十大精神，以更强的自觉、更高的标杆、更大的担当，立足新发展阶段、贯彻新发展理念、融入新发展格局，以完善上下贯通、执行有力的组织体系为重点，坚定不移深入推进全面从严治党，着力强化基层党组织政治功能和组织功能，为加快建设社会主义现代化新甘南提供坚强组织保证，引领各级党组织和广大党员干部阔步迈向全面建设社会主义现代化新甘南的伟大征程。

建好开放式活动阵地 夯实农牧村党建基础

——甘南州基层党建工作侧记

◎记者 李建舟

"这些新更换的标识标牌，一目了然，比较清楚，好多事情都可以在这里办，闲了也可以来这里娱乐，坐在便民服务中心有一种家的感觉，很亲切。"临潭县冶力关镇池沟村一名来办事的村民说。

近年来，甘南州坚持把加强村级组织活动场所建设作为基层党建工作的重点内容，大力推进"四抓两整治"措施，结合全州文化旅游"一十百千万"工程，按照开放式、服务型要求，筹资 8680 万元，对 325 个村级阵地进行新建和改造提升，使党群服务中心成为乡村振兴战略实施的重要支撑点和创新发展的突破点。

坚持开放式聚焦人气。严格按照村级活动阵地提升改造外观与村容村貌相协调的原则，坚持"彰显红色元素、突出服务功能"的设计理念，着眼于破解以前村级活动阵地"围墙圈起来、大门锁起来"的问题，突出开放式要求，新建和提升改造的村级活动阵地全部拆除围墙和大门，真正让党员群众走进来、把人气聚进来。高度体现"景村合 "，突出因地制宜，结合乡村振兴、生态文明小康村建设、文化旅游"一十百千万"工程整体布局，同规划、同实施、同提升，将党群服务中心建设成特色鲜明的"旅游景点"，同步建设党建主题广场、红色文化长廊等，形成"记得住乡愁"的靓丽村景。

围绕服务型功能布局。紧盯"强化党务、规范村务、优化服务、协调事务"的要求，坚持"一室多用"和务实管用原则，按照有党员活动室（新时代文明实践中心）、便民服务中心、驻村干部宿舍、简易厨房、村史馆、群众文化室、卫生室、村务公开栏、电教广播设备、卫生厕所"十有"标准设置功能室，并区分工作区和生活区。规范标识标牌，全面对多余的标识标牌进行清理，更加突出村级活动阵地的政治定位和服务功能。规范布置"一室一馆一中心"，提升改造后的党员活动室均有远程教育等设备和宣誓墙，体现严肃性和仪式感；村史馆内通过新旧照片对比、老旧实物展示等方式，重点突出村史民情展现、乡村文化传承；便民服务中心设置了服务柜台，实行集中办公，并结合群众需求和村级代办能力，制定了5大类27项具体的便民服务清单，解决了"人聚不起、事办不了"的问题。严格落实乡村干部轮流坐班服务制度，切实打通了服务群众"最后一公里"。同时，注重拓展服务功能，设置电商服务点、党员积分超市、农家书屋、群众说事室等，为群众提供优质便捷服务。

抓好经常性活动开展。充分发挥村级阵地政治、服务、展示、辐射等"支点"功能，着力将党群服务中心打造成为聚党心、聚人气、聚合力的乡村发展综合体。发挥基层主阵地政治功能，通过经常性开展"三会一课"、主题党日等党内活动，并结合无职党员设岗定责，组织党员开展以亮身份、亮承诺、亮职责，政策宣讲进农户、慰问关怀进农户、服务奉献进农户、解难帮困进农户的"三亮四进"活动，为党员发挥先锋模范作用搭建平台。利用公示栏、宣传栏等宣传社会主义核心价值观、党的声音、村规民约、乡风文明、道德规范等内容。发挥基层主阵地服务议事功能，定期不定期召开民情恳谈会，充分听取农牧户反映的困难，及时回应群众诉求，全力解决群众困难，并经常组织开展特色鲜明的道德实践活动和形式多样的文体娱乐活动，让群众感受到组织的温暖。

（原载 2020 年 7 月 1 日《甘南日报》）

脚下有泥土　心中有真情

——记"人民满意的公务员集体"卓尼县尼巴镇人民政府

◎记者　马保真　苏　努　李　芳

深秋的车巴沟，云淡风轻。

秋日的暖阳为村寨、牧场披上了一层温暖的金黄。

沿车巴河一路前行，望着车窗外的景色，代表尼巴镇人民政府在人民大会堂接受表彰的尼巴镇镇长苏努才旦的心情久久不能平静。

"一路走来，我深切地感受到，从习近平总书记到党的各级领导干部，他们的心中都装着一个有分量的词——人民，在他们的嘱咐和话语中，处处都体现着民苦我忧、心系群众的无私情怀。"苏努才旦说。

"生逢其时，重任在肩。唯有铭记初心使命，始终担当尽责，牢记习近平总书记的殷殷嘱托，才无愧于这份崇高而神圣的荣誉。"尼巴镇镇长苏努才旦无比自豪。

"脚下沾有多少泥土，心中就沉淀了多少真情。"只有把群众放在心上，群众才能把干部放在心上。

甘南藏族自治州卓尼县尼巴镇属纯藏族聚居区，海拔3500米，自然风光旖旎，辖尼巴、江车等4个行政村15个自然村1005户5813名群众。2018年，荣获甘肃省人民调解工作"先进集体"，2019年，被甘肃省委、甘肃省人民政府"记集体一等功"。

成绩和荣誉凝结着尼巴镇党政干部的心血和汗水。谁能想到这秀美的藏乡之地，尼巴、江车两村曾经多次因草山纠纷和权属争议发生武装械斗，打打杀杀六十多年，给两村群众的生命财产造成巨大损失，成为甘南州时间跨度最长、历史积怨最深、死伤人数最多、处理难度最大、影响范围最广的稳定问题。

时代潮流滚滚向前，如何解决尼巴和江车两村的草山纠纷问题，让这里的老百姓一道迈向幸福美好的生活道路成为摆在州县党委、政府和尼巴镇历届党政班子面前的首要职责。

自 2013 年以来，在州、县党委的坚强领导下，尼巴镇党政干部下定决心，坚持以扎实细致的群众工作开路破冰，无数次上门谈心交心、无数次碰壁阻拦、无数次坚持不懈，不断地讲政策、讲法律、讲道理，在主动作为中密切干群关系、在正确引导中理顺群众情绪、在依法治理中化解矛盾问题。几年下来，每位干部对每户群众的情况都如数家珍，全镇的山山水水、沟沟坎坎，他们再也熟悉不过了，经过不厌其烦的交流和以心换心的沟通，最终换来了百姓的信任与支持。

随着"尼江"两村以打赢脱贫攻坚战和环境卫生综合整治"两大工程"为契机，推进生态文明小康村建设，加快"水、电、路、房"等基础设施建设，"尼江"问题也一步步得以改变。

在帮助群众解决生产生活实际困难和问题的过程中，尼巴镇干部个个练就了和群众打成一片、亲如一家的本领。每年夏季草场搬牧，是两村群众情绪最激动、最容易发生矛盾和冲突的时候，镇干部总是走在最前面，引导群众和谐混牧、和睦共处。经过多年努力，冰雪消融，长达六十年之久的"尼江"问题成功化解，稳定局面得到长期保持。近年来，连续实现夏季和谐、自由搬牧，"尼江"两村关系"由对抗向合作转变、由怀疑向信任转变、由渐行渐远向越走越近转变"，实现了从过去"老死不相往来"到"交往交流交融"的重大转变。

"基础不牢、地动山摇"，只有不断加强基层治理，才能长期保持和谐稳定。

尼巴镇地理位置特殊，历史遗留问题较为复杂，工作任务繁重。镇党政班子始终把增强"四个意识"，坚定"四个自信"做到"两个维护"作为根本要求，把领导班子建设放在各项工作的首位，秉承"分工不分家"

的理念，认真执行"三重一大"议事决策和党委议事规则，实行党委会集体讨论决定制度，形成了互相信任、互相支持、互相补台的民主风气，班子的凝聚力、向心力和战斗力全面提高。

同时，坚持以"党建民心先锋工程"为统领，大力推进服务型党组织、为民型干部、富民型党员建设，不断增强基层党组织的创造力、凝聚力和战斗力。

开展"党委书记上党课"系列宣讲活动，对各村巩固拓展脱贫攻坚成果同乡村振兴有效衔接，工作高站位谋划、高标准推进，组织实施乡村振兴"岗位大练兵、业务大比武"等活动，要求党员干部、驻村干部、村组干部等全员参与，立足岗位缺什么、补什么，差什么、练什么目标要求，相关人员同履行岗位职责所需能力有机结合，把推进动态监测帮扶、持续产业发展、促进务工就业、实施乡村建设、开展留守老人、妇女儿童和特困群众关爱服务内容纳入练兵科目，不断提高干部的工作能力。

镇党政班子全面落实新时代党的治藏方略和党的组织路线，紧盯顽瘴痼疾，深挖问题根源，采取非常之举，扭转社会乱象。紧抓基层组织换届的有利时机，加大整顿力度，从配强配齐村级"两委"班子入手，将党性原则强、理想信念坚定、懂藏汉双语、熟悉当地情况、群众信得过、会做群众工作的能人干将选到村"两委"班子，在制定村级发展规划、实施项目建设、发放惠农资金、调解邻里纠纷、打击偷牛盗马等工作中，引导村干部发挥积极作用，逐步赢得了群众的信任，并带领群众发展壮大村级集体经济。截至2021年年底，村集体经济年收入达120余万元，分红100余万元，户均增收1000元以上，群众幸福指数不断提升，村"两委"班子已经成为群众心中的"领头羊"。

"授之以鱼不如授之以渔"。只有用发展的办法突破发展中的瓶颈，才能从源头上解决问题。

尼巴镇党政干部认识到，"尼江"问题是"因贫生乱"的典型，解决问题的核心在于发展。

多年来，尼巴镇紧抓脱贫攻坚和乡村振兴的政策机遇，超前谋划、主动作为，从解决交通、水利、住房等难题入手，补齐公共服务短板、完善生产生活设施、加快特色产业发展，全镇教育、文化、卫生等社会事业实现了较快发展，农牧民生活水平明显提高，农牧民群众内生动力和发展劲头更足，农牧民增产增收步伐明显加快。

2018年年底，尼巴镇2个贫困村退出贫困村序列，2020年年底，所有贫困户实现全部脱贫，标志着尼巴镇脱贫攻坚工作完美收官。2021年，全镇人均可支配收入达到11825元，比全州人均高1693元、比全省人均高1481元。

在州、县党委、政府的大力支持下，镇党委、政府整合各项资金，分别为4个行政村注册成立了村集体经济组织，总投资3548.18万元，实施购买经营性房产，建立种养殖合作社等重要举措，加快脱贫步伐，为实现稳定脱贫提供了有效支撑。

尼巴镇"跳出草山谋发展"，还因地制宜地开展了职业技能培训，综合运用劳务输出、居家灵活就业、创业带动就业、公益性岗位安置四种方式，进一步促进转产就业，打开了"人人有技术、家家有财路"的致富增收新局面。

如今，尼巴镇经济社会发展基础更加厚实，维护稳定的阵地更加坚固，辖区群众一心求稳定、全力谋发展，把所有精力都投入致富增收上，乡村旅游业和特色农牧业得到了长足发展，"牧家乐""藏家乐"已成为当地群众增收致富新的增收点，食用菌种植、青稞油菜加工等产业已经成为新的业态。

"生态兴则文明兴"。只有生态环境改善了，群众的获得感和幸福感才会增强。

如何改变老百姓"捧着生态金饭碗、过着贫穷苦日子"的现实窘境是尼巴镇党政班子一直思考的问题。

尼巴镇牢固树立"绿水青山就是金山银山"的理念，始终把生态文明建设放在突出位置，持续加大生态环境保护力度，全面推进超载牲畜核减工作，统筹推进"山水林田湖草沙"系统治理，依法严厉打击乱采滥挖、乱砍滥伐、无证开采等违法犯罪行为，使尼巴镇绿色发展的生态环境"家底"更加殷实、发展更加可持续。

在纵深推进环境卫生综合整治中，尼巴镇发动各族干部群众投身"环境革命"主战场，引导农牧民群众转变原有的生活方式和生活观念，创造和拥抱先进文明与和谐现代生活。如今，尼巴镇天蓝、地绿、水清、环境美的美好生活让群众真真切切感受到了党和国家好政策带来的幸福感。

从践行群众路线调处化解"尼江"问题，到坚持精准方略打赢脱贫攻坚战，再到巩固拓展脱贫成果同乡村振兴有效衔接，尼巴镇把为民初心变为了跋山涉水的具体实践，群众笑脸成了他们工作成效的生动体现。

如今，尼巴镇清澈的车巴河静静流淌，鲜红的党旗迎风飘扬，美丽的村庄安定和谐，党员群众正携手向着"产业兴旺、生态宜居、乡风文明、治理有效、生活富裕"的奋斗目标昂首迈进。

（原载 2022 年 10 月 12 日《甘南日报》）

旗帜在基层树立　民心在基层凝聚

——甘南州抓党建促乡村振兴见闻

◎农民日报·中国农民网记者　鲁　明

面对三农工作重心发生历史性转移的新形势，今年以来，甘肃省甘南州着眼抓党建促乡村振兴，牢固树立"抓基层、强基础、固基本"的工作导向，深入推进"一县市一特色"党建品牌创建工作，强化抓乡促村基层党建工作责任落实，全力推动基层党建"整体进步、整体提升、整体过硬"，不断增强基层党组织的政治功能和组织力、凝聚力，为全州实施乡村振兴战略提供了坚强的组织保证。

强引领　提升乡村颜值

在甘南州合作市坚木克尔街道加拉尕玛村村民何尕存眼里，过去十年，村庄的变化翻天覆地：坑洼的土路变成了平坦的柏油路，村民有了休闲娱乐的文化广场，家家户户住上了漂亮的藏式民居，用上了天然气……"我从小在这里长大，亲眼看着村庄越变越好，大家的生活越来越好，从心底里感谢党。"何尕存说。

"2017年、2020年，加拉尕玛村先后实施了生态文明小康村建设、旅游专业村建设，完成了村主干道硬化、公共空地绿化、房屋风貌改造、宽带网络覆盖、排洪水渠修建、天然气入户等项目，迎来了一次前所未有的华丽转身。"加拉尕玛村党支部书记、村委会主任杨丹智说。为推动村庄建设与发展，村党支部积极探索"党建＋"模式，强化党建引领村庄建设、人居环境整治和基层治理，采取支部带领、党员带头、乡贤带动的"三带"模式，建立起以"村党支部＋网格党小组＋党员网格员＋网格群众户"为基本框架的组织体系，高质量高标准打造"四美"村庄，努力让村貌亮起来、环境美起来。

近年来，在合作市，更多的村庄像加拉尕玛一样发生了巨大变化。合作市狠抓基层党建，厚植党建引领优势和党员先锋优势，充分发挥乡村党组织"领头雁"作用，全面加强乡村党组织书记队伍建设，选拔村致富带头人、大学毕业生和复转军人等担任村党组织书记，选派机关事业单位干部到村任职第一书记，积极吸收返乡青年、退伍军人和高校毕业生作为村党组织书记后备，不断优化村党组织书记队伍结构，狠抓"关键少数"示范带动，实现高质量发展。全市高质量建成生态文明小康村 17 个，创建省级乡村建设示范乡 1 个、示范村 10 个，打造了一批立得住、叫得响、推得开的美丽乡村。

促发展　打造"美丽经济"

卓尼县木耳镇博峪村处在通往国家 AAAA 级旅游景区卓尼大峪沟的必经之路上，生态环境优美。但是，过去这里的人却守着好风景，过着穷日子。"为此，村党支部决心强化组织力、凝聚力，带领群众把发展搞上去。"博峪村党支部书记王国良说。群众富不富，关键看支部。随着生态文明小康村建设的不断深入，博峪村的面貌日新月异，村党支部又开始着手谋划如何让群众的"钱袋子"鼓起来。"村子从 2016 年被列为生态文明小康村开始，我们就带领群众依托红色土司文化走红色乡村游发展路子。"王国良说。村党支部充分发挥村里的生态优势、区位优势和拥有卓尼县爱国主义教育基地——杨土司"博峪行宫"遗址的优势，引导党员干部积极发挥示范引领作用，鼓励引导群众纷纷开办农（藏）家乐，成立农家乐协会进行规范管理；采取"党建＋集体经济＋党员致富带头人＋贫困户"模式，新建集餐饮及精品民宿于一体的博峪庄园，壮大集体经济，带领乡亲们就近就业增收。2019 年，博峪实现整村脱贫，现在全村人均收入超过 3 万元。抓党建、促发展，依托生态文明小康村建设，让乡村有颜值、有效益，打造属于乡村的"美丽经济"。博峪村只是甘南州融合社会主义新农村、美丽乡村、旅游专业村、脱贫致富村建设，大胆探索创新乡村发展新模式的代表之一。甘南州大力推进生态文明小康村建设，截至 2021 年，累计建成生态文明小康村 1903 个，打造出卓尼县博峪村、力赛村、碌曲县尕秀村、玛曲县沃特村、迭部县高吉村、谢协村等一大批样板村。

"生态文明小康村建设覆盖全州 64% 的自然村，惠及近 50 万农牧民。"甘南州有关负责同志介绍。生态文明小康村的建成，不仅从根本上改变了乡村的基础设施、生产生活、公共服务、社会保障和生态环境等方面条件，更释放了显著的经济效益、社会效益和生态效益，走出了一条具有时代特征、西北特点、甘南特色的乡村振兴之路。

保根本　筑牢生态底色

甘南地处黄河上游，是黄河上游重要的水源涵养区和补给区，是国家重要的生态安全屏障，被誉为"中华蓄水池"。近年来，甘南州始终把生态保护作为立州之本，积极创建国家生态文明先行示范区，统筹推进山水林田湖草沙一体化综合治理，全面落实河湖长、林长、田长等制度，实施玛曲黄河水源涵养区、碌曲尕海、黄河首曲湿地等一批生态保护修复工程和天然林保护、退耕还林、退牧还草、水土保持等重点生态工程，不断擦亮绿色发展的底色，推动生态高颜值和发展高素质齐头并进。"为深入践行'绿水青山就是金山银山'理念，今年 4 月，我们采取州县联动、党员干部群众齐参与的方式，组织实施了甘南州黄河上游生态保护和高质量发展主题实践活动，号召 1000 多个基层党组织积极参与，3 万多名党员干部冲锋一线。"甘南州委组织部有关负责同志说。甘南将此次主题实践活动作为锤炼考察干部的主战场，激励引导全州党员干部树牢上游意识、担好上游责任、展现上游作为，努力以党员干部的辛苦指数换取生态环境的颜值指数和群众的幸福指数，成为打造"五无甘南"、创建"十有家园"的实践者、引领者。生态是人类生存的基础，只有实现生态振兴，才能体现文明和谐的乡村振兴目标。碌曲县尕秀村是一个典型的高原纯牧业村，2017年3月，甘南州委、州政府确定将尕秀村打造为"全域旅游无垃圾样板村"后，碌曲县迅速成立全域旅游无垃圾样板村工作领导小组，抽调40名优秀年轻党员干部深入村里开展"手握手、心连心，共建美丽新尕秀"活动，碌曲县直各单位、尕海镇党委、尕秀村党支部第一时间成立党员先锋队，大力开展"六化""五改"设施建设等工作。

"在这个过程中，我们把打造样板村的过程悄然转变成了锤炼党员队伍、转变干部作风的过程。"碌曲县委组织部有关负责同志介绍。在党建引领和党员示范带动下，尕秀村农牧民群众也逐步转变了传统思维和生活方式，主动参与保护家乡生态、共建美好家园的行动中，将尕秀打造成了全州开发生态旅游的样板村之一。

夯基石 建设文明和谐新乡村

"火车跑得快，全凭车头带。在乡村振兴的新征程中，我们要进一步努力让支部建设'活'起来，发挥好党支部战斗堡垒作用和党员先锋模范作用，建设好文明和谐新乡村。"杨丹智说。加拉村党支部积极吸纳一批思想好、作风正、能力强的优秀年轻党员干部进入村级班子，实施党员"亮身份、亮承诺、亮职责"的"三亮"活动，积极引导无职党员从事政策宣传、信息收集、矛盾调解、文明倡导等工作，发挥党员先锋模范作用助力各项工作，健全自治、法治、德治相结合的乡村治理模式，引导村民成立"村民理事会""村民监委会"，坚持"四议两公开一监督"制度，使乡村自治建设"实"起来，不断提升村民的获得感、幸福感。乡村治理是国家治理体系的"基石"。加拉村的探索只是甘南州强化党建引领、加强基层治理的一个剪影。甘南州坚持把加强党的领导贯穿基层治理的全过程各方面，不断健全乡村、社区党组织联系服务群众的神经末梢，推动基层党建引领基层社会治理，为全州社会治理现代化提供了坚强的组织保证。"我们把抓党建促乡村振兴工作作为各级党组织书记抓基层党建工作述职评议考核的重要内容，进一步压实了党组织书记抓党建促乡村振兴的责任，形成了党建引领乡村振兴的良好氛围。"甘南州委组织部有关负责同志介绍。甘南持续巩固"一县市一特色"党建品牌创建成效，制定出台《关于抓乡促村基层党建工作责任清单指引（试行）》和《甘南州村级党组织"民事村办"试点工作方案》；积极完善州委常委和党员副州长党建工作联系点、领导干部指导联系点，持续抓好抓党建促乡村振兴工作，全面落实"8＋"基层社会治理工作机制，建立完善"行政村党组织—网格（村民小组）党支部（党小组）—党员中心户"的村党组织体系，切实把党组织的政治引领贯通到基层社会治理的每个角落、每个细胞。作为"民事村办"的试点村，合作市卡加曼乡新集村积极探索党建引领便民惠民服务机制，深入推进群众办事不出村、矛盾调解不出村、信息咨询不出村、产业致富不出村、自管自治不出村的"五不出村"工作法，受到了村里农牧民的普遍欢迎。"在开展'民事村办'试点工作中，我们通过建立村干部坐班、轮班、值班制度，每日派出民事收集员排摸收集群众急难愁盼的事务，为村民提供'一站式''便捷式''代办式'服务，做到了群众办事不出村。"新集村党支部书记道吉仁青说。村里依托"党支部＋网格化"，认真落实"民事直说"和"逢三说事"制度，收集群众诉求，征求群众意见建议，努力将邻里纠纷、家庭矛盾、信访问题等及时化解在萌芽状态，做到"人在网格走，事在网中办"，达到了"小事不出'格'，大事不出村"；公开村干部联系方式，打造"信息服务热线"，做到群众信息咨询不出村；通过党建带群建，把党群组织优势转化为发展优势，充分发挥党员先锋模范作用，健全完善"村规民约"，动员"巾帼志愿服务队"、公益性岗位等群众力量，汇聚起了基层治理的合力，实现了"自管自治不出村"。

"通过试点推进'民事村办'，我们进一步畅通了惠民便民服务渠道，实现了旗帜在基层树立、问题在基层解决、服务在基层拓展、民心在基层凝聚。"道吉仁青说。

（原载 2022 年 11 月 2 日《甘南日报》公众号）

党建"红"引领生态"绿"

——玛曲县扎实推进黄河上游生态保护纪实

◎记者 张继元 金 晶

玛曲的草原天高云低，空气中散发着淡淡的泥土清香，成群的牛羊、骏马尽享草原最丰美的草地。

近年来，玛曲县坚定党建引领主心骨，以习近平新时代中国特色社会主义思想为指导，深入贯彻习近平生态文明思想、习近平总书记对甘肃重要讲话和指示精神，牢固树立"山水林田湖草沙生命共同体"理念，以打造"五无甘南"、创建"十有家园"为契机，多过程耦合、多空间协同，达到"护山、保水、治湖、扩林、护草、固沙"一体化目标，推动玛曲黄河流域生态环境的持续改善，实现了"党建红"引领"生态绿"的同频共振。

党旗飘扬在绿色产业的"发展链"上

天高地阔，一碧万顷。牛羊成群，绿草如茵。玛曲县牢固树立党建引领意识，成立了以县委、县政府主要领导任组长的甘南黄河上游水源涵养区山水林田湖草沙一体化保护和修复工程玛曲县实施工作领导小组，同时设立规划技术指导组、资金管理组、督查及绩效考评工作组、矿山环境恢复治理组、黄河流域水环境保护治理组、草原森林沙化治理与修复组和片区责任组，领导小组紧扣时间节点，定期不定期安排部署、分析调度实施进度，形成了主要领导亲自抓、分管领导具体抓、各部门协同抓的工作格局，有力有序推进了甘南黄河上游水源涵养区山水林田湖草沙一体化保护和修复工程。并通过党建引领、组织保障、党员示范、群众参与，将1288万亩可利用草原划定为基本草原，实行严格保护，同时加大草原保护执法监管力度，鼓励民间环保组织和广大牧民群众积极参与生态环境保护，共同推进草域、湿地、森林综合整治，治理水土流失、沙化土地，努力开创"红色"党建引领"绿色"发展道路。

党旗飘扬在生态环境的"治理链"上

按照"把握重点、精准施策、保护优先、自然恢复"的原则，科学谋划以沙化草原治理为重点，坚持用最严格的制度、最有力的举措推动生态保护和治理。加快治理退化沙化草原，2013年至今累计治理沙化地33.99万亩（沙丘6.51万亩、沙化草原27.48万亩），"黑土滩型"退化草地122.52万亩，退化沙化草原治理力度逐年加大，有效改善了黄河玛曲段生态环境。推进国家沙化土地封禁保护区建设，在黄河两岸沙化草原集中分布区，设立了100平方公里的国家沙化土地封禁保护区。开展封禁设施建设、固沙压沙等生态修复与治理，以及成效监测、宣传教育与管理等工作。持续强化草原鼠害防控，2010年—2021年累计防控草原鼠害859.5万亩，其中架设鹰架4802根，鼠害地补播51.75万亩，人工捕捉233.4万亩，一定程度上遏制了草原鼠害的发生和蔓延。加快湿地保护与修复，完成重点沼泽湿地围栏保护、退化湿地植被恢复、沼泽植被恢复示范推广和退牧还湿20.5万亩，修建漫水坝8座。

党旗飘扬在绿水青山的"保护链"上

玛曲县积极凝聚生态治理合力，构建生态治理机制，加强生态文明建设，创新治理方式，全力以"天更蓝、土更净、山更绿、水更清"的实际成效，向党中央交上一份合格的"生态答卷"。通过实施一系列生态保护建设工程，林草植被逐步恢复，植被盖度有所提高，优良牧草比例和草原初级生产能力大幅提升，向黄河补给水源的能力进一步提高。据水文资料显示，2019 年黄河在玛曲出境时水量增加到 201.2 亿立方米，增加了 114.94 亿立方米，增加了 2.33 倍，出境流量较十二年前增加了 39.5%，水资源补给量平均增加了 55.6%，为黄河中下游流域生态安全发挥了重要作用。

随着玛曲县生态环境治理和水源涵养地生态综合保护工作全面实施，藏原羚、岩羊等珍稀野生动物的种群数量逐年增多，藏原羚与岩羊种群数量达到 5000 只。同时，在玛曲县境内有 30000 只左右的候鸟栖息。

玛曲县积极探索出了一套适合高海拔、气候寒冷、风大等地理条件和气候环境的生态保护及修护技术，总结编制了《玛曲县沙化草地治理技术规范》，该规范正在县内积极推广应用，为相似地区及未来沙丘治理提供有力的技术指导及支持。

走进如今的玛曲县，群山连绵，河流蜿蜒，碧波万顷的草原，烟波浩渺的黄河，如一幅秀美的画卷展现眼前。玛曲县将立足党建引领，真抓实干，把黄河上游生态保护始终放在重中之重的位置，不断强化"上游意识""上游责任"，着眼建立生态保护的长效机制，为建设"天更蓝、土更净、草更绿、水更清"的美丽玛曲而不懈奋斗。

（原载 2022 年 11 月 11 日《甘南日报》）

第六章　石榴花开

　　"促进各民族像石榴籽一样紧紧抱在一起"既是对中华民族多元一体格局的形象比喻，也是对新时代对民族团结的明确要求。甘南是全国 10 个藏族自治州之一，是多民族大家庭的缩影。在甘南，不谋民族工作就不足以谋全局。解决好民族问题、处理好民族关系、增强民族团结，始终是事关全州经济发展、社会稳定的大事。在新时代新征程上，甘南坚定不移用好"统一战线"这个重要法宝，把铸牢中华民族共同体意识贯穿工作全过程各方面，大力推进民族团结进步示范州建设，不断巩固民族团结和谐良好局面，最大限度凝聚起共同奋斗的力量。如今，"各民族像石榴籽一样紧紧抱在一起"已经深入人心，成为甘南各族人民团结一致推进中华民族共同体建设、踔厉奋发实现中华民族伟大复兴中国梦的鲜明标识。

一

　　坚持党对一切工作的领导，是新时代坚持和发展中国特色社会主义的必然要求，也是做好民族工作、促进各民族大团结的根本保证。

　　铸牢中华民族共同体意识，首要的就是加强党对民族工作的集中统一领导，把党的领导贯穿到做好民族工作的全过程、体现到加强民族团结的各方面，确保中国共产党始终成为推进民族团结进步事业的中流砥柱，确保民族团结进步事业始终沿着正确轨道向前推进。在州委、州政府领导下，甘南州全面正确贯彻党的民族政策，坚持和完善民族区域自治制度，着力加强民族团结进步教育，不断增强甘南各族人民对伟大祖国、中华民族、中华文化、中国共产党、中国特色社会主义的认同，增强听党话、感党恩、跟党走的政治自觉、思想自觉和行动自觉。

多年来，甘南州始终把民族团结进步创建作为一切工作的生命线，以铸牢中华民族共同体意识为主线，大力实施"九大工程"，深入开展"九进"活动，全面实施甘肃省"一廊一区一带"行动，扎实开展"沿黄河——洮河民族团结进步提升带"行动，提出并全面推进"十个坚决不允许"要求落实落地，通过深入开展中华民族共同体意识教育、全面深入持久开展民族团结进步示范州创建，着力构建各民族共有精神家园，民族团结进步事业取得长足发展。甘南各族群众的面貌、民族关系的面貌、民族工作的面貌发生了历史性的根本变化。各民族加深交往交流交融，谱写了一曲曲动人的民族团结乐章，留下了一段段生动的民族团结佳话，涌现出了"草原曼巴"王万青、道吉草等一批全国民族团结进步模范个人，"全国脱贫攻坚楷模"张小娟、"草原环保卫士"卓玛加布等一批新时代先进人物。他们立足岗位，奉献人民，把民族团结的爱心力量传递到了千家万户……

二

民族团结是我国各族人民的生命线。甘南州始终坚持建设小康同步、公共服务同质、法治保障同权、民族团结同心、社会和谐同创，全面推进民族团结进步示范州创建，谱写了"中华民族一家亲、同心共筑中国梦"的生动篇章。

万物归总，一句话：以规矩成方圆。

——出台了《甘南藏族自治州创建全国民族团结进步示范州实施意见》《甘南州创建全国民族团结进步示范州工作任务分解方案》《甘南州创建全国民族团结进步示范州工作推进方案》和甘南州创建全国民族团结进步示范州工作《督查办法》《考核办法》《责任追究办法（试行）》《民族团结进步条例》《全国民族团结进步示范区示范单位命名办法》。

——制定了贯彻落实《全省民族团结进步创建"一廊一区一带"行动

方案》的实施方案，创新提出民族团结进步1138工作思路，成立了甘南州民族团结进步协会，制定了《甘南州民族团结进步协会章程》《甘南州铸牢中华民族共同体意识宣传教育工作实施方案》等政策文件。

这一系列政策文件的出台，完善了测评指标，推动新一轮创建工作实现全覆盖、提质效。同时充分发挥机关、企业、乡镇、社区、学校、连队、宗教活动场所、医院、旅游景区等在创建工作中的主阵地、主渠道作用，推动民族团结进步创建工作向纵深拓展。截至2021年底，州本级和8县市成功创建为全国民族团结进步示范州（市）和示范单位，实现全国民族团结进步创建全覆盖。2个村、2个单位被国家民委命名为"全国民族团结进步示范单位"，国家级民族团结进步示范区示范单位的命名数在全省排名第一，创建工作进入全国"第一方阵"。近五年来，受国家级表彰的民族团结进步模范集体7个、模范个人5人，命名教育基地2个；省级表彰的模范集体14个、模范个人49人、示范（区）单位68个，命名教育基地5个、示范家庭33个，州级铸牢中华民族共同体意识研究、培训、教育基地各2个，州、县两级累计命名示范区（单位）、家庭和个人约1100个。

2021年，甘南州铸牢中华民族共同体意识宣传教育工作动员会暨第八次民族团结进步表彰大会召开，近年来在甘南州各行各业、各条战线上涌现出来的民族团结进步模范集体和模范个人披上了鲜红的绶带。会议号召各族干部群众在大力宣传先进模范中见贤思齐，在铸牢中华民族共同体意识教育中争先作为。

2021年12月，甘南州在"两会"召开的重要时刻，隆重举行全州"为中华树魂、为民族立根、为生民立命、为梦想扬帆——两代表一委员铸牢中华民族共同体意识主题活动"启动仪式，动员和鼓舞全州上下用共同理想信念铸魂凝心，用共有精神家园植根培元，用初心使命增进民生福祉，用实干担当点燃激情梦想，奋力谱写加快建设团结富裕文明和谐美丽的社会主义现代化新甘南的时代篇章。近年来，甘南州把民族团结进步宣传教育工作纳入宣传工作总体规划，树立"大宣教"理念，常态化开展铸牢中华民族共同体意识宣传教育活动。围绕民族团结进步宣传月和

"5·23"民族团结进步主题日,深入开展"两代表一委员"(党代表、人大代表、政协委员)铸牢中华民族共同体意识主题活动、"民族团结进步杯"寻找民族团结好声音、红歌快闪、经典诵读、创建签名承诺、民族团结进步创建文艺演出、民族团结进步原创微视频大赛、模范集体模范个人访谈以及知识竞赛、谚语大赛等形式多样的活动,掀起了人人参与创建的高潮,营造了示范创建的浓厚氛围。

2022年,甘南州建成了全省首个铸牢中华民族共同体意识甘南教育实践馆。该馆以铸牢中华民族共同体意识为主线,以五个认同为引领,以增进共同性、尊重差异性为导向,以各民族交往交流交融史实为背景,以经济社会发展新面貌为点缀,全面展现各族干部群众共同团结奋斗、共同繁荣发展的新成就,讲述各民族广泛交往、交流、交融的历史事实和甘南故事,传播社会主义核心价值观和民族团结进步正能量,激发各族干部群众共同走向社会主义现代化的热情和决心。实践馆建成后,前来参观学习的青年学生、党员干部、基层群众蜂拥而至,成为民族团结进步和中华民族共同体意识教育的重要基地。

三

甘南悠久的历史是各民族共同书写的,甘南伟大的精神是各民族共同培育的,甘南灿烂的文化是各民族共同创造的。

各民族在文化上要相互尊重、相互欣赏,相互学习、相互借鉴,在各族群众中加强社会主义核心价值观教育,牢固树立正确的祖国观、民族观、文化观、历史观,对构筑各民族共有精神家园、铸牢中华民族共同体意识至关重要。甘南州以此为引领,推动各民族文化的传承保护和创新交融,树立和突出各民族共享的中华文化符号和中华民族形象,增强各族群众对中华文化的认同。

——集藏族、蒙古族、回族等少数民族传统服饰元素的现代民族服饰成为年轻人的时尚;千百年流传在甘南草原上的各民族民谣借助现代音乐表现形式,唱响世界;藏族的传统食材与现代烹饪方式碰撞出新式藏餐,成为甘南人招待外地宾朋的首选。

——印制精美的画册，记录了锅庄、民间史诗、雕绘艺术等民族民间文化的发展历程；由各族群众组成的民间剧团，通过藏族弹唱、回族"花儿"、广场舞等群众喜闻乐见的形式，将民族团结进步的动人故事搬上舞台；国家级非遗拉卜楞寺佛殿音乐"道得尔"，得到数字化保护和传承；多民族文化交融的产物"多地舞"，吸引了游客的目光；活跃在甘南草原的 20 多个"南木特"戏班子，让古老藏戏重获新生……一系列具有甘南特色的生动实践，推动民族团结进步创建工作有形、有感、有效。

步入卓尼县城洮河两岸，"共同团结奋斗、共同繁荣发展""各民族同呼吸、共命运、心连心"的宣传标语随处可见。"这两年我们卓尼民族团结，文化繁荣，社会发展，各民族其乐融融，老百姓日子过得一天比一天有滋有味……"在滨河路晨练的王大爷掩饰不住内心的喜悦，幸福之情溢于言表。

卓尼县紧紧围绕"中华民族一家亲、同心共筑中国梦"这条主线，开展"九进"和"六比六争"等丰富多彩、形式多样的各类宣讲活动，宣讲团深入各乡镇、寺院用藏汉"双语"集中开展"中国梦"、民族理论政策巡回宣讲活动，筑牢了民族团结"一家亲"的思想根基，强化广大人民群众爱党、爱国、爱社会主义的坚定信念。如今的卓尼，经济发展、民族团结、社会和谐，呈现出一幅文明、和谐、幸福的美好画卷。

四

要过上好日子，民族团结是生命线。团结是福，反之是祸。甘南州用群众路线推动化解车巴沟"尼江"两村六十年草场纠纷，这一实践得到中央领导的肯定。毫无疑问，这也是民族团结造就的福祉。如今，"尼江"两村的基础设施得到了极大改善，牧民群众的生活得到极大提高。辽阔草原，牛羊成群。美丽山冈，经幡猎猎。绿色秘境车巴沟古朴的藏寨里，鲜花斗艳；希望的田野上，生机盎然。

碌曲县尕海镇尕秀村海拔 3300 米，是全国民族团结进步示范村、全域旅游无垃圾样板村，被誉为"生态旅游第一藏寨"。笔直的国道 213 线从村中穿过，国道两边一排排藏家民居拔地而起，水泥村道畅通整洁，休闲广场错落有致。

数十年前，这里却是另外一番景象。当时村子里只有 60 多户人家，四周都是沼泽湿地，牧民群众过着逐水草而居的游牧生活，冬窝子、夏窝子，循环往复……2017 年 3 月，尕秀村迎来了前所未有的发展机遇，甘南州委、州政府在深入调研的基础上，将尕秀村列为"全域旅游无垃圾样板村"，确定了把尕秀村打造成"领先全省、示范涉藏地区、享誉全国"的全域旅游无垃圾样板村的目标，几经努力，尕秀村发生了巨变。如今，尕秀村引入了新能源、新设备，建成了村史博物馆、旅游公厕、便民桥，拉通了文化广场光纤网络，实施了电力改造工程和整村亮化提升改造工程，并安装智慧牧场高标准围栏，水电路房等各类项目整合落实，牧村面貌焕然一新，尕秀村完成了它的蝶变。

民族团结凝聚成澎湃力量，甘南各族人民群众，以实干笃定前行，用汗水浇灌收获，甘南大地喜事连连、捷报频传。成功举办"一会一节"，多角度、全方位展示"九色甘南"之美，被文旅部赞誉为文旅融合的典范。甘南被联合国人居环境发展促进会评为"中国最具民族特色旅游目的地和旅游胜地"，并荣获 2019 年"亚洲旅游红珊瑚奖"。世界旅游联盟发布的 2018—2020 年 100 个"旅游减贫案例"中甘南荣获 3 席，位列全国市州第一，"2021 乡村发展高层论坛和全球减贫伙伴研讨会"发布《解码中国美好生活：甘肃甘南实践》案例集和系列视频。甘南村庄清洁行动、乡村治理和党建扶贫"舟曲模式"推广全省全国，卓尼县入选"中国最美县域"榜单、"2020 年全国村庄清洁行动先进县"名单，迭部、卓尼、玛曲三县被评为第四批国家生态文明建设示范区和国家生态补偿综合试点县，合作市成功创建国家卫生城市、第五批国家生态文明建设示范区、全国文明城市提名城市。尕秀、谢协等 16 个村成功入选国家名录，荣获"全国美丽乡村""中国美丽乡村百家范例""全国乡村旅游重点村""全国一村一品示范村镇""全国创业就业典型案例"等荣誉称号。甘南现象、甘南变化和甘南效应，引起各方高度关注，新华社、《人民日报》、中央电视台等主流媒体深度报道，国家有关部委和省委、省政府多次在甘南召开现场会，学习观摩亮点做法，总结推广典型经验。

五

船的力量在帆上，人的力量在团结上，团结的力量在心上。

2022年6月，甘南州举行"全州宗教界'党亲国好法大家乡美'教育实践现场观摩活动"，由全州宗教界代表人士组成的观摩团先后走进七县一市，观摩巩固脱贫攻坚成果、文化旅游"一十百千万工程""8+"基层社会治理、民族团结进步创建、寺庙依法管理等情况，合作市卡加曼寺院寺管会主任东知加措由衷感慨，通过观摩，看到甘南的天更蓝了，水更清了，僧俗群众生活更幸福了，人与自然更和谐了，今后，要以这次教育实践活动为引领，用实际行动积极引导和影响身边的僧俗群众，感党恩、听党话、跟党走，呵护美丽家园，共建绿色生态，为打造"五无甘南"、创建"十有家园"增光添彩。

幸福是什么？不同的人有不同的回答。

在甘南，一个叫作"郎木寺"的地方颇为引人瞩目。这里一半属于甘肃省碌曲县，一半位于四川省若尔盖县，是两地共同下辖的一个小镇。在同一条巷道上，四川省与甘肃省的农牧户混居，大家和睦共处。

在郎木寺镇村民阿卓看来，幸福其实很简单，就是邻里友善、家庭和睦。大家同在一个村落朝夕相处，搞好邻里之间的关系变得尤为重要，居民和和睦睦，矛盾少了，自然就幸福了。阿卓说，在长期共同生产生活中，村民们团结协作，建立了深厚的感情。每逢节日，大家在一起跳锅庄、打篮球、赛马，其乐融融。

甘南在创建全国民族团结进步活动中，以"彰显特色"的理念，把像郎木寺这样的村镇打造成为"亲情和谐边界"示范，通过示范带动作用，营造了良好的边界亲情氛围。

走进合作市大绍玛村，村口"民族团结示范村"牌匾格外醒目。整洁的巷道连通各家各户，富有民族特色的民居错落有致，村道平整干净，村民们有说有笑……

"只有民族团结，村上才能干成事。"这是大绍玛村村民仁青才让经常挂在嘴边的话。

藏族群众修建住房，全村家家户户出人出力帮忙；汉族群众因有急事无人照看孩子，回族大娘帮忙照看；孩子们讲述着在文化室里可以上网的欢乐；穿着时髦的年轻妇女分享着网上购物的喜悦。这是一种良好的联系互动，是双方面的，是真诚的。这样的和谐团结是联系互动的结果，其核心是建立了彼此间的信任和理解。

邻里和谐，干劲十足。大绍玛村是藏族、汉族、回族等多民族聚居的村庄，近年来，该村大力发展生态经济，发挥城郊区位优势，加快发展旅游服务、城市物流等产业，多渠道促进群众增收。

立足新发展阶段，围绕铸牢中华民族共同体意识主线，甘南全面推进精准扶贫和乡村振兴战略，深入实施西部大开发战略，深入持久开展民族团结进步创建，各民族在共同团结奋斗、共同繁荣发展方面取得辉煌成就。2021年，甘南州在全省做到了"十个率先"：率先完成所辖县（市）全国民族团结进步示范区命名全覆盖，率先成立铸牢中华民族共同体意识工作指导委员会，率先成立铸牢中华民族共同体意识研究中心，率先成立民族团结进步协会，率先制定出台《铸牢中华民族共同体意识宣传教育工作实施方案》，率先打造"5·23"民族团结进步主题日，率先开展"两代表一委员"铸牢中华民族共同体意识主题活动，率先开通线上铸牢中华民族共同体意识甘南大讲堂，率先编印《甘南州铸牢中华民族共同体意识资料汇编》，率先跨省开展民族团结进步联创共建工作。

甘南民族团结进步释放出巨大红利，各族群众凝心聚力共奋斗，让甘南经济社会欣欣向荣。"十三五"末全州地区生产总值达到219.06亿元，比"十二五"末增加60.61亿元，年均增长4.4%；社会消费品零售总额达到44.86亿元，比"十二五"末增加3.28亿元，年均增长1.5%；一般公共预算收入10.47亿元，比"十二五"末增加1.3亿元，年均增长2.71%；城乡居民人均可支配收入分别达到27656元和9129元，比"十二五"末增加8000元和3201元，年均增长7.1%和9%。

六

民族教育是党和国家教育事业的重要组成部分，是民族工作的重要内容。做好民族教育工作意义重大、影响深远，事关为党育人、为国育才，事关祖国统一和边疆巩固，事关民族团结和社会稳定，事关国家长治久安和中华民族伟大复兴。

党的十八大以来，党中央就教育、民族工作作出一系列重大决策部署，推动民族教育取得了新的历史性成就，使少数民族和民族地区得到了快速发展，中华民族的凝聚力、向心力极大增强。

甘南州认真贯彻党的民族政策和民族区域自治制度，牢牢把握各民族共同团结奋斗、共同繁荣发展的民族工作主题，以铸牢中华民族共同体意识为主线，促进新时代民族教育高质量发展。

民族教育得到优先重点发展，民族学校的办学条件处于同级同类学校最好水平。"全面改薄"、教育信息化等重点工程深入实施，兰州新区甘南实验中学建设进展顺利，学前教育多元发展，义务教育实现基本均衡目标，普通高中规模不断扩大，职业教育、特殊教育健康发展，国家通用语言文字教育稳步推进，大力落实"双减"政策，为中小学生减负增效。截至2021年，全州学前三年毛入园率达到94.05%，九年义务教育巩固率达到99.26%，高中阶段毛入学率达到95.98%。改扩建幼儿园139所，投入使用22所，新增城区学位2106个。

铸牢中华民族共同体意识，离不开教育这项基础工作。甘南把铸牢中华民族共同体意识融入教育全过程，将有关要求落实到教育政策、教育管理、教师队伍建设、课程教材建设、教育评价上，把铸牢中华民族共同体意识教育工作做到实处、落到细处，确保有形有感有效，使教师成为铸牢和践行中华民族共同体意识的示范者，使各民族学生在润物细无声中增强对伟大祖国、中华民族、中华文化、中国共产党、中国特色社会主义的认同。甘南州中小学生新学期第一课均有民族团结教育的内容，特别是党的十八大以来，甘南州更加注重培育和践行社会主义核心价值观，作为各民族共有精神家园的发展方向，积极培养中华民族共同体意识，切实增强了各族人民群众对中华文化的认同。

七

纵观甘南大地——

一所所现代化的校园拔地而起，琅琅书声传递出最美希望；

一家家设施齐备的医院先后建成，白衣天使为患者带来家一样的温暖；

一个个社区养老机构的运行，让老年人眼里有光、心中有爱，老有所养、老有所乐；

一片片商贸新区蓬勃兴起，为各族群众提供着丰富的物质保障；

一条条道路延伸到城市乡村，联结着古朴人心，连接着外面的精彩世界；

一座座整洁干净的村庄，彰显生态文明的坚实底色；

……

村庄翻天覆地，城市日新月异。文化广场上，各族群众或坐或行，闲话家常、健身散步；孩子们打闹嬉戏，童音在广场上空荡漾开来。夜幕降临，大家自带音响，在广场上翩翩起舞，跳起了欢快的锅庄。

这繁荣发展的铿锵足音，这激动人心的美好画卷，是民族团结进步的力量发出的、是民族团结进步的画笔绘就的，是甘南州全面推进民族团结进步创建、铸牢中华民族共同体意识所凝聚而成的澎湃能量所形成的。

成就非凡，足以鼓舞人心；征途漫漫，还需持续前行。

唯有团结，始能成事；唯有实干，才可兴州；唯有奋斗，方能复兴。甘南各民族人民不断铸牢中华民族共同体意识，手挽着手，肩并着肩，共同繁荣发展，共同团结奋斗，正阔步行进在中华民族伟大复兴的康庄大道上！

冷木：孝老爱亲好楷模

◎记者　马保真　徐晓倩　实习记者　李鹏飞

如果说，净土甘南是世上的香巴拉，更值得骄傲的是，她还孕育了一颗颗美丽的心灵。

如果说，甘南曾经孕育了无数像格萨尔一样的英雄，今天她还孕育了一位孝老爱亲的道德楷模——冷木。

三十年如一日，悉心照料与自己毫无血缘关系的流浪老人，无怨无悔，不离不弃，冷木的真情付出传递的已不再是一种简单的关怀帮助，更是对人间大爱的不懈追求。

因缘而相聚

在迭山白水间有一个美丽的藏寨叫尼傲乡尼傲村。古老的乡村里，冷木照顾流浪老人的动人故事广为流传。

四十年前，一位流浪的智障老人拖着一条残疾的腿出现在尼傲村。善良的老阿妈一家出于同情收留了流浪老人，从此和他们生活在一起。这位老阿妈就是冷木的婆婆。

前世的缘分让他们相聚。十年后，冷木嫁到了这个温馨的家庭。从嫁过来的第一天起，在照顾好一家老小的同时，她也担起了照顾流浪老人的责任。在她心里，老人就像是自己的亲阿尼（爷爷），是这个家庭不可缺少的一员。

时光荏苒，冷木的公婆相继去世，丈夫不久后也随之而去，这个并不富裕却欢声笑语不断的家庭好像一下子掉进了冰窖，冷木身边除了年幼的孩子，还有这位年迈的老人。如果说起初照顾老人是从婆婆手里接过来的一种责任，那么现在，照顾好阿尼已经成了冷木的一个习惯。

因爱而情深

有人对她说："媳妇难当，这个老人与你不沾亲不带故，你一侍奉就是几十年，图什么？"

冷木说："不图钱财，不图回报，我就是看不得老人没吃没喝没人管，我们怎能放下老人不管呢。"

三十多年来，为了照顾老人和家庭，冷木付出了更多的心血和汗水。不管工作、农活多紧多忙，她总是先让老人吃饱、穿暖、穿干净。她在阿夏乡上班时，就委托村里亲戚们轮流照料。为了方便照顾老人，冷木特地在厨房边专门为老人盖了间房子，还特意申请将工作调到尼傲乡家门口。

母亲照顾一位毫无血缘关系的智障老人这么多年，孩子们都看在眼里。最让冷木感慨的是小女儿说过这样一句话，"妈妈对阿尼这么好，等您老了，我也要好好孝敬您。"

老人有时发怪脾气，在村里乱转，冷木就和子女一起将老人找回，像哄小孩似的哄他，喂他吃饭，妥善安顿。这些年只要老人高兴的事，她都尽力去做。老人患病时，冷木和子女们悉心照料，端饭送茶，从没喊过苦，嫌过烦，发过脾气。

冷木的小女儿佳木草回忆起小时候的一个夏夜，全家人正睡得香甜，阿尼突然跑出来在院子里大喊大叫，怎么劝都不肯进屋。阿妈就把两个小凳子拿到院子里，陪阿尼坐着。慢慢地，阿尼不出声了，阿妈也不说话。我起来找阿妈时，发现天上的星星那么多那么亮……

在最窘迫的日子里，冷木也没将老人抛弃，因为他们已然是一家人，她凭着一颗善良的心、一个朴实的信念，实实在在地对待每件事、每个人。她常说，"道德并没有想象中那么遥远，它很小，很细微"。

因德而立名

三十年转瞬即逝，如今老人已经过世，孩子们也都长大了，冷木的担子轻了许多，但她仍愿意帮助别人。

在冷木看来，就像藏族人常说的"使父母愉快的是孝敬，让众人点头的是积德"，上天安排她做这样的事，一定是有道理的，那些受过的苦和付出的艰辛，都是值得的。

2014年冬天，年近百岁的阿尼带着微笑离开了大家，冷木一家为他举办了当地藏族最隆重的葬礼。

"如果没有冷木的悉心照顾，老人根本活不到现在，更不可能有人为他送终。"在尼傲村，提起冷木，村民们都竖起大拇指。

以前每当人们提起她的善举，冷木总是平静地说："阿爷已经是我们家的人，我们会一直照顾他，以藏族人送老人的传统风俗，为其养老送终。"

由于冷木出色的工作和赡养老人的美德，"优秀家庭成员""巾帼建功""优秀妇女工作者""道德模范""最美甘南人物"等一个个荣誉称号是对她的真善美最好的诠释。

2015年10月13日，由中宣部、中央文明办等六部门组织的第五届全国道德模范授奖仪式在北京人民大会堂金色大厅举行，冷木因几十年如一日照顾残障老人的突出事迹，被授予"全国孝老爱亲模范"荣誉称号，她也是我省在本届评选中唯一获奖人选。10月15日，省委副书记欧阳坚在兰州会见冷木及获得提名奖的代表。

欧阳坚代表省委、省政府向各位获奖者表示热烈祝贺。他说，中华民族历来重视道德修养和道德力量，中华民族五千年生生不息、绵延不断，很重要的一条就是依靠道德的力量。受表彰的道德模范，在新的历史时期大力发扬传统美德，大力弘扬时代新风，用实际行动践行了社会主义核心价值观，传递了道德进步的正能量，是时代的楷模、人民的英雄。

面对多年获得的众多荣誉，她并不看重名利，她觉得自己只是尽了一个后辈照顾老人的责任，一个母亲抚养孩子的义务，自己觉得问心无愧就行了。

就是这么一位普通的藏族妇女，用她的实际行动感动了全村、全县，甚至感动着整个中国。这些年来，冷木在自己平凡的生活中，以无私的爱，演绎着人世间最朴实的"真善美"，用自己的行动，诠释着一位新时代女性高尚的道德情操。正如她所说："道德并没有想象中那么遥远，它很小，很细微"。

（原载 2015 年 11 月 3 日《甘南日报》）

驻足凝望三十载　藏汉两地手足情

——合作市标羚羊雕塑背后的故事

◎记者　马保真　石凯平　何学忠

1986 年，在合作镇盘旋路环岛，一尊白色羚羊雕塑揭开了它神秘的面纱。时至今日，当人们站在这个极具地域代表性的雕塑前，谈论着合作市的变迁、自豪地向朋友们介绍它时，鲜有人知道它还见证了一段无锡市和甘南州青年联合会三十年难以忘怀的友谊。

"羚羊百兽之灵，自古合作之地，羚羊生息于此，故得羚城之名"。

1985 年初冬，一尊用无锡惠山泥捏成的羚羊雕塑被装在盘子里，呈现在大家面前，随即，羚羊雕塑设计方案被确定下来。8 月，羚羊雕塑在合作落成。

从此这座羚羊雕塑驻足凝望，它们目睹了合作三十年的翻天覆地，三十年的手足之情。

"羚羊"造型逐渐成形

1985 年秋天，无锡市泥人研究所创作员陈钢成了无锡市青联"赴甘肃考察学习小组"的成员。年轻的他从未见过大草原，时任甘南州青联主席的才宝甲作为东道主，将陈钢邀请到了他的老家甘加。

在甘加，陈钢看到了草原的辽阔壮美，在才保甲家，感受到了藏族兄弟的淳朴热情。在甘加的这些日子，他萌生了为合作市创造雕像的想法。陈钢通过大量的采风和与才保甲的数个彻夜长谈中，接触到了大量与合作历史有关的文献资料，了解到有关羚羊的民间传说及其背后厚重的文化历史，"羚羊雕像"的造型也在陈钢的脑海里逐渐成形。

1986年初，一尊用无锡惠山泥捏成的羚羊雕塑被装在盘子里，呈现在甘南州相关领导面前。随即，羚羊雕塑设计方案被确定下来。

在建设过程中，陈钢和才宝甲为羚羊雕塑的建成想了不少办法，除建筑材料费用外，陈钢及前来援建的三名技术人员的工资和前期衔接人员的交通费用均由无锡市青联及陈钢个人承担。

1986年8月17日，合作镇盘旋路环岛，一尊白色羚羊雕塑揭开了它神秘的面纱，象征着两地青年友谊的合作城标羚羊雕塑落成，数百名群众冒雨见证了这尊合作城标雕塑的诞生……

三十年风雨兼程，三十年沧桑巨变，"合作镇"已成为"合作市"，三十年间，静谧的小城不断发展，一座座高楼拔地而起，宽阔的马路旁绿树成荫，人间香巴拉的美名处处传扬。

每年数以万计的游客蜂拥而来，在羚羊前留影纪念，而羚羊雕塑仿佛是存活在所有人心中的精灵一样，以至于让人每次见到时都平添几分亲切和几分静谧。

雕塑仅仅是个纽带。

"故事要从1984年秋天讲起。"已是花甲之年的才宝甲在接受采访时说。

1984年秋天，时任共青团甘南州委书记、甘南州青联主席的才宝甲带领玛曲县牧民参观团赴内地考察参观。

"前期动员工作难度之大，超出了所有人的想象。"才宝甲回忆起当时的情况，依然感慨万千。

当"让农牧民群众去内地考察"这个想法提出来的时候，大家都认为这是天方夜谭。但是干劲十足的他想了很多办法，终于促成了这次考察圆满成功。同时，在这次考察中，他与无锡市青年联合会建立了联系，此后，两地青联结也为友好单位，之后，甘南州上百名各族青年先后赴无锡教育学院等院校培训，无锡市青联对甘南的帮助工作就此拉开序幕。

1986 年 8 月，来自无锡市的 30 余名各界青年到甘南了解经济、科技、文化、体育、卫生及青年卫生以及青年工作等方面的情况，并与甘南各族青年开展广泛交流。

当时，《无锡日报》对这一事件进行了报道："甘南各级青年组织和一些企事业单位把我市青年考察学习小组当作'智囊团'……市青联还组织具有泥塑技术专长的青联委员赴甘南传授技术，为他们制作了城市雕塑，建立了博拉、立节两所无锡希望小学。"

帮助工作在随后的几年时间内深入甘南各个领域，无锡市青联先后共组织 50 余人次赴甘南开展帮助，在教育、科技、卫生等领域累计为甘南实施了 30 个援助项目。智力支边活动在"七五"期间，受到全国青联和国家民委的表彰。

彩虹另一个着地处

在无锡对甘南"智力支边"援助工作中，涌现出一件件让人感动的事和一个个让人敬佩的人，在《无锡日报》尘封的新闻稿件中，这些人和先进事迹得以还原：

——无锡教育学院挖掘内部潜力，破例计划外招收了 24 名英语、数学、中文等专业甘南学员。

——无锡市第一人民医院、妇幼保健院和无锡泥人研究所派出有一技之长的专业人员到甘南进行对口服务。

——孙文华委员虽患腿疾，但她毅然跟随援助工作团来到海拔近 3000 米的高原，与医务组的同志一起上街为藏族群众服务。

——赵国荣委员白天在单位工作，下班就为落实智力支边项目而奔波，他一个人就落实了 5 个项目。

——我市青联的 10 位青联企业家委员率先捐款 2000 元，救助甘肃省甘南藏族自治州的 10 名儿童返校学习。

——9 月 1 日，一幢二层楼的教育大楼在甘南藏族自治州夏河县博拉乡竣工，博拉乡唯一的中心小学将告别 9 间坍塌的教室，300 多名牧民子弟有了一个舒心的上课地方。

……

一条条简短的新闻报道，说不尽无锡和甘南两地青联人深厚的友谊和血浓于水的真情。

《无锡日报》发表了一篇题为"彩虹另一个着地处"的散文，作者正是才宝甲。他说三十年后的今天，他回忆起那段时光时，觉得无锡青联委员们正是彩虹那一头的使者。

空间的距离、时间的推移，没有阻断两地之间的情谊，反而从三十年前开始，变得愈发深厚起来。

再续三十年羚羊情

2016 年夏天，主题为"甘南情——无锡青联老委员参与民族团结东西互助活动三十年回顾"活动举行，曾经参与智力支边甘南援助工作的数十位老委员再次踏上甘南这片高原净土，再次前往曾经工作过的地方、再次在羚羊雕像前合影，一切仿佛又回到了三十年前，而眼前的景象却又天翻地覆。无锡市青年联合会原主席、团市委副书记杨福良在日记中写道："这是一个血浓于水的兄弟情结，这是一段团结互助的民族佳话。"

在座谈会上，老人们回忆过去在甘南的岁月。

陈钢说："羚羊雕塑诞生过程中的藏汉文化交流，给予我无限的创作灵感，并在以后的设计中取得了让我满意的艺术成就。"

杨福良说："重走甘南路，再续民族情，我看到了当年的无锡、甘南部分青联委员再聚合作，相约在羚羊雕像前，只有一个心愿，那就是藏汉团结、兄弟情深，祝愿甘南的明天更加美好！"

是啊，祝愿甘南的明天更加美好！

经历了三十年的发展，甘南乘着改革开放的东风，携手各地援建干部，集聚换穷貌、改穷业、拔穷根的强劲力量，攻坚克难努力奋斗，经济社会有了长足的发展，农牧民生活有了翻天覆地的变化。

甘南州地区生产总值从 1986 年的 2.22 亿元到 2017 年的 135.95 亿，农牧民人均纯收入从 266 元到 2017 年农牧民人均可支配收入 6998 元……落后的医疗、教育、人才、技术、思想都得到了长足的改变和进步。

而这一切成绩和变化，离不开无锡、天津等一大批援藏干部三十年如一日的不懈努力和竭力付出，正是他们的加入推进了甘南的快速全面发展。

三十年，不单是数字的增加，而是一座城市的转折与兴盛，更是两座城市血脉相融的见证。这三十年，不仅仅是真情的往来，而是援藏干部奋斗在甘南的一幅幅壮丽画卷，更是各族干部谱写的一曲曲心手相连的高原赞歌。

阳光洒遍合作每一个角落，驻足在羚羊雕塑前，时光在这里慢了下来，仿佛时间也在这里驻足、聆听，而关于羚羊雕塑的记忆随同时间的潮水涌向了岁月的另一端，羚羊也在用深邃的眼眸凝望着这片雪域高原之上的纯净之城。

（原载 2018 年 7 月 30 日《甘南日报》）

全州宗教界"党亲国好法大家乡美"
教育实践现场观摩活动手记

◎综合报道组

无论是一个地区区域经济社会发展，还是农家牧户生产生活改善，从宏观到细微，从经济到民生，团结和发展两大主题始终同频共振、息息相关，而多民族、多文化恰恰是甘南发展的最大动力和内核。举办此次全州宗教界"党亲国好法大家乡美"教育实践现场观摩活动，既是对近年来甘南经济社会发展成果的展示，也是对全州各族各界团结奋进、取得丰硕成果的亲历和见证。

22日上午，"党亲国好法大家乡美"教育实践现场观摩活动在夏河县正式拉开帷幕。被誉为"世界藏学府"的拉卜楞寺，在寺庙依法管理、全面从严治教、宗教界崇俭戒奢教育活动、民族团结进步创建等方面发挥着不可替代的模范带头作用。观摩团成员边走边看、边学边记，汲取着各自需要的好经验、好做法。

当观摩团车辆缓缓驶入碌曲县尕秀村，映入眼帘的是一座集生态、文化、民俗、产业为一体的生态旅游藏寨。观摩中，碌曲县统战部工作人员向大家介绍道：如今的尕秀，是一朵绽放着生机的民族团结之花，是一朵紧抓全域旅游契机向上生长的奋进之花。

黄河特大桥观景台，视野开阔，山水秀丽，蓝天碧水交相辉映，黄河两岸往日的沙化景象已销声匿迹，随着玛曲全县上下山水林田湖草沙系统治理活动的深入开展，治理成效已经显现。站在黄河桥头，不禁让人联想起"山随平野尽，江入大荒流"的诗句，观摩团成员见状纷纷竖起了大拇指。

"远上玛曲风为翅，近渡首曲云作舱"，伴随着玛曲草原怡人的景色，观摩团一行抵达阿万仓镇，阿万仓湿地公园是国家 AAAA 级旅游景区，是中国最大、最美湿地草场。近年来，玛曲依托"一十百千万"工程大力发展文化旅游业，将阿万仓湿地公园打造成了玛曲靓丽的名片。看到阿万仓旅游业的蓬勃发展和怡人美景，吉仓寺院寺管会主任宗哲加木措说，"五无甘南"是心之所向，非常符合群众意愿，符合甘南实际。创建"五无甘南"，保护甘南的"金山银山"促进经济社会和谐发展，给甘南人民指出了新的发展道路。

把目光停在铺展开的绝美风光上，把思绪放在大自然富有韵律的变化中，我们会发现，自然在绿色发展中健康地迎接文明的点滴渗透，各族文化在融合发展中，积极地凝聚成最强劲的力量。甘南大地上，随处可以看见旺盛的绿色齐奏人与自然、各民族和谐发展的美妙乐章。

无处不在的和谐之美

近几年来，在州委、州政府的坚强领导下，全州上下大力推进生态文明小康村建设和环境革命，人民生产生活水平发生了翻天覆地的变化，尤其是打造"五无甘南"、创建"十有家园"，是落实习近平生态文明思想和"绿水青山就是金山银山"重要论断的有效举措……6 月 23 日，观摩团走进碌曲县郎木寺镇，迭部县益哇镇扎尕那村、达拉乡高吉村、旺藏镇茨日那村、舟曲县巴藏镇各皂坝村，亲身感受全州经济生活发展、民族团结进步的成效。

微风轻拂，树绿花红。当观摩团一行到达扎尕那时，具有浓郁民族特色的民宿映入眼帘，别致的外观、美丽的图纹、干净的院落展示了别样的美好风情。作为当天观摩第一站的扎尕那，在大力发展经济的同时，始终将民族团结进步创建工作与乡村振兴相结合，营造了旅游产业发展态势良好、各民族之间手足相亲的浓厚氛围。大家一路仔细听讲解、实地看建设、相互谈想法，发出由衷的赞叹。

茨日那是毛泽东旧居所在地，2021 年 6 月被中宣部评为全国爱国主义教育示范基地。茨日那以铸牢中华民族共同体意识为主线，坚持把民族团结创建融入乡村振兴，努力探索民族团结进步创建助推乡村振兴的新路径，因地制宜发展产业，充分依托毛泽东旧居红色资源和白龙江沿线河谷地带光照充足、昼夜温差大等优势条件，大力发展红色旅游和经济林果种植，逐渐形成了"旅游+特色种养殖为主、劳务输转+传统种植为辅"的产业发展格局。

舟曲县是甘南的"小江南"，观摩团抵达舟曲县各皂坝村时，天色渐晚，气温舒宜。这座藏汉聚居的村落，在乡村振兴战略的助力下，发展成了集产业旅游、休闲度假为一体，享誉省内外的生态旅游专业村。多年来藏汉如同一家人，村民群众藏语和汉语通用，是一个邻里有爱、互帮互助的和谐村庄。

一路走，一路看，所到之处，乡村振兴无不呈现"共同体"发展趋势。一幅产业兴旺、生态宜居、乡风文明、治理有效、生活富裕的美好图景渐渐铺陈于甘南大地。

缅怀　感恩　共筑梦

缅怀英烈，感恩时代，不负韶华共筑中国梦！满怀着对红色文化教育基地的向往，怀揣着对革命先烈们的崇敬、仰慕之情，全州宗教界"党亲国好法大家乡美"教育实践现场观摩团一行不辞辛苦，一路奔波，来到了红色文化教育基地——迭部县达拉乡高吉村的俄界会议旧址和纪念广场。

在高吉村村口的俄界会议纪念广场，一座高 9.12 米的纪念碑巍然挺立。蔚蓝的天空下，五星红旗迎风飘扬，毛泽东、周恩来等伟人的塑像庄严肃穆。广场两侧，"统一思想　坚定信念"八个大字苍劲有力。虽然硝烟战火早已远去，但是丰碑矗立，精神永存。俄界会议当年是在一户藏族老乡家中召开的，光阴流转，屋内至今完全保存着毛泽东等同志居住时使用的灶台、土炕以及开会时使用的桌凳和灯台，充满历史感的旧址像是在无声诉说着那段战火中的岁月。行走在俄界会议旧址展馆之中，观摩团成员思绪万千。

"如今的和平来之不易，是多少烈士用鲜血换来的，五星红旗是烈士用鲜血染红的。因此要珍惜这来之不易的和平年代，无论信仰什么宗教，都有责任、有义务共同维护祖国统一、和谐安宁。'和'是人类永恒的主题，为着'和'，全州宗教界都应齐心协力。希望通过这次观摩，大家更加携手共进，为国家的和谐安宁，为共筑强国梦努力奋斗！"拉卜楞清真寺教长孔祥瑞由衷地说道。

观摩团一行还来到了全国爱国主义教育基地——舟曲"8·8"特大山洪泥石流纪念馆，亲身感受舟曲儿女大灾不屈、抢险不惧、攻克艰难、矢志不渝的抗洪抢险救灾精神。观摩团成员仔细观看了纪念馆内各展览区里大量的救援图片、实物影像、影视资料、电子沙盘等，"灾后重建成果展"展区内40多张剪影栏全面展现了舟曲灾后恢复重建和经济社会发展取得的重大成就，大家都再一次被这种历尽艰难险阻、众志成城涅槃重生的抢险救灾精神所震撼。

"感恩共产党，永远跟党走！因为有党的宗教政策的正确引领，才有我国宗教中国化进程的深入推进，才有各宗教健康传承的良好局面和广大信教群众的幸福生活。"这是临潭新城基督教堂主任王太来发出的肺腑之言。"作为一名教职人员，我将踏实做事，带领信教群众深入贯彻落实党的宗教方针政策和习近平总书记关于宗教工作的重要论述，坚持我国宗教中国化方向，加强自身建设，为社会作贡献。"

感知新业态　感受新变化

6月25日，全州宗教界"党亲国好法大家乡美"教育实践现场观摩团来到了临潭县冶力关镇。

在州委、州政府的大力扶持下，以往的穷乡僻壤如今已经变成了一座名副其实的生态之镇、宜居之镇。丰富多样的生态元素和谐共生，各族群众和谐相融。观摩团在参观了池沟村乡村旅游发展情况和庙沟村特色高端民宿建设情况之后连连赞叹，现在的冶力关步步是景，处处是画。

观摩团初达池沟村，清新怡人的环境、鲜花簇拥的庭院便映入眼帘。池沟村已经实现了乡村旅游和旅游扶贫、乡村旅游与新农村建设，乡村旅游与生态文明小康村建设、大景区建设之间的"三大融合"。一个质朴温婉、乡风浓郁的"中国乡村旅游模范村"，犹如一颗璀璨的明珠，将昂首阔步向前发展的精气神展现得淋漓尽致。

走进庙沟村，底蕴深厚的乡村文化让人耳目一新，特色鲜明的旅游产业令人欣喜振奋，山清水秀的美丽村庄让人流连忘返，小桥流水人家的田园生活让人心生向往。庙沟村依托地理、生态、交通优势，大力发展"农家乐"旅游产业，在建设美丽乡村的同时，既塑形，也铸魂，为乡村建设注入"灵魂"。

在几天的观摩学习中，观摩团一路看、一路听、一路评、一路议，一幅幅民族团结的和谐画卷，一张张幸福洋溢的灿烂笑脸，让我们感受和看到了经济社会发展和民族团结进步为广大群众的生活带来的实实在在的变化。甘南更快更好发展的蓝图正在铺展。

（原载 2022 年 6 月 27 日《甘南日报》公众号）

团结"心连心"　奋斗"手牵手"

——甘南州纵深推动"沿黄河—洮河民族团结进步提升带"行动纪实

◎记者　何　龙　李亚键

　　这里，迷人的草原见证着净土甘南的沧桑巨变；这里，蜿蜒的一江三河诉说着民族团结进步的动人故事……甘南，这个面积达 4.5 万平方公里的大家庭里，生活着藏、汉、回、土、蒙等各族儿女，他们像石榴籽那样紧紧拥抱，像爱护眼睛一样细心呵护民族团结之花；各族干部群众，像珍视生命一样固本培基。在党的阳光沐浴下，手足相亲并肩行，同心守护生命线，如同一家人生活在安定和谐的"幸福家园"。

　　近年来，甘南始终围绕全面落实习近平总书记关于加强和改进民族工作的重要思想，紧扣"中华民族一家亲、同心共筑中国梦"总目标，以铸牢中华民族共同体意识为主线，真抓实干、开拓创新，按照《全省民族团结进步创建"一廊一区一带"行动方案》要求，纵深推动"沿黄河—洮河民族团结进步提升带"行动，各族儿女同心浇灌民族团结之花，使其常开长盛，用心守护民族团结之灯，使其常亮长明。近年来，甘南州各级党委、政府全面贯彻新发展理念，紧扣铸牢中华民族共同体意识这条主线，按照省上的总体部署要求，结合"提升带"片区 5 个市州和兰州新区地域相邻、山水相连，各民族交往交流交融频繁、多元文化交汇、民族问题与宗教问题相互交织的特点，围绕发展、教育、生态、法治、文化、宗教等方面，研究制定了《2021 年"沿黄河—洮河民族团结进步提升带"联创共建工作实施方案》，并召开了"沿黄河—洮河民族团结进步提升带"联席会议，对全年工作进行扎实安排部署，稳步有序的实施好"提升带"行动。

"沿黄河—洮河民族团结进步提升带"包括 5 个市州、1 个新区、36 个县市、2 个自治县、9 个民族乡，少数民族人口 180 万余人，占全省少数民族人口的 75.1%。扎实开展"提升带"行动，对营造沿黄河—洮河地区良好发展环境、展示沿黄河—洮河地区包容开放形象，巩固发展平等团结互助和谐社会主义民族关系，建设经济发展、山川秀美、民族团结、社会和谐的幸福美好新甘肃都具有重大意义。如何推动民族团结进步创建活动有形、有色、有效，长抓常新？甘南州把民族团结进步宣传教育工作纳入全州宣传工作总体规划，树立"大宣教"理念，涌现出一系列具有甘南特色和亮点的生动实践。

甘南州在推进巩固拓展脱贫攻坚成果与乡村振兴战略有效衔接中，积极对接国家出台的政策措施，争取和实施了一批基础设施重大项目，特色农牧产品实现集约化发展，文化旅游产业实现融合发展，夯实了脱贫攻坚产业基础。进一步拉动民族特色食品、民贸民品企业等特色优势产业转型升级，区域经济和谐发展的层次和水平进一步提升。遵循"重在保护、要在治理"工作思路，切实做好中华民族母亲河上游区域的保护治理，严格执行河湖长制，全面落实防汛工作责任制。全力推进水源涵养、污染防治、水土保持和山水林田湖草沙综合治理。通过不断努力，"提升带"片区在担好上游责任，统筹干支流、上下游、左右岸中认真履行义务，各民族共同大保护，协同推进大治理，在新时代黄河大合唱中演奏好甘肃乐章的"提升带"曲目。

实施民族团结进步宣传品牌培育计划，打造了一批突出中华文化符号、彰显中华民族视觉形象的文艺作品、影视节目和报刊书籍，增强了各族群众的情感联系、文化互动和心灵共鸣。不断加大"提升带"区域内非物质文化遗产保护传承力度，打造了一批体现少数民族传统文化的文学、戏剧、影视、音乐作品。不断加快推进"三区三州"旅游大环线、甘南国家全域旅游示范区建设和长征国家文化公园建设项目，打造了"兰州—临夏—甘南民族风情绿色旅游"、"兰州—定西—临夏—甘南自然生态旅游"

和"兰州—白银—定西—甘南红色革命传统旅游"线路，形成了旅游发展多层次联动、全链条联合的格局，打响民族风情游的旅游品牌，推动"提升带"片区少数民族文化事业和文旅产业协同发展。全州上下切实担负甘南责任，履行甘南义务，发挥甘南作用，通过创新思路、打造品牌、巩固成果、引领作用，为全省创建工作提供了"甘南方案"，贡献了"甘南力量"。近年来，甘南州秉持"重在平时、重在交心、重在行动、重在基层"的理念，按照人文化、实体化、大众化总要求，以突出创建主题，把握创建方向，深化创建内涵，丰富创建形式，扩大参与范围，提升创建水平，打造创建品牌为目标，"提升带"片区各市州（区）牢固树立"一盘棋"思路，自觉履行联创共建责任，共同打造亮点，培育典型。配合、牵头完成了在中央民族干部学院举办的铸牢中华民族共同体意识暨甘南第六期创建工作（提升带）片区专题培训班，"提升带"片区民族团结进步"吉祥甘南·石榴花开"文艺巡演活动，"提升带"片区"九色甘南·民族团结杯"足球争霸赛等年度工作任务。各市州（区）在做好规定动作、打造自选动作、找准共建契合点、扩大联建共融面上作文章，不断在线上线下加强信息共享、资源共享和经验共享，不断加强学习交流，实现"提升带"片区创建工作"百花齐放""交相辉映"，切实打造了看得见、摸得着、用得上、得实惠的"提升带"行动品牌。同时，也完成了年初制定的国家和省级示范区示范单位命名目标。

如今，行走在有着"天然氧吧"美誉的甘南大地，从城镇城市面积拓展到城乡风貌改造的旧貌换新颜，从群众文化活动蓬勃开展的风情园、民族团结广场到新时代新农村典范的文旅标杆村、风情农家院，从危旧房改造到民族文化的推广……处处发生着喜人的变化。民族团结就像阳光和空气一样，内化于心，外化于行，已深深融入各民族的血脉。

（原载 2022 年 7 月 5 日《甘南日报》）

第七章　文化馨香

　　群山巍峨，草原连绵，这里是离内地最近的雪域高原，这里是镶嵌在青藏高原东北部的一颗璀璨明珠，这里拥有华夏民族文明发祥地之一的三河一江（黄河、洮河、大夏河、白龙江），这里草原辽阔，水草丰美，人情淳朴，生态文化、历史文化、红色文化、民俗文化、宗教文化交相辉映。"世界藏学府"拉卜楞寺经幡摇曳，宗教文化源远流长；黄河第一弯碧波荡漾，悠扬的格萨尔弹唱诉说着英雄的故事；"东方小瑞士"郎木寺不仅是展现自然美景的天堂，多元文化也在这里融合绽放……特殊的地理位置和丰厚的人文内涵，造就了甘南莽莽 4.5 万平方公里的土地上独特的文化品质。自然赐予这片土地的奇山圣水文化古迹与人间烟火相融合，丰盈着甘南人向往的诗与远方。

　　人无精神不立，国无精神不强。一个国家、一个民族、一个地域的强盛，总是以文化兴盛为支撑的。文化作为国家和地区发展的软实力，是经济社会发展的重要支撑。党的十八大以来，甘南州坚持以习近平新时代中国特色社会主义思想为指导，以社会主义先进文化为价值取向，挖掘弘扬特色文化，充分开发甘南丰富的文化资源、扎实推进群众性精神文明创建活动，积极培育和践行社会主义核心价值观，推动了文化发展大繁荣，为全州经济社会高质量发展凝聚起蓬勃文明力量和持久精神动力。

　　2021 年 11 月，甘南州第十三次党代会提出打造"五无甘南"、创建"十有家园"，建设青藏高原绿色现代化先行示范区，努力把甘南打造成文旅深度融合发展的产业高地，让最美甘南在青藏高原横空出世、精彩绽放。

甘南成了充满文化魅力的一方乐土。

一

文化既是凝聚人心的精神纽带，更是心系民生的幸福指标。群众不断攀升的幸福感得益于甘南加快构建现代化公共服务体系所带来的红利。

近年来，甘南不断健全现代公共文化服务体系，一批批文化基础设施建了起来，一系列惠民文化活动热了起来，一个个特色文化品牌亮了起来——

观展览、品书香、享科技……如今，群众在家门口的文化广场，就能享受到免费的"文化大餐"。

合作市佐盖曼玛镇扎代村村民完代克谈起乡村舞台带来的便利时说："自从家门口建了乡村舞台以后，群众积极组织'南木特'藏戏、弹唱等文艺活动，在家门口就能享受'文化大餐'。"

"南木特"藏戏是藏族文化艺术形态中占重要位置的一门融歌、舞、说唱、音乐、文字于一体的综合性艺术。传承着各种传统表演艺术形式，其内容和选材大部分来源民间故事、历史传说、佛经故事以及世事人情等几个方面。具有浓郁的民族特色和地方特色，用丰富的想象和浓郁的神话色彩，大胆的浪漫主义手法表现戏剧情境。是在乡村大舞台上最常见的一种文艺活动，在剧目创作上，以它题材的丰富性和艺术处理上的独特性，展现着自己特有的风姿。

"以前村里没有小广场，农闲时天天待在家里，自从有了小广场，大家健身、唠嗑就有了好去处。现在，吃完饭可以带上小孙子到文化广场玩耍，自己也可以在健身器材上锻炼身体，这个广场真好。"卓尼县喀尔钦乡相俄村的老人以一个简单的"好"字道出心头无限的喜悦。

一件件具体而微小的实事，交织成一张覆盖城乡的公共文化服务网，一个触手可及的"文化圈"已经融入普通群众的生活。

在甘南许多公共场所，时常能看到这样的场景：景区里、广场上，歌舞飞扬，现场观众欢乐开怀；舞台上、剧院里，好戏连台，精品剧目轮番上演；图书室、群艺馆、课桌上、书房里，翰墨飘香，老少欢聚挥毫泼墨。

公共文化服务是文化建设的重要组成部分。近年来，甘南州以不断满足人民日益增长的美好生活需要为目标，以提升文化供给和文化产品在人民群众心中的满意度为主线，按照公益性、基本性、均等性、便利性的要求保障群众基本文化权益，扎实推进城乡公共文化服务体系建设，深入实施文化惠民工程，公共文化数字化、文化基础设施建设不断完善，文化软实力逐步增强，公共文化服务水平等各项工作取得了长足进步。

开展弘扬地方优秀传统文化及传播正能量的文艺演出，为基层各族群众送去了丰富多彩的文化盛宴，促进了各民族之间文化的交流和传承。构建"覆盖县乡村三级公共文化服务网络"体系，让优质文化成为各族群众的情感依托、心灵归宿和精神家园。

天蓝草碧，歌舞飞扬，飘荡在香巴拉文化广场上空的锅庄舞曲，令人心旷神怡，回味无穷；格桑花盛开的季节，香浪节、南木特藏戏表演、民族体育比赛、民间弹唱、赛马会等节会便接踵而来，人们身着节日盛装，载歌载舞……雪域羚城尽情展示着它绝世的姿容。而一个由阅读爱好者自发组织的小众活动——"书香甘南"更是为最美甘南增添了缕缕文化的馨香。

"书香甘南"读书分享会，已连续举办了五届。五年来，"书香甘南"秉持"倡导全民阅读，建设书香社会"的要求和"培育时代新人、凝聚星辉之力"的初心，扎根甘南大地、撒播文化火种，积极融入时代、热情创造价值，凝聚了一大批有文化、有理想、有情怀的阅读爱好者，培养了一大批有志趣、有品位、有影响的阅读推广人，经过五年成长，"书香甘南"发展成为当地一个成熟的、具有蓬勃生命力的文化品牌，潜移默化地影响着甘南州各族干部群众的读书品位，极大地促进了文化交流。

甘南大地文化飘香，处处都是文化发展带来的新气象，红红火火的群众文化活动、实实在在的文化惠民举措、朝气蓬勃的文化生活让更多百姓得到精神滋养。去博物馆聆听文物背后的故事、去文化馆参加一场书画活动、去乡村大舞台欣赏一场民俗表演……越来越多的群众会利用周末或节假日走进博物馆、文化场馆，享用丰富的文化大餐，感受多姿多彩的生活。

二

习近平总书记在中国文联十一大、中国作协十大开幕式上的重要讲话指出："广大文艺工作者要紧跟时代步伐，从时代的脉搏中感悟艺术的脉动，把艺术创造向着亿万人民的伟大奋斗敞开，向着丰富多彩的社会生活敞开，从时代之变、中国之进、人民之呼中提炼主题、萃取题材，展现中华历史之美、山河之美、文化之美，抒写中国人民奋斗之志、创造之力、发展之果，全方位全景式展现新时代的精神气象。"①优秀文艺家的精神创造和文学创作无一不是从丰富的社会现实和生活的真实内容中挖掘素材、捕捉灵感、涵蕴精神、记录时代。

党的十八大以来，甘南广大文艺工作者坚持与时代同步、与人民同心，潜心创作、深耕不辍，从展现浓郁的民族风情和壮丽的自然风光到挖掘背后深厚的生态、传统、历史文化底蕴，歌颂蓬勃发展、日新月异的社会面貌和广阔的人民实践，甘南文艺创作道路越走越宽，文化精品层出不穷，一步步迈上了新台阶。

——搭建文化活动平台，承办甘南州庆祝中国共产党成立 100 周年文艺汇演活动，推进"我们的中国梦""深入生活、扎根人民"主题实践活动常态化。

——鼓励创作了《同舟》《玛吉阿米》《格桑梅朵》《格萨尔王》等一系列歌舞音乐；

——精心打造《香巴拉之约》精品剧目和《藏汉手拉手》《弦舞飞歌》《黑措姑娘》等文艺精品；

——出版发行《文化甘南》系列丛书、《九色甘南文化丛书》等成果专著；

---

① 见《在中国文联十一大、中国作协十大开幕式上的讲话》，新华网，2021 年 12 月 14 日。

——《腊子口·1935》红色歌舞剧震撼首演；

——南木特藏戏《唐东杰布》入选第六届全国少数民族文艺会演，荣获优秀剧目奖，《盛世锅庄》荣获"石榴杯"全省少数民族文艺汇演一等奖；

——音乐剧《达玛花开》成功入选中共中央宣传部、文化和旅游部、中国文学艺术界联合会庆祝中国共产党成立100周年优秀舞台艺术作品展演剧目，并获第六届甘肃戏剧"红梅奖"大赛剧目奖；

——《甘南日报》推出《百年辉煌·甘南文华》专栏，系统回顾新中国成立后甘南涌现出的杰出文艺家，深度介绍他们的代表作品和文化影响，全面展现了自治州百花齐放、生机蓬勃的文艺创作历程，成为近几年来重要的一项文化工程。

——甘南日报社全媒体中心自编自导拍摄的甘南首部本土院线电影《风马的天空》在国内院线成功上线，并在爱奇艺、腾讯等网站同步播映，网络评分持续升高。

这部影片于2016年筹拍，2019年全国院线上映，本土电影登陆全国城市院线和农村院线，这在甘南历史上是第一次。

这部影片充分展现了甘南城市建设、生态文明和谐发展的图景和各族群众的幸福生活，表现了甘南近年来推动文旅融合、打造生态品牌、决胜全面小康所带来的城乡变化，反映了全州上下积极奋发、昂扬向上、团结和谐的社会风貌。

——甘南日报社组织人员先后多次赴舟曲县憨班、坪定、曲告纳、博峪、拱坝等乡镇实地调查，深入舟曲村民家中，搜集整理了文献235函46500余叶、图符及模板100余幅。先后出版发行了三辑共计75册《舟曲民间古藏文苯教文献》，为研究白龙江流域藏族历史文化、苯教文化、象雄文字等提供了重要历史依据。

——2022年9月，中国作家协会办公厅、人民日报出版社、甘肃省文学艺术界联合会、中共甘南州委主办的《躬身——缘起于甘南的"环境革命"与人文传奇》新书发布会暨著名作家甘南采风活动在甘南州合作市举行。

著名作家、鲁迅文学奖获得者任林举受中国作协办公厅选派，多次深入甘南州县市、乡镇、广大农牧村采访调研，走遍七县一市，深入基层百姓，通过深入细致的调研和对干部群众面对面的采访，全面详实掌握了甘南的经济文化和社会生活情况，以强烈的历史理性揭示澎湃的时代潮流，完成了长篇报告文学《躬身——缘起于甘南的"环境革命"与人文传奇》，该书由人民日报出版社出版，在文学界和甘南州内外读者中产生了强烈反响。

创作活力不断迸发，文艺精品不断涌现。这些优秀作品满怀激情记录着时代发展的火热实践，倾听着甘南儿女丰富多彩的心灵律动，书写着甘南文化沧桑变迁的灿烂辉煌。

四

近年来，甘南州坚持以习近平新时代中国特色社会主义思想为指导，深入学习贯彻习近平总书记关于文物工作系列重要论述和重要指示批示精神，紧紧围绕工作要点依法加强文物安全保护，全面谋划布局全州文物事业，全力推动各项工作在新的历史起点上开好局起好步，书写了浓墨重彩的崭新篇章。

各县市贯彻落实《甘南州文物安全管理办法》，逐级落实文物安全责任制。公布各级文物保护单位主体责任、监管责任单位和直接责任人，明确文物安全责任主体，将文物安全管理专门机构和专干名单逐级备案。完善文物安全责任体系，开展文物法人违法案件整治工作，建立健全文物安全突发事件应急预案，经常性对省级以上文物保护单位和博物馆纪念馆进行文物安全消防检查，确保文博单位安防设施达到《文物系统博物馆风险等级和安全防护级别的规定》，并做到及时维护、正常运行，确保全州文物绝对安全。

文物保护项目加速推进成效显著，拉卜楞寺、甘加八角城、迭部县茨日那毛泽东旧居、俄界会议旧址、临潭县洮州卫城经过维修保护，散发历史芬芳；尕路田大房子修缮工程、甘南黄河史前文化遗址公园建设项目、新城苏维埃旧址和俄界会议旧址的数字化展示利用工程让历史遗址和历史文物焕发时代光彩；甘肃舟曲特大山洪泥石流抢险救援纪念馆纳入国家免费开放纪念馆；夏河丹尼索瓦人研究引起世界关注。

悠久的历史、多元的文化、独特的民俗和秀美的生态为甘南这片热土注入了无限的生机。在漫长历史岁月的积淀中，智慧勤劳的甘南人民创造的非遗文化和艺术作品独树一帜，精彩纷呈，散发的芬芳吸引着世界的目光。

保护好、传承好、利用好非物质文化遗产，对于延续历史文脉、坚定文化自信具有重要意义。在文化遗产保护工作中，甘南充分挖掘非遗项目，不断加强保护力度，大力弘扬非遗文化，让广大群众更好地走近非遗、了解非遗、保护非遗，促进非遗在传承中创新发展。

"合作藏族婚礼"是县市级非物质文化遗产保护项目，已有近百年历史，具有鲜明的民族特色与地域特点，呈现传统与现代交织混融、多姿多彩的民族风貌。

每年的正月初七，仁多玛村都会自发举办一次迎新春非物质文化遗产"藏式婚礼"展演活动。一大早，仁多玛村的村民们就陆续赶到文化广场上，围站在乡村舞台旁边，等待着展演的开始。冬日的暖阳里，仁多玛村温馨如家，村民们脸上洋溢着笑容。展演活动从上午十点正式开始，由20个着装统一的藏族男子组成的娶亲团，骑马前往新娘的家里娶亲。随后，骑马行走10公里路，到达仁多玛村文化广场。到达广场之后，煨桑祈福，再由娶亲团中的一位男子为村里人送上新年祝福语，祈求平安吉祥。在传统习俗中，新娘要遮面，由伴娘搀扶着。舞台中间放着藏式桌子，桌上摆满了酥油、糌粑、各类水果、饮料，桌子两旁坐着诵经的祈福者和媒人。伴随着主持人的开场白，演出正式拉开帷幕。现场精彩纷呈，形式多样，一首首动听的歌曲、一支支优美的舞蹈，勾勒出一幅佐盖草原和谐浪漫的生活画卷。收尾的仍然是大家非常熟悉的锅庄舞，将文艺汇演推向高潮，让大家真正享受了一场别致精彩震撼的藏族文化盛宴，赢得阵阵喝彩和掌声……

非物质文化遗产是中华优秀传统文化的重要组成部分，积淀着中华民族最深沉的精神追求，代表着中华民族独特的精神标志，是中华民族生生不息、发展壮大的丰厚滋养，也是人类文明的瑰宝。

近年来，甘南遗产保护工作卓有成效，全面保护传承 518 项非物质文化遗产，建成非遗保护中心 1 处、民俗文化非遗展览场所 7 个、传习所 38 个和表演场所 9 处。通过积极挖掘、整理、弘扬，5 项非物质文化遗产代表性项目入选第五批国家级非物质文化遗产代表性项目名录并由国务院正式公布，现有国家级非物质文化遗产名录项目 13 项、项目代表性传承人 8 人，省级非物质文化遗产名录项目 49 项、代表性传承人 52 人，非遗项目位列全省第一。

五

建设新时代文明实践中心，是推动宣传思想工作守正创新、开创新局的重大举措。近年来，甘南坚持把新时代文明实践中心作为推动习近平新时代中国特色社会主义思想深入人心、落地生根的有效载体，着力提升新时代文明实践中心建设水平，合作市被中央文明委确定为全国第二批试点市，舟曲县、迭部县被省委确定为全省第二批试点县，其余县于 2019 年 6 月全面启动新时代文明实践中心建设。

在建设新时代文明实践中心过程中，各县市各部门坚持以习近平新时代中国特色社会主义思想为指导，深入贯彻落实省州一系列工作安排，高站位、高起点、高效率、高质量推进新时代文明实践中心建设，以文化人、成风化俗，推动农村精神文明建设和基层宣传思想工作守正创新，更好承担起举旗帜、聚民心、育新人、兴文化、展形象的使命任务。

新时代文明实践中心是以志愿者为主体力量、以志愿服务为主要形式，推动习近平新时代中国特色社会主义思想落地生根、推动社会主义核心价值观入脑入心、推动共筑美好生活梦想的时代新风蔚然成风的重要载体。目前，全州 8 县市均挂牌成立了县市新时代文明实践中心，开放各类活动室 48 间，探索建立 70 个文明实践基地，建成新时代文明实践广场 3 个，建成巾帼家美积分超市、道德银行 138 个。全州 95 个乡镇 4 个街道

662 个行政村 36 个社区均已成立新时代文明实践所、站，组建县市、县直单位、乡镇（街道）、村（社区）新时代文明实践志愿服务队 2614 支，5.7 万余名志愿者能常态化开展各类文明实践活动。同时，广泛开展以"三关爱""四进社区"为主要内容的"凡人善举·情暖甘南"志愿服务活动，各行各业志愿者踊跃参与疫情防控、环境卫生整治、文明交通劝导、社区圆梦微心愿、高考送爱心等志愿服务活动。

凝心聚力，精神文明探新径。甘南州坚持精神文明建设创建为民、创建靠民、创建惠民，让人民群众在参与创建活动、共享创建成果中提高思想道德素质、科学文化素质和身心健康素质。注重贴近实际、贴近生活、贴近群众，广泛开展文明城市（县）、文明单位、文明村镇、文明社区等创建活动，通过培育典型，以点带面促进创建工作整体提升、遍地开花。全州现有全国精神文明建设先进集体 20 个、省级先进集体 129 个、州级先进集体 313 个。

如今，行走在广袤的甘南草原，随处可见干净整洁的街道、井然有序的车流、文明礼让的行人、和谐友爱的居民、丰富多彩的文化活动、贴心服务的志愿者……一步一景，无不让人感受到精神文明创建的强劲脉搏。

文化是民族的血脉、文化是创新的源泉、文化是人民的精神家园。

花开千树，文化飘香。迈向新征程的甘南以党的二十大精神为指引，以打造"五无甘南"、创建"十有家园"，加快建设青藏高原绿色现代化先行示范区为目标，不断丰富文化内涵，不断扩展文化外延，坚定文化自信，提升文化魅力，全面推动甘南文化生态发展建设，全力开创甘南文旅发展新局面，努力铸就社会主义文化新辉煌。

南木特：遇见一个民族的美好灵魂

◎记者 苗娟娟 马 云 姚联红

每年正月，这里是热闹喜庆的所在。

村子中央的戏台，里三层外三层被群众包围得水泄不通。台上，笛子和扬琴的伴奏响起，演员身着藏戏服饰，舞步沉稳，韵白清晰。随着剧目故事的起伏，唱腔时而高亢，时而低缓，细腻的表演中巧妙融入转、摆、闪、跳等舞姿——传统藏戏《诺桑王子》拉开了序幕，藏族古老的草原故事生动地展现在人们面前。

在碌曲县双岔乡二地村，每年的"南木特"藏戏演出已成为一种传统。每逢演出，周边牧村的男女老少都会穿上节日盛装前来观看，祈愿新年风调雨顺，六畜兴旺。

藏族历史文化的回声

藏族拥有历史悠久、种类繁多、独具特色、蕴藏丰富的民族传统文化，"南木特"藏戏就是其中之一。

"南木特"藏戏，也称安多藏戏，是以历史人物传记，或者以民间故事中的传奇人物、民间英雄为素材，具有生动情节、完整结构的一种戏曲艺术表演形式。在艺术手法上，它综合传统寺院法舞和民间歌舞艺术，有唱有说、有歌有舞，具有浓郁的地方特色和民族风格。表演剧目往往通过宗教性的阐释，传播和繁荣藏民族优秀传统文化，极大地丰富了广大农牧民群众的文化生活。

"南木特"融入了甘、青、川的区域性文化特质，地方文化色彩鲜明，唱腔自由舒展，极富民歌风格，具有丰富的表现力和感染力，可因地制宜设场演出，演出形式灵活多样。

从偏南一隅的碌曲草原向北，合作市佐盖多玛乡新寺村的藏戏表演已经开始。当天上演的剧目是《松赞干布》。

藏王松赞干布年少英雄，13岁就显示出雄才大略。他统一吐蕃，派遣吐弥·桑布扎去印度留学并创制藏文。成年后经丞相禄东赞辅佐，不但娶来尼泊尔的迟尊公主，又到唐朝首都长安通过一系列考试，娶来了文成公主。

和《松赞干布》一样，传统的八大藏戏主题鲜明、内容丰富，其内在精神昂扬向上，是藏民族优秀传统文化的集中展示，是藏民族历史文化的回声。

波澜壮阔的精神之旅

天刚蒙蒙亮，碌曲草原深处的双岔乡二地村已经热闹起来。村子中央的戏台上，藏戏演出前的准备工作正在紧张进行着，演员们陆续来到现场，在后台忙着穿服装戴头饰。

传统藏戏，在表现形式上综合了传统寺院法舞和民间歌舞艺术，故事情节完整。也是重要的祈福行动，民众将每年祈祷亲友平安和畜牧业、农作物丰收的朴素心愿，附加于藏戏这一形式上。

戏台上，演员们扮相清俊；戏台下，乡亲们看得入神。正在上演的是最古老的藏戏：《诺桑王子》。

诺桑王子是一个积极追求爱情自由的人。他无视王位的尊崇，拒绝妖女的诱惑，抗拒父王的旨意，大胆地与仙女引超拉姆相恋。该剧通过赞美忠贞不渝的爱情，反映了劳动人民朴实的恋爱观和审美观。

有情人终成眷属，乡亲们掌声雷动。

回神之间，另一部藏戏又开始上演，名叫《智美更登》。

智美更登善良聪慧。他在逛花园时，目睹了老百姓艰难困苦的生活。他祈求父王开仓赈济，救助众生，使全国的穷人都从贫困中得到解脱。邻国国王香赤赞布是一个无恶不作的暴君，听到智美更登施舍财物的消息，便派一婆罗门徒化装成乞丐，从王子手中骗走了国宝。丢失了国宝的智美更登，受到流放十二年的处罚。在流放途中，智美更登将自己的一切都施舍与别人，他这种无私的举动感化了神和凡人，使国宝物归原主，父子团聚，最后回国继承了王位。

磨难终得结束，善心终得善报。

2015年10月22日晚，北京民族文化宫大剧院内座无虚席、掌声雷动，这里正在上演藏戏《唐东杰布》。

该剧取材于藏族历史上有名的高僧唐东杰布募铁修桥、造福世人的真实故事。西藏帕竹王朝时期（约明朝中叶），噶举派高僧唐东杰布创制藏戏，并以演戏募集铁钱，同时学习汉地炼铁工艺，在西藏江河之上架设铁索桥，一生建成58座。

《唐东杰布》以鲜活真实的藏族历史人物和历史事件为主线，生动展现了青藏高原人类文明进步的印记和艰难历程，再现了500多年前藏、汉民族之间文化交流的历史画卷。

可以说，藏戏是藏民族向往真善美的形象体现，是高度艺术化的精神之旅。

漫漫的传承创新之路

"南木特"藏戏作为藏民族的优秀传统文化，如何在保护中传承、在传承中发扬光大，是每一个文化工作者应该深入思考的问题。

藏戏在传承过程中也出现过演出活动范围小、缺乏资金、演员匮乏等困难，但民间的演出从未间断过。

新中国成立后，文化生活日趋活跃，藏戏剧目增加。至 20 世纪 50 年代末，甘南州内有藏戏演出团队 36 个，剧目 9 个。到了 20 世纪 60 年代，藏戏进入兴盛时期。20 世纪 70 年代末，"南木特"藏戏在改革开放的春风中获得再生。1981 年，成立了甘南州藏剧团。1982 年，在合作举办了全州首届"南木特"藏戏调演，夏河、碌曲、合作等县藏戏队和甘南州藏剧团参加了历时七天的藏戏会演。甘南各地都成立了以乡村为单位的藏戏队，走乡串户演出。

从 1946 年第一部"南木特"藏戏《松赞干布》的创演，经过半个多世纪的创作演出，无论在演技水平上，还是在剧目数量上，"南木特"藏戏都有了很大发展。

自 2005 年至今，甘南州下大力气开展"南木特"藏戏的保护与传承工作。已整理藏戏剧本 13 个，藏文版剧本已经出版；整理了完整的视频资料 5 部，申报国家级和省级非物质文化传承人各 1 人。2011 年，又进一步完善了"南木特"藏戏资源数据库建设，重点进行抢救性资料搜集和整理。

2011 年，"南木特"被列入国家级非物质文化遗产目录扩展项目名录。

2012 年，国家为国家级非物质文化遗产项目"南木特"藏戏的保护与发展专门下拨资金 162 万元，用于濒危剧目的抢救性记录和演艺人才的培养等。

2013 年 2 月，碌曲县二地村举行了"国家级非物质文化遗产'南木特'藏戏传承保护基地"命名仪式。

国家的支持和地方的重视，为"南木特"藏戏的传承、保护与发展注入了新动力。

2014 年，大型"南木特"藏戏《唐东杰布》完成剧本创作，2015 年，进行排练并赴北京、兰州演出。2016 年，在国家艺术基金的支持下，对剧目进行了精排提升，增强了艺术性、感染力和生命力。

《唐东杰布》是甘南州成立以来自主创作、自主创排、独立完成的藏戏剧目，开创了重点题材剧本创作与大型藏戏剧目创排本土化的先河，也是甘南州在国家级非物质文化遗产项目"南木特"藏戏的传承、保护和发展上取得的实质性成绩。

习近平总书记在十九大报告中指出：文化是一个国家、一个民族的灵魂。文化兴国运兴，文化强民族强。近年来，州委、州政府高度重视民族优秀传统文化的传承与保护，以文化事业的大发展大繁荣增进血脉认同、缔结心灵纽带、厚植人文情怀、构建精神家园。随着国家对文化自信的重视与强调，藏民族的文化瑰宝"南木特"必将在习近平新时代中国特色社会主义思想的光辉照耀下，焕发出更加耀眼的光芒。

（原载 2017 年 12 月 20 日《甘南日报》）

舟曲民间古藏文苯教文献抢救之路

◎记者 扎西才让 马 云 何 龙

2018年7月20日，《舟曲民间古藏文苯教文献》丛书第1辑25册在深圳举办的第28届全国图书交易博览会上举行发行仪式。该文献是被纳入国家民族文字出版资金资助项目的图书，也是甘南日报社抢救挖掘整理舟曲民间古藏文苯教文献的主要收获和重大研究成果。

让我们把镜头拉回2014年。当年9月，甘南日报社记者在舟曲开展"走转改"采访活动时，在部分群众家中，发现了珍贵的藏文古老经卷。甘南日报社编委会决定由副总编辑尹洛赛同志组织专门人员，对此进行全面调查摸底。

2015年6月，甘南日报社副总编尹洛赛和政协舟曲县第十四届委员会原主席梁吉效带领甘南日报社藏文编辑部主任扎西才让及政协舟曲县委员会文史委工作人员前往舟曲各乡镇实地调查。

截至2015年7月，舟曲古藏文苯教经卷的调查取得了重大进展，共发现苯教经典180多函2500多卷21500多页，禳灾图符80余幅，各种法器30多种。

记者尹洛赛、扎西才让在充分掌握第一手资料的基础上，撰写了消息《舟曲发现人量苯教占藏文文献》，发表于2015年7月15日《甘南日报》一版，引起了强烈反响。

随着调查工作的持续深入开展，《甘肃舟曲发现2500多卷早期古藏文手写苯教经卷》（藏文）、《甘肃舟曲苯教古文献与苯教传承人调查纪实》

（调查报告）、《甘肃舟曲苯教古文献与苯教传承人调查报告》《舟曲发现大量早期古藏文手写苯教古经卷》《关于你所不知道的，古老而神秘的苯教文化——舟曲苯教古文献与传承人调查纪实》《流传在舟曲的苯教古文献与苯教传承人——记舟曲古藏文文献与传承人调查》《藏民族远古文明的活化石——舟曲苯教文化历史文献》等一大批稿件在《甘南日报》《中国西藏》《藏地阳光》等媒体上发表，之后被国内外主流媒体纷纷转载，引起藏学界的高度关注。一些藏学专家、学者纷纷来到舟曲，进一步实地考察了解这一重大发现。

　　藏族苯教文化是典型的神灵文化，法师依托文本教义和繁复的仪轨程式沟通天人，引导民众敬事万物神灵，从而达到敬畏自然和民间社会和谐发展的目的。长期以来，苯教文献多以家藏形式世代传承，其内容以古藏文文字呈现，以乡间苯教法师融合文本与仪轨、口耳相传为传播渠道，且随藏族迁徙而散佚四处，难得一睹。如今，掌握谙熟苯教仪轨及文本内容的民间法师大多年届高龄，文献及仪轨传承已面临濒危。对其进行抢救性挖掘和整理研究，成为近年来国内藏学界的一大学术使命。

　　由于持有人保护意识不强，个别家庭因保管不善，文献遗失，甚至有些家庭把文献倒卖给了文物贩子。在文物面临流失危险、传承面临濒危的情况下，舟曲县委、县政府高度重视，及时成立了以梁吉效为组长，王丽英、梁建军为副组长，以文广局、财政局、宗教局、档案局等单位组成的舟曲县苯教文化挖掘整理和传承保护工作领导小组，组织调查人员赴各乡镇，深入有苯教传承人村寨，了解掌握苯教文献现存状况。同时组织人员赴北京大学对古藏文苯教手抄珍本文献做了 C14 年份检测。

　　2015 年 7 月，甘南日报社成立了舟曲苯教古藏文抢救整理小组，在副总编辑尹洛赛的带领下，藏文编辑部记者扎西才让、杨永东、华旦、尕藏草、杨扎门、马华茂、旦正吉、卓巴加、萨疆、拉毛肖、尕藏热旦等对搜集挖掘的古文献进行拍摄、扫描和整理。经过几个月的努力，首次整理出 20 余册作为甘肃舟曲古藏文苯教文献实地调研暨研讨会材料，受到专家教授的高度评价和认可。

2016年，甘南日报社再次组织人员先后多次深入舟曲各藏族村寨核对经文原件，一方面对原经文和整理文稿进行核对，另一方面对大龄法师进行采访记录视频、音频资料，请教疑难问题。藏文编辑部抽调10名编采人员，对文献逐一进行整理；甘肃民族师范学院藏语系汉藏翻译专业部分实习学生对文献进行了页码编排。

整理中发现，这批文献不仅规模宏大，而且涉及内容广泛，其中部分文献纸页多为宽贝叶经式，装裱考究，纸张规格不一。每部写本首页除写有文献名称外，还饰有各类图案，有人首蛇身、人身鸟首，也有头戴五佛冠手持金刚杵、长蛇绕臂、腰系虎皮的画像，颜色鲜艳。

由于年代跨度大，多种古藏文缩字书写法方式不统一，古籍原本是梵箧装经文，函、卷、张数页码混乱，穿插加页现象普遍，造成页码混乱；收存家庭的经文放置混乱，存在倒放、倒页，造成梵箧装经文阴阳页面错综复杂；由于页面发霉、字迹模糊，经文残破不堪，页码标记破损，造成卷首函名与函首标注页码难以确认；有些经文无任何页面标记，在经函中难以查找确认；所有古籍是梵箧装手写经文，由于时间久远造成阴阳页边参差不齐，出现褶皱、脱落等现象；苯教古藏文每页眉边函名及页码标记的独特不统一性，出现各种简缩式和符号式标记。这对整理工作带来诸多不便，常常弄得整理人员焦头烂额。

经过深入细致的调研，甘南日报社舟曲苯教古藏文抢救整理小组在憨班和博峪乡还发现了两部古藏文天文历法，有各种动物图符和古藏文注释。据当地苯教法师杨加喜等老人介绍，自己珍藏的这批苯教文书是家族世代守护，秘不外传，仅在祭祀或禳灾祈福时取出念诵供奉。但是，个别家庭因保管不善文献被遗失、甚至有些家庭已经把文献倒卖给了文物贩子，传承面临濒危。这些手抄本经卷，不仅是弥足珍贵的国宝，而且它曲折离奇的身世，更诠释了舟曲一带藏族群众对珍惜传统文化保护的情怀。目前，他们最担心的就是这些家藏经卷因没有传承人而失传。

随着甘南日报社舟曲苯教古藏文抢救整理小组调查挖掘工作的进一步深入，特别是2018年5月，尹洛赛、扎西才让带领尹党周、扎合才让两名记者前往巴藏、峰迭、曲告纳、博峪等乡镇开展古藏文苯教文献搜集工作时，再次发现一批古藏文苯教文献，经整理，该批文献共计 16 函 4648 页，另外发现法器 20 余件。这是继首次在舟曲发现古藏文苯教文献以来的又一次重要发现。

自抢救整理工作开展以来，甘南日报社舟曲苯教古藏文抢救整理小组深入憨班、坪定、曲告纳、博峪、拱坝等 16 个乡镇的藏族村寨，上门拜访，实地查看文献，统计实有文献数字，先后拍摄了几千余张苯教文献、图幅、法器等照片，并进行了造册登记，为研究藏族古文明提供了依据。

为了更进一步了解文献价值，经中央民族大学藏学研究院院长才让太、西藏社会科学院宗教研究所顿珠拉杰研究员和民族研究所共确降措研究员、兰州大学民族学研究院阿旺嘉措研究员、西南民族大学民族研究院同美研究员、西北民族大学藏学院道吉任钦教授、甘肃民族师范学院安多藏文化研究中心桑吉克研究员等权威专家和学者共同研究，一致认为，舟曲古藏文珍稀苯教文献书写方式为极为罕见的藏文缩写体，从内容及书写方式看，将若干个藏文合造为一字，意义非常丰富，应该属于 9 到 11 世纪的古藏文手写文书。从文字特征、书写形式、书头符号、遣词用句以及写本中的插图、绘画等方面初步鉴定，认为该文献是早期斯巴苯教内容和少部分雍仲苯教内容的手写苯教文书，其书写上存在大量的古藏文词汇和缩写字词及未厘定之前的藏文书写方式，其间还夹杂着地方方言。内容涉及天文历算、节候气象、卜蓍卦辞、祈祷经文、治病除晦、祭祀山神、祈福招运、灵魂天人、禳灾防暴等方面；部分经卷中还有大量神秘难懂的苯教图符，这些图符应属苯教祭祀仪式中至为重要的内容，其内涵难以解读，史料价值和学术研究价值极高。对研究苯教文化、象雄文字、古藏文缩写法意义重大。

目前，甘南日报社对发掘整理的大量罕见苯教古文献实施了"数字化"整理，目前已搜集扫描经文 235 函 41939 页、禳灾图符及模板 100 余幅、法器 40 多种，并拍摄了苯教仪轨视频 987 个片段、图片 2370 张，录音 26 个片段，实现电子化存档。除首发的第 1 辑 25 册外，项目规划共出版 3 辑 75 册。

（原载 2018 年 8 月 6 日《甘南日报》）

时光流转四十年　文化遗存薪火传

——记改革开放四十年甘南州文物保护工作

◎记者　马保真　李　桢

　　古为雍州之地的甘南，自古以来就是安多的文化核心区，一江三河源远流长，文化资源丰富多彩，文化遗迹星罗棋布，民俗风情绚丽多姿。

　　改革开放四十年来，甘南始终以推动甘南文化实现大发展、大繁荣为目标，以大力实施文化撑州战略、全面建设文化甘南为主线，在文物保护、红色遗址开发、非物质文化遗产传承等方面均有了长足进步，相关工作从一张白纸发展到如今，取得了历史性变化。

文物保护　穿越历史时空的对话

　　文物作为历史的物质遗存，是悠久文化的见证和重要载体。加强文物保护，合理利用和管理文物，对满足人民群众精神文化需求、促进文化产业和旅游业发展、展现独特人文景观、加强文化交流、传承优秀传统文化、增强爱国主义教育、增强民族凝聚力等方面都具有重要意义。

　　1982年《文物保护法》正式颁布，"四有"工作作为各级政府的责任，第一次以法律的形式明确下来，标志着文物保护单位的管理工作开始纳入依法管理的轨道，浩如烟海的文物也终于迎来新生。

　　规模宏大的拉卜楞寺始建于1709年，距今已有300多年的历史，被誉为"世界藏学府"。2009年，被确定为全国古籍重点保护单位，已成为世界了解甘南的一张名片。

2012年6月21日，国家发改委批复了《拉卜楞寺文物保护工程可行性研究报告》，至此，拉卜楞寺建寺300多年来第一次大规模总体保护修缮工程拉开序幕。

2017年11月，历经五年的修缮，此次总投资达3.05亿元的拉卜楞寺文物保护工程，完成了13个佛殿的修缮，安防和消防工作基本全部完成。

近年来，甘南对于文物保护的力度不断加大，取得显著成效。州县市组织完成了第三次文物普查工作，全州共发现不可以移动文物点619处，对多件历年收藏的纸质文物进行了鉴定及修复。

洮州卫城黄土夯筑，坐北面南，依山而建，平面呈不规则长方形，城墙总周长5400余米，总占地面积2.98平方千米。四周城墙及南门保存较好，城墙上有马面16个、角墩9个，东、西、北门存瓮城，城东北和西北山头有烽火台。2013年，被公布为全国重点文物保护单位，是中国目前保存最完整的卫城之一。

"坚持保护优先，要在保护中进行科学、适度、有效地开发，包括一草一木、一砖一瓦、一街一区。"州长赵凌云说，洮州卫城保护和开发坚持"修旧如旧"，体现卫城的历史感、沧桑感、悲壮感，保留历史的原真性、完整性。

目前，总投资2824万元的洮州卫城加固维修项目已开工建设，古老的城墙也正在诉说着它的新故事。

甘南州文广新局策划出版了约14万字的《甘南藏族自治州文物保护单位名录》，制作甘南藏族自治州文物分布图，并建立全州文物安全档案。针对许多重点文物及遗迹开展了修缮、管理、开发的相关工作，对强化文物保护、传承、利用起到了十分重要的推动作用，甘南民族文化保护与建设也逐步迈上了新台阶。

红色遗址　追寻希望曙光的步伐

俄界会议旧址、腊子口战役旧址、茨日那毛泽东故居，一处处革命遗产，是丰厚的革命精神财富、永久的精神丰碑。反映着中国共产党波澜壮阔的革命历史、艰苦卓绝的奋斗史、可歌可泣的英雄史。

在腊子口战役主峰一线天靠北的峡谷中，有一座从河床边近 90 度垂直、高约百米的石壁，据说就是当年红军战士奇袭的路线。往高处看去，除了峭壁边缘和山顶上斜斜伸出的一些树干外，整个石壁光秃秃的几乎没有任何下脚的地方，很难想象，在这样艰险的自然环境下，究竟是怎样一种力量让红军战上插上了攀缘的翅膀？

腊子口附近的几个村寨里，多年来一直有一个介于传说与纪实之间的故事。故事的主角是一位叫作"云贵川"的小战士。他用一根带铁钩的竹竿，勾住悬崖缝隙，顺着竹竿最先爬了上去，将接好的绑腿缠在树干上放下来，后来的战士拉着绑腿一个接一个地全部上去。红军战士爬上悬崖后，在天亮前到达攻击位置，从天而降出现在敌人阵地侧面，并向山下的部队发出总攻信号。敌军后背突然遭袭，慌乱中逃离阵地。

关于苗族小战士"云贵川"的详细情况，在党史资料中并没有详细的记载。据腊子口战役纪念馆的工作人员介绍，"云贵川"并非只是传言，而是确有其人。他是一位在贵州入伍的苗族战士。而在杨成武将军 1992年出版的个人回忆录中也有关于"云贵川"的记忆片段。"那个小战士只有十六七岁，中等身材，眉棱、颧骨很高，脸带褐黑色，眼大而有神……因为他入伍时没有名字，战友们就给他起了个名字叫'云贵川'……"

"腊子河两岸，当年红军战士浴血奋战的历历场景、苗族小战士'云贵川'矫健的身影如画卷般在我眼前徐徐展开……"参观完腊子口纪念馆后州委宣传部干部张佳说。

革命传统资源是我们党的宝贵精神财富，2006 年，俄界会议旧址、腊子口战役旧址、茨日那毛泽东故居三点合一，被甘肃省人民政府公布为全国重点文物保护单位。

改革开放以来，甘南充分保护、开发这些宝贵的红色革命遗址和历史文化资源，充分发挥红色革命遗址的革命传承、教育引导和红色旅游的社会文化功能，建设了红色革命教育基地和爱国主义教育基地。知苦才懂甜，红色遗址对引导青少年和党员干部追忆党的成长历程，感悟今日的幸福生活，树立正确的世界观、人生观、价值观起到积极作用。

"非遗"传承　担起薪火相连的重任

甘南各地有丰富的民间表演艺术、社会风俗、传统手工艺技能等非物质文化遗产，它们都是甘南各族儿女文明与智慧的结晶，集中展示着甘南的人文精神。

在碌曲县双岔乡二地村，"南木特"藏戏演出已有近四十年的历史，但由于活动范围狭小、缺乏资金、演员匮乏形不成规模，制约了藏戏的传承和发展。

2013 年，碌曲县双岔乡二地村被正式命名为甘南首个国家级非物质文化遗产保护名录传承保护基地，"南木特"藏戏也被正式列入国家级非物质文化遗产名录，这为藏戏的发展注入了新的活力。

甘南州自成立非物质文化遗产办公室以来，按照"保护为主、抢救第一，合理利用、继续发展"的方针，挖掘、保护、传承、发展甘南优秀的非物质文化遗产资源。截至 2016 年，国家已投资 2000 多万元，州上投资 140 多万元，重点用于对传承人的保护、抢救。

目前，甘南州共有非物质文化遗产 518 项，国家级非物质文化遗产 8 项，省级 30 项，州级 149 项。诸如甘南藏族民歌、"南木特"藏戏、唐卡、藏医药、巴郎鼓舞为代表的非物质文化遗产把甘南文化点缀得多姿多彩。

非物质文化遗产看似是无形的，但传承人中有讲述藏民族历史和传唱格萨尔王传说的耄耋老人、有巧夺天工的洮砚雕刻工匠、有技艺精湛的唐卡画师，也有传统精通藏医、藏药的名医名师……正是这些实实在在存在于民间的艺人、工匠才让它变得有形起来。他们承载着非物质文化遗产的薪火，失去了传承与传承者，非物质文化遗产就不会存在。

改革开放四十年，我们回顾历史，从厚重的文物中追寻这片广袤土地上沧海桑田的文化生活，从震撼的红色遗址中印证共产党筚路蓝缕也要创造出美丽中国的坚定决心，从璀璨的非物质文化遗产中探索从过去延续到未来的智慧和文明。我们回顾历史，不能忘却正是四十年前那展大旗，挥去了保守的思想，挥去了踌躇的畏惧，也挥来了新时代的梦想与光明。

时光在悄无声息中流转了四十年，但在历史遗存面前，时间似乎从未让它们改变。多年后，它们会仍然展现在世人面前，缓缓地说着曾经的岁月。

（原载 2018 年 8 月 9 日《甘南日报》）

甘南宣传创新事业传喜报
首部本土院线电影《风马的天空》
2月7日全国上映

◎记者　张淑瑜　刘倩倩

经国家电影局许可发行，由甘南日报社摄制的甘南首部本土院线电影《风马的天空》定档2月7日全国上映。完全由甘南本土主创和技术力量完成的这部电影在春节档与全国观众见面，让美丽甘南在全国院线绽放芳华，是甘南加强对外文化宣传的一大创新，也是甘南日报社在融媒体发展探索之路上迈出的重要一步。

《风马的天空》主要通过一个藏族男孩闹日昂杰大学毕业后的迷惘和奋斗的故事，表现了甘南各族人民的现实生活和美好愿景。

甘南这颗西北明珠绵延千里、姿态万千，《风马的天空》以舒缓的节奏慢慢铺开甘南民俗风情和现代生活交织辉映的多彩画卷，高原上的熠熠雪峰、天地尽头的萋萋芳草、湛湛蓝天下的脉脉白云、独特新异的藏族衣饰、富有民族特色的台词对白、庄严的殿宇、漫天的风马，共同营造出影片整体的画面感和新鲜感。独特地域中，高原民族悠然生活的况味和最终体育赛事激越和励志的剧情交相衬托，形成对比，共同呈现了这一部富于励志能量、富于地域特色、富于民族风情的现实主义影片。

在全州上下全力建设幸福美好新甘南的时代大背景下，甘南草原上淳朴的人们保留和传承着自己的传统文化习俗，创造着自己繁荣幸福的美好生活，影片展现甘南城市建设与生态文明和谐发展的美好图景，一边是青青牧场，如海的草原，一边是触手可及的现代城市生活，闹日昂杰，这些草原上的孩子，早上在自家的牧场深处看护牛羊，晚上到草原城市里去吃西餐、泡吧，到健身房健身，这是甘南的真实生活——传统文化的源流从未中断，现代文明的新风已遍布草原，在甘南这片神奇富饶的土地上，各族人民团结和睦，拼搏奋斗，创造着自己的文化，也创造着自己的幸福生活和美好未来。

近年来，甘南日报社提早布局融媒体发展，成立新媒体中心，集中力量支持融媒体建设，先后建成了音视频剪辑室、全媒在线直播间，配备一流采编设备，积极引进人才，构建了传统纸媒与新媒体融合发展的新格局。在各方面条件成熟的基础上，甘南日报社编委会做出了拍摄本土电影、讲述甘南故事、传播甘南形象的决定并按计划推进拍摄、剪辑、报审等各项工作。在上报甘肃和国家电影管理部门审查时，受到评审成员的高度评价，省委统战部、民委等协审部门也对电影给予了充分肯定，有关专家认为，《风马的天空》艺术地反映了甘南发展进步、繁荣和谐的真实社会图景，是一部思想性和艺术性兼备，并有很高观赏性的影片。最终，通过严格的内容和技术审查，国家电影局颁发了《电影公映许可证》。《风马的天空》由甘南日报社融媒体中心策划统筹、独立摄制，从编剧、导演到主配角及后期技术制作，坚持了本土本色，是甘南日报全媒体融合发展的创新之作，是真正意义上的甘南首部本土院线电影。

该影片由甘南日报社授权甘肃宜品文化创意传播有限公司出品，河南独立文化传播有限公司代理发行。

（原载 2020 年 1 月 18 日《甘南日报》公众号）

唐卡：流传千年的"藏文化百科全书"

——铸牢中华民族共同体意识的视觉化阐释

◎记者 张淑瑜 史志锦 旦正吉

中国自古以来就是一个统一的多民族国家，各民族在中华大地上共同创造了多元一体、灿若星河的中华民族文化，藏文化是中华民族文化的重要组成部分。作为传统藏文化的重要载体之一，唐卡承载着厚重的人文与历史价值，是中华民族民间艺术中弥足珍贵的非物质文化瑰宝。

2006 年，"藏族唐卡"出现在国家非物质文化遗产第一批名录上，2008 年"甘南藏族唐卡"被列入第二批国家级非物质文化遗产名录。

唐卡的题材内容涉及历史文化、藏医藏药、民间传说、天文历算等诸多方面，它凝聚着雪域高原上人们的思想和智慧，堪称"藏文化百科全书"，是"活着的史诗"。

在民族文化悠远的历史长河中熠熠生辉

中华民族传统文化博大精深，源远流长。

唐卡《文成公主入藏图》艺术表现文成公主入藏时的恢宏盛大场面，向世人诉说着那段跨越时空的民族交流、文化交融史。唐卡也正是源自公元 7 世纪的松赞干布建立吐蕃王朝的那个历史时期，至今已经有 1300 多年的历史。

北京故宫博物院收藏着《天文历算图》《天体运行图》《四部医典》

《人类起源图》等艺术珍品，为人们讲述着古代民族文化的传承和演变。

进入新时代，民族文化艺术事业繁荣发展，唐卡艺术绽放出更加绚丽的光彩。被中国国家博物馆、中国民族博物馆收藏的《格萨尔王》《红船精神》等唐卡作品，记录着从昔日到今天的历史变迁，彰显着各民族团结奋进，共筑伟大复兴中国梦的时代精神，各民族文化艺术和这些艺术作品所承载着的团结进步、和谐幸福美好愿望，如璀璨的星光，组成了和合大美的中华民族的精神天空，成为各民族共同铸牢中华民族共同体意识的视觉化阐释和艺术性表达。

在民族文化深邃的精神世界里流连忘返

唐卡是杰出的艺术创作，是卓越的精神创造。

唐卡的每一道工序都有严格规范，每一笔都不能掉以轻心，一个杰出的唐卡画师素质、品行、能力固然要卓尔不群，整个创作过程中，画师的言行举止也有相应的仪规和习惯，绘制唐卡的过程和最后的作品无一不体现出专注于艺术精工的质朴感与谦卑心。

一个人想要学习绘制唐卡，往往需要经过十几年的刻苦磨炼，才能完全掌握唐卡的绘画技法，成为一名合格的画师。

创作一幅唐卡从前期准备到起稿上色、着色晕染，再到后期装裱，短则数月，长则数年才能完成。

时而轻染淡敷，时而重复堆彩，色调凝重沉稳，笔调缜密错综。不同于传统国画的线条飘逸和异趣横生，唐卡有内在的秩序感追求。这种秩序感不仅是唐卡作品与画师精神世界的共鸣，也会带给欣赏者一种心灵的洗礼。

如此将信念、审美融于指尖绘制而成的唐卡，以直观可感的形象呈现给人们，表现的是博大精深的思想智慧，它指引着人们的精神走向纯净、光明、和谐之境。这种特有的审美价值，源自画师纯净的心灵和高尚的精神向往。

唐卡，是信仰与艺术的相遇，是艺术与灵魂的相融。画者一半诗心，一半匠心，装点了民族文化，也铭刻了中华历史，传承千余载，影响深远。

在民族文化古老的传承坚守中创新发展，推动中华优秀传统文化创造性转化，创新性发展。

岁月更迭，指尖上舞动的神韵魅力薪火相传，特别是进入21世纪以来，国家和省州对传统文化保护工作高度重视，随着唐卡被列入国家非物质文化遗产，一批民间画师被评定为唐卡国家级、省级非物质文化遗产传承人，一批精美绝伦的精品唐卡作品呈现在世人面前。

近年来，在党的领导下，甘南经济社会发展历史性变革，民族文化事业异彩纷呈，"甘南唐卡"百花盛开。

位处甘南藏族自治州的甘肃民族师范学院建立了"民族工艺实训中心"，开设了唐卡专业课程，唐卡艺术的传承开始从民间师徒模式向学校教学模式发生转变。弘扬传统民族文化，培养专业人才，保护和传承非遗技艺成为学校的一项新任务。

目前，甘南有各级唐卡非遗传承人29人，其中国家级唐卡非遗传承人2人，省级唐卡非遗传承人3人。

午后的大夏河畔，画室中光线正好，交巴加布左手托着一只不大的颜料碗，右手擎着一支笔尖很细的画笔，高挺的鼻尖近乎贴在了画布上，而手上那些微小的动作幅度却小得如同静止。下午的阳光透过画室的窗户，从侧面照进来，有一道明亮的弧线从头顶至后背描绘出他凝然不动的轮廓。几个学徒全神贯注地盯着他手上的画笔，一动也不敢动，生怕一个不留神错过了什么重要的东西……

交巴加布是一名国家级唐卡非遗传承人，他1987年出师独立作画，到1997年开始收徒，再到2010年成立拉卜楞菩提画苑，先后培养了10多名优秀画师以及众多唐卡学徒。他始终倾囊相授，希望这些热爱藏文化艺术的孩子们传承好"甘南藏族唐卡"。交巴加布说："我是一名共产党员，我要做好中华民族优秀传统文化的传人。我一生追求好的唐卡，希望把唐卡艺术传承下去。"

随着各项文化产业发展规划的落地，甘南唐卡也迎来了新的发展机遇。2018 年，位于甘南州夏河县占地 4000 平方米的"拉卜楞唐卡小镇"建成，建筑面积 2000 平方米，U 字形街巷长约 400 米，这条小街上先后有 10 多家唐卡企业和 30 多家唐卡个人画室入驻。市场化的流通为唐卡艺术的传承打开了一扇窗户，市场激发和传统文化焕发的创新创造活力并进，在保护中传承，在创新中发展。

文化从来不是一成不变的，文化自古就是交流互鉴的结晶。近些年，甘南唐卡创作开始纳入时代元素，创作出大量反映现代人民生活的新唐卡作品，从内容和形式上做了新的探索，令人耳目一新，也广受艺术界好评。2016 年，甘南州夏河白噶尔文化传承创新博览园创作的"银唐卡"现身首届丝绸之路（敦煌）国际文化博览会，这幅"银唐卡"将唐卡绘制的类型由原来的金、红、绿、黑、彩 5 大类增加至 6 类，进一步扩展和丰富了藏族唐卡艺术色彩。

2021 年，庆祝中国共产党成立 100 周年之际，由来自全国各地 70 多位唐卡画师集体创作的巨幅唐卡《红军长征过甘南》亮相甘南州合作市。该唐卡全长 111 米，描绘了俄界会议、腊子口战役、崔谷仓放粮、洮州会议等 11 个甘南红色革命故事，作品内容恢宏、布局大气、色彩明快，令人赞叹。

习近平总书记强调，要积极推进文物保护和文化遗产保护传承，挖掘文物和文化遗产的多重价值，传播更多承载中华文化、中国精神的价值符号和文化产品，在新时代，越来越多的唐卡画师承担起了文化血脉传承者的重担，将非遗文化融入现实生活，以现实题材创新艺术创作，让传统技艺传承不绝，让中华记忆历久弥新。

文化是一个国家、一个民族的灵魂。文化兴国运兴，文化强民族强，甘南州高度重视优秀传统文化的传承发展，以文化事业和文化产业繁荣发展增强对伟大祖国的认同、对中华民族的认同、对中华民族文化的认同、对中国特色社会主义道路的认同，构筑中华民族共有精神家园。我们相信，"藏文化百科全书"唐卡，必将绽放出新的时代光彩。

（原载 2022 年 6 月 30 日《甘南日报》）

第八章　九色华章

发展是党执政兴国的第一要务，高质量发展是时代的必然要求。党的二十大报告明确提出要坚持以推动高质量发展为主题，体现了党中央对我国国情的深刻认识和对时代要求的精准把握。实践表明，发展是解决我国一切问题的基础和关键，推动高质量发展是适应我国社会主要矛盾变化、全面建设社会主义现代化国家的必然选择。只有坚持发展第一要务，坚持不懈推动高质量发展，才能确保社会主义现代化强国的目标顺利实现。

循着刚刚走过的这条路回望，甘南这十年，是奋楫笃行的十年，是聚力发展的十年。

十年来，在州委、州政府坚强领导下，全州上下坚持以习近平新时代中国特色社会主义思想为指导，深入贯彻新时代党的治藏方略、践行新发展理念，推动高质量发展，着力做好稳增长、促改革、调结构、惠民生、防风险、保稳定等各项工作，在建设幸福美好新甘南、开创富民兴州新局面的征程中取得了辉煌成就。

十年来，州委、州政府立足甘南地理区位优势、独特资源禀赋、国家重大战略、生态功能定位，找准关键点、牵住牛鼻子，将城乡环境卫生综合整治作为一项发展之计、稳定之举、改革之策、民生之道，掀起声势浩大的环境革命，以伤筋动骨之痛、摧枯拉朽之势，抓实抓细，推进落实，打造环境革命升级版，抢占绿色发展制高点，实现了4.5万平方公里青山绿水大草原全域无垃圾的目标，城乡面貌焕然一新，叠加效应持续释放，

"全域旅游无垃圾·九色甘南香巴拉"闻名全省、享誉全国。

十年来，甘南州深入实施乡村振兴战略，将生态文明小康村建设作为彻底改善农牧村综合环境的治本之策，打造美丽、和谐、宜居的生态净土，甘南已经成为国内外游客心向往之的"最美"旅游目的地和各族人民群众幸福生活的"最美"家园。

十年来，甘南州大力实施"一十百千万"工程，推动了文旅产业逆势增长；"五无甘南"创建行动全面启动，彰显了生态报国的甘南担当；积极应对暴洪泥石流灾害，践行了生命至上、人民至上的初心使命；加快构建"基层党建+文明村社+和谐寺庙+十户联防"社会治理新模式，筑牢了党在甘南的执政根基；全面推广抓党建促脱贫"舟曲模式"，涌现出"全国优秀共产党员"张小娟等一批先锋模范。

十年来，甘南州始终把人民对美好生活的向往作为奋斗目标，坚持在推动高质量发展中改善民生，人民群众的获得感、幸福感得到新提升，法治甘南和平安甘南迈出新步伐，宣传思想工作呈现新气象，全面从严治党达到新高度。全州人民攻坚克难、主动作为，甘南保持了经济社会持续健康发展。

一

绿色，是生命的颜色，是甘南州发展最动人的底色。

近年来，甘南州全面贯彻习近平生态文明思想，把生态保护作为立州之本，把绿色发展作为根本任务，坚持生态优先、绿色发展，坚持重在保护、要在治理，探索走出了一条物质文明、精神文明、生态文明相得益彰且互促共进的绿色发展之路。

站在新的历史起点上，绿色发展意识越发深入人心，绿色发展道路越走越宽广，75万名甘南各族群众正奋力书写美丽中国的甘南篇章。

2022年4月，甘南州启动黄河上游生态保护和高质量发展主题实践活动和山水林田湖草沙系统治理活动。"让黄河成为造福人民的幸福河！"伟大号召、跫音回荡，大河里的每一朵浪花都激荡着催人奋进的感召。

黄河上游生态保护和高质量发展，甘南承担着特殊而重大的使命。近年来，在习近平生态文明思想指引下，全州干部群众一起躬身在 4.5 万平方公里的山川大地，在生态保护中发展，在发展过程中保护，不遗余力打造"五无甘南"、创建"十有家园"，开展山水林田湖草沙系统治理活动，全力以赴"提气质""净水质""保土质"，实现了天蓝水清、岸绿景美的目标，人民群众的获得感和幸福感得到了明显提升，使最美甘南成为大美甘肃、美丽中国的靓丽名片。

近几年，甘南州没有新开发一座矿山，没有一条河流遭到污染。

近年来，全州空气质量综合指数连续三年全省排名第一……

隆冬时节，坐落在碌曲草原腹地的尕秀村，白云轻抚着山川，草原环抱着村庄，牛肥马壮人欢畅，村美民富饭飘香。说起如今的生活，村民拉毛加满心欢喜："过去放牧住帐篷的时候，哪想过能住上这么漂亮的小院子！"

"那时候，牛粪羊粪、垃圾随处可见，私搭乱建不少，一下雨就泥泞不堪。"拉毛加回忆。

拉毛加说的"那时候"，就在 8 年前。

2015 年起，甘南州坚持以环境革命小切口推动经济社会大变革，在全州范围内开展了一场声势浩大的"环境革命"，实现了 4.5 万平方公里全域无垃圾目标。

2021 年初，甘南又启动全域无垃圾、全域无化肥、全域无塑料、全域无污染、全域无公害的"五无甘南"创建行动，持续放大"环境革命"品牌效应，让新发展理念深入人心，迈出了抢占生态文明制高点、打造绿色发展升级版的坚实步伐。

每逢夏日，甘南各景区景点游客爆棚，旅游景区的效应逐渐凸显。看着眼前的美景，来自成都的网络大 V 李芮嵩感慨：风光秀丽，生态良好，在甘南，真真切切地感受到了山美、水美、人更美。

"作为一位异乡的游客，我能感受到甘南州实施'环境革命'带给这里的蜕变与飞跃。每一次来似乎都有变化，或是感观方面，或是心灵层面。"沉迷于梦境般的"仙雾缭绕"，来扎尕那度假的游客白晓玲动情地说。

　　十年来，甘南州国家生态文明先行示范区创建取得新成效，山水林田湖草沙一体化综合治理统筹推进，河湖长、林长、田长等制度全面落实。实施了玛曲黄河水源涵养区和碌曲尕海、黄河首曲湿地等一批生态保护修复工程，以及天然林保护、退耕还林、退牧还草、水土保持等重点生态工程。同时，大规模开展国土绿化，草原植被盖度由 2010 年的 92%增加到 97%，森林覆盖率由 2010 年的 23.33%增加到 24.57%，沙化草原面积由 2015 年的 80 万亩下降到 63.12 万亩，中度以上退化草原由 2015 年的 2486 万亩下降到 1868 万亩，草原鼠害危害面积由 2015 年的 847 万亩下降到 605 万亩，生态环境总体持续向好。

　　在生态文明小康村建设中，甘南州启动以"生态人居、生态经济、生态环境、生态文化"为核心的四大工程，1903 个生态文明小康村，惠及近 50 万农牧民群众。

　　2021 年 7 月初，全国村庄清洁行动现场大会在甘南召开，来自农业农村部、国家乡村振兴局、中央文明办等部门单位和全国 31 个省、自治区、直辖市、新疆生产建设兵团的各位领导和各界朋友，考察了甘南践行习近平生态文明思想的生动实践，身临其境地感受了甘南焕然一新的面貌、日新月异的变化、青山绿水的画卷、乡村振兴的愿景、绿色发展的希望。

　　绿是甘南高山草原亘古不变的自然底色，生态崇拜是甘南各族儿女与生俱来的性格灵魂。蓝天白云、清水绿岸、鸟语花香……面向未来，75万名甘南各族群众凝聚起绿色发展的强大共识和澎湃力量，积极投身抢占生态文明制高点，努力打造"五无甘南"、着力创建"十有家园"，加快建设青藏高原绿色现代化先行示范区的伟大征程。

二

　　重大项目是经济社会高质量发展的"推进器"，更是"压舱石"。

　　习近平总书记强调，要坚持稳中求进工作总基调，立足新发展阶段，推动高质量发展，构建新发展格局。十八大以来，甘南州牢牢把握高质量发展总要求，完整准确全面贯彻新发展理念，构建新发展格局，以项目建设的全面提速和突破提升，助推经济社会实现更高质量、更可持续发展。

  ……

在夏河县甘加草原，一排排整齐的光伏组件单板在秋日的阳光下，闪烁着光芒，作为曾经的国家级深度贫困县，夏河县在摘掉贫困县"帽子"的同时，提出并落实了"以畜牧业为基础、以旅游业为主导、以种植业为辅助、以光伏发电为补充、以劳务输出为增收门路"的产业发展思路，在甘加镇西科村先后建成 3 座既满足发电需求又保持畜牧业发展用途的光伏扶贫电站。

甘南州 8 县市光伏扶贫电站自建成并网以来整体运营良好，达到了预期效益。光伏产业对全州依靠传统种养产业带动群众增加收入的方式来说，已呈现它的优势。全州 250 多座村级和户用光伏电站自 2018—2019 年并网发电至今，累计发电 2.6 亿千瓦时，累计结算发电收益及补贴电费 18572.72 万元，收益分配资金 8849.18 万元，通过光伏收益设置光伏公益性岗位 5677 个，让群众以劳动获取报酬，不仅带动了群众劳动的积极性，解决了群众就近就业问题，也切实增加了群众收入。

2022 年 12 月 16 日，甘南州玛曲县措隆贡玛抽水蓄能电站项目开发合作协议签约仪式在合作市举行。电站项目总投资 200 亿元，总装机 300 万千瓦，是目前全国单机装机容量最大的抽水蓄能电站，也是甘南州建州以来最大的单项投资项目，该电站建成后对平抑甘肃电网国内新能源出力的波动性，提高光伏等新能源开发及消纳能力，保障送出系统安全稳定运行，提高远距离送电经济性具有非常重要的意义，将极大助推甘南州产业绿色转型和结构性改善，有效带动区域经济高质量发展。

位于玛曲县境内的 S204 阿孜实验站至齐哈玛黄河大桥改建工程和 S583 沙木多至木西合段公路工程是连接甘、青、川三省的重要枢纽工程，也是玛曲综合交通运输体系建设中的重点项目。其中省道 204 阿孜试验站至齐哈玛黄河大桥改建工程建设里程为 31.76 公里，总投资 1.4 亿元。省道 583 沙木多至木西合段公路工程建设里程为 45.018 公里，总投资 2.8 亿元。项目建成后，将极大缓解玛曲县域交通运输压力，方便沿线居民生产生活，对提高群众增产增收和生产生活质量、加快玛曲经济社会实现高质量发展具有十分重要的意义。

随着经济社会的稳步发展和城市进程不断加快，城市供水量也日益增加，引洮济合供水工程引入甘甜的地表水，涵养了区域水源，壮了牛羊、富了百姓、保了生态。

"现在水质好了，家里的水压也变大了，党和政府为我们老百姓创造了更健康、更快捷的生活，这是情系百姓、关注民生的好工程。"家住高层住宅楼的合作市民马占祥说。

2022 年，甘南州新建续建 5000 万元以上重大项目 32 个，55 个省州列重大项目完成投资 88.5 亿元，一大批打基础、利长远的项目落地实施。交通项目加速推进，兰合、西成铁路甘南段开工建设；王格尔塘至夏河高速全线通车，卓尼至合作、合作至赛尔龙高速顺利推进，扎古录至江车养护工程建成，舟曲至永和（一期）、双岔至阿拉、贡去乎至则岔公路通车，65 个自然村建成硬化路 315 公里；合作至和政、峡城至藏巴哇、河曲马场至采日玛等 7 条三级公路和古战阿子滩至鹿儿沟景区公路加快建设。舟曲至迭部、玛曲至久治高速项目完成可研；赛尔龙至郎木寺、迭部至九寨沟高速、江果河至迭部一级公路启动前期；水利建设取得实效，引洮济合工程并网供水；临潭中部片区供水工程顺利推进；白龙江引水工程前期进展顺利。实施水土保持和中小河流整治项目 14 个，治理水土流失面积 76 平方公里；舟曲立节北山滑坡治理工程完成投资 8000 万元。市政设施不断完善，实施桥梁、供热、供水、管网等市政基础设施项目 36 项，完成投资 10.23 亿元；新增改造污水管网 15.6 公里。改造老旧小区 2810 户、棚户区 4240 户。新能源和 5G 项目加快推进，110 万千瓦光伏项目分批实施，玛曲 5 万千瓦光伏并网发电，合作多合至渭河源 330 千伏输电工程开工，建成 5G 基站 1315 个，城乡覆盖率分别达到 98.8% 和 96.7%。招商项目加快推进，引进项目 64 个，到位资金 26.9 亿元。核实认定可用于占补平衡的新增耕地指标 1.53 万亩，重大建设项目用地保障更加有力。

三

20 世纪 50 年代，甘南从奴隶社会"一步越千年"进入社会主义社会。如今，在新时代脱贫攻坚战中，作为全国"三区三州"和全省"两州一县"深度贫困地区之一，甘南再次经历翻天覆地的历史性变革，又一次"一步越千年"，同全国一道全面建成小康社会，历史性地消除了困扰千年的绝对贫困。

一座座新居拔地而起，一条条道路通向乡村，一个个产业落户田野……雪域高原上的乡村，迸发出巨大的发展活力，一幅产业兴旺、生态宜居、乡风文明、治理有效、生活富裕的美好画面迤逦展开……

年近花甲的张志强没想到，在偏远封闭的高吉村，如今，足不出户就能有营生，不用种地放牧也能过上好日子。

高吉村地处甘南州迭部县达拉乡，拥有著名的"俄界会议"遗址。这个绿水青山环绕的小山村，村民世代以半农半牧为生，过着日出而作日落而息的清苦生活。

张志强是村里的一名护林员，多年来守护着一方青山绿水。"环境越来越好，前来游玩的游客也越来越多。"数十年如一日，张志强每天穿行在迭部的大山里，近些年来，他亲眼看着，"山更绿、水更清、环境越来越优美，前来高吉村旅游的人也一年比一年多"。

2015 年，甘南州启动生态文明小康村建设，高吉村被列入计划。经过一年建设，高吉村完成了住房民俗特色化风貌改造，实施了改厕、改厨、改圈、人畜分离、安装太阳能热水器等项目，全村道路硬化，完成了排水、公共卫生间、景观桥、村级防火值班室、护村护田河堤、水坝、挡土墙、消防水池、林木绿化、平整场地、景观设施、防腐木观景台、休闲长廊、河道清理、水磨改造等工程。

基础设施改善的同时，高吉村强化了环境卫生整治，一场全域无垃圾的全民行动随即展开。"打扫卫生、爱护环境是每个村民的义务也是责任。"高吉村村民委员会主任尚吾说。为了确保无垃圾，每家每户、每个村民都被村委会安排了值班，定期要义务开展环境清扫。

全民参与环境整治，高吉村变得干净整洁。高吉村的变化在持续。近年来，红色旅游兴起，高吉村游客逐年增多，加上村容村貌的极大改善，很多游客除了瞻仰"俄界会议"旧址，还要走进大自然，享受青山绿水。

做好"红""绿"文章，将红色资源和自然风景紧密结合，全力打造文化旅游产业，带动村民致富增收奔小康。高吉村审时度势，梳理出了新的发展思路。为了切实做大做强旅游产业，高吉村整合内外资源，开启了资源变资产、资金变股金、农牧民变股民的"三变改革"。

2017年，展现"俄界会议"和红军活动的高吉村红史馆建成开放。高吉村引入迭部县俄界旅游开发公司出资占股；高吉种植农民专业合作社以土地、房屋资产入股，并由银行贷款出资占股；村党支部注资占股，全乡贫困户项目扶持资金占股。

新兴的旅游产业吸引了大批村民参与。张志强和儿子也积极响应号召，作为首批入股的10户村民之一，参与了民宿项目开发。"吃上旅游饭，生活有奔头。"张志强说，高吉村有红色遗址，有民族风情，又有青山绿水，再加上政府引领，村民对未来充满信心。

高吉村的变化是甘南州立足自身资源禀赋、区位特点和功能定位，大力推进生态文明小康村建设的生动写照。

近年来，全州上下同心同德、同向同力，从先行先试到全面推开，从建立标准到打造样板，建成生态文明小康村1903个，是甘南州历史以来对农牧村投资力度最强、建设规模最大、覆盖范围最广、群众受益最多、生态效益最好的民生项目。

乡村全面振兴，最直观的变化在哪里？

在农业农村工作中，甘南州深入践行以人民为中心的发展思想，顺应人民群众对美好生活的新期待，切实解决人民群众急难愁盼问题，坚决筑牢基本民生底线，努力增进民生福祉。舟曲县石家山至大川、玛曲至久治、峰迭至代古寺等公路项目及木耳至大峪沟、水地至拉尕山等4条景区公路建成通车。截至 2022 年年底，全州所有建制村和 30 户以上的自然村通了硬化路，公路总里程达到 8548 公里。

2022 年，甘南州义务教育控辍保学动态清零，村级医疗服务质量稳步提升，农房抗震改造提标扩面，"三保障"成果持续巩固。维修改造集中供水点 496 处，农牧村安全饮水得到有效保障。

争取财政衔接补助资金 13.94 亿元，发放到户贷款 4.66 亿元，实施乡村基础设施、产业振兴项目 1486 个，培育引进龙头企业 13 家，"五有"合作社达到 2586 家，扶持家庭农牧场 1432 家，产业发展资金保障更加有力，龙头企业带动效应更加明显，合作社运营更加规范。

加大易地搬迁后续扶持，实施配套项目 16 个，所有搬迁户户均至少有 1 人稳定就业，搬迁群众收入有来源、生活有保障。

积极争取 2022 年度土地增减挂钩节余指标跨省域调剂项目，复垦新增耕地 632 亩。扎实推进乡村建设行动，投资 14.5 亿元，建设提升生态文明小康村 218 个，新建改建卫生户厕 1.06 万座，4 个乡镇、45 个村完成省级示范创建，农牧村人居环境、基础设施和公共服务水平大幅提升。

强化公益性岗位动态管理，加大就业培训力度，选聘生态护林员 1.09 万名，182 家帮扶车间吸纳就业 2265 人，脱贫人口人均可支配收入同比增长 12.2%，达到 1.34 万元。

东西部协作和中央单位定点帮扶持续深化，落实帮扶资金 4.72 亿元，实施产业合作、劳务协作、消费帮扶、人才培训、园区建设等项目 194 个，为乡村振兴增添了动力活力。

经过十年的建设，全州农牧村面貌焕发新颜，群众生活更加幸福安康，甘南大地处处焕发着勃勃生机，一排排藏式新居宽敞明亮，一个个小康村落景美人和，一条条宽阔道路通向希望，随着乡村振兴战略的持续深入，甘南的山野田间、广袤草原，新动能孕育着新生活，新生活催生着新希望，这片热土正不断向"产业兴旺、生态宜居、乡风文明、治理有效、生活富裕"的美好愿意持续蝶变。

四

特色产业，拓宽增收新渠道。

十月的甘南养殖基地，牧草丰茂；加工车间，牛肉飘香；交易市场，牧民欢笑；甘南草原，充满希望……

秋季正是牦牛贴膘的时节。在碌曲县拉仁关乡唐科村，劳尔都良种牦牛养殖农民专业合作社负责人贡保勒知正忙着喂养牦牛。合作社内，牛舍、育肥间和饲草料加工车间等现代化设施一应俱全。

甘南是全国"六大绿色宝库"之一、"五大牧区"之一，2017 年，被授予"中国牦牛乳都"称号。据相关资料显示，目前青藏高原上牦牛的种群大约有 1600 多万头。其中甘南州内有 120 多万头，约占全国总数的7.5%。在甘南众多农牧产业中，成绩最突出、发挥了牵头作用的当属牦牛产业，占到农牧村居民人均可支配收入比例的 42%以上。

甘南州已认证"三品一标"牦牛系列产品 65 个，2022 年就新申报了8 个，入选"甘味"农产品牦牛系列产品 8 个；牦牛产业领域的国家级龙头企业 2 家、省级龙头企业 8 家；农畜产品产地冷链设施 220 座，总储藏能力 3.78 万吨……已初步形成了畜牧业生产适度规模化、养殖标准科学化、经营销售市场化、生产设施规范化的现代畜牧业发展格局。

2022 年初，甘南州决定依托甘南牦牛地理标志品牌和"中国牦牛乳都"品牌，突出有机、绿色、无污染特质，发挥地理区位优势，实施牦牛产业效益提升计划和生态养殖、收购加工、产品研发、市场拓展、产业招商、品牌提升等全链条突破行动，力争通过 3 至 5 年的努力，培育5 户牦牛肉、牦牛乳链主企业，建立甘南牦牛肉、牦牛乳标准体系，推出一批"甘南字号"的牦牛产品，把甘南打造成青藏高原牦牛肉、牦牛乳高端加工生产基地和产品集散中心，推动甘南牦牛肉和甘南牦牛乳成为全国知名、行业居首和市场畅销的高端品牌，实现牦牛资源大州向牦牛产业强州转变。

近年来，甘南州坚持以市场需求为导向，突出龙头企业主体地位，延展产业链条，强化科技支撑，倒逼繁育、养殖、加工、仓储、流通、消费等各环节转型提能升级，加快形成繁育推、种养加、产供销一体化协同发展，优质供给和多元消费互促共进的全产业链良性发展格局，构建了良种化繁育、集约化养殖、精细化加工、系列化标准、品牌化营销、配套化保障"六大体系"，使得甘南传统畜牧业重焕生机。甘肃雪顿牦牛乳业股份有限公司经过几年发展，公司生产基地日处理牦牛鲜奶能力达 400 吨，成为西北地区智能化程度最高的牦牛乳生产基地。在雪顿牦牛乳业公司的带动下，当地越来越多的牧民步入了致富快车道。公司党支部书记朱惠明说："我们主要在夏河县域内建设标准化奶站 5 座，带动 126 户 27 个村增收致富，估计带动人口 5028 人，每年分红可达到 500 余万元。"

　　深秋时节，走进夏河县牙利吉办事处的阿纳村，养殖合作社里牛欢人笑。藏族汉子桑吉东知布坐在合作社前的草地上半眯着眼睛，脸上洋溢着笑容，看着眼前的娟犏雌牛悠闲地吃着草。

　　说起这娟犏雌牛，桑吉东知布的话匣子瞬间就被打开。"这可都是能赚钱的宝贝疙瘩啊。它是用英国的娟姗牛和本地的藏牦牛杂交后繁育的，比本地传统的藏牦牛体型大、产奶量高、生长周期短。"

　　"牦牛六七年出栏，平均价格在 4500 元，娟犏雌牛一年半即可出栏，平均价格在 8500 元；牦牛日产奶量 1.5 公斤，娟犏雌牛日产奶量 7.5 公斤。"夏河县农业农村局副局长桓龚杰说，每投 1 头娟犏雌牛，牧户就可以置换 3 头本地牦牛，真正实现了养殖由数量扩张向减畜增效转变，取得了经济和生态效益的双丰收。

　　高质量发展牦牛产业，是调整地区经济结构、促进农民增收的重要途径之一。甘南州把重点放在扶持产业、增强自我发展能力上，积极调整农业产业结构，依托资源优势，通过土地流转、建办合作社、技术指导、建设基地等方式，鼓励、扶持群众重点发展"牛羊猪鸡果菜菌药"特色产业。

　　因地制宜发展高原夏菜，形成了以"公司＋基地＋集散中心"的高原夏菜市场体系，产品远销香港、澳门、杭州、长沙、成都、广州等地。2021 年，产量达到 1.4 万吨，产值达 0.8 亿元。藏中药材特色优势产业规模化发展，2020 年，藏中药材种植面积达 26.8 万亩，总产量达 6.09 万吨。

甘南得天独厚的地理优势和纯净无污染的生态环境，最适合发展食用菌产业。2021 年，全州食用菌种植面积达 3750.3 亩，形成了以羊肚菌为主的产供销一条龙产业化发展模式。以农业产业强镇建设为引领，着力培育乡村主导产业，成功打造了临潭县卓洛乡、舟曲县大川镇等融合发展产业强镇的样板典型。

舟曲县通过深入实施"产业强县"战略，以加快藏鸡养殖产业发展为突破口，大力发展"从岭藏鸡"规模养殖，有力带动了全县特色产业发展。

2022 年，甘南州通过深入推进现代丝路寒旱农业三年倍增计划，持续壮大"牛羊猪鸡果菜菌药"八大特色产业，新建牦牛繁育核心群 11 个，调引牦牛种牛 1100 头，建成千头牦牛、万只藏羊和蕨麻猪、从岭藏鸡养殖基地 38 个，新建碌曲洮源牧场和玛曲昌翔标准化屠宰精深加工生产线，改扩建养殖暖棚 6.6 万平方米，饲草料基地 20 万亩，牲畜总增率、出栏率、商品率分别达到 35%、40% 和 37%，畜牧业转型步伐加快，质量效益稳步提升。种植高原夏菜 3 万亩、食用菌 0.6 万亩、中藏药材 28 万亩，迭部苹果、卓尼木耳、舟曲花椒等农产品走俏国内市场。严格落实粮食安全和耕地保护党政同责，建成青稞良种繁育基地 5 万亩，建设高标准农田 7.5 万亩，整治撂荒地 2.59 万亩，粮食种植面积、产量分别提高 3.6% 和 5.7%。农牧业保险增品扩面、提标降费，保险品种达到 40 个，受益群众 8.8 万户。新认证"三品一标"产品 8 个，阿孜畜牧科技示范园认定为国家级牦牛保种场，甘南州入选第三批国家农业绿色发展先行区创建名单。深入推进"强工业"行动，围绕打造新能源、有机肥等九个重点产业链条，实施千万元以上工业项目 27 个，新入规工业企业 4 家，合作高原牦牛乳产品加工、舟曲天河食用菌生产线等一批"三化"改造项目建成投用。创建创业孵化园等中小微企业公共服务平台，强化政银企对接，扶持中小微企业发展，为 9247 户企业发放贷款 63.2 亿元，培育"专精特新"企业 2 家。完成工业投资 4.17 亿元，规上工业增加值增长 4.5%。

五

近年来，甘南州深入学习贯彻习近平总书记关于文化和旅游工作重要论述精神，统筹推进文化旅游高质量发展，2021 年 11 月，甘南州第十三次党代会提出，打造"五无甘南"、创建"十有家园"，建设青藏高原绿色现代化先行示范区，努力把甘南打造成文旅深度融合发展的产业高地，"全域有风情的旅游家园"成为"十有家园"战略重点内容，全州吹响了以全域美丽带动全域旅游、实现全域富民的号角，七县一市共同发力、争先进位，努力要把甘南建设成为大美青藏锦绣园、黄河上游生态园、民俗风情大观园、绚丽西北后花园、东方世界伊甸园。

甘南州先后荣获全国厕所革命先进市、甘肃省全域旅游发展创新奖和创建先进奖、中国最佳民宿度假目的地、2020 首届国际微视频暨青年短视频创作精英挑战赛优秀组织奖，被国内外权威机构评为"中国最具民族特色旅游目的地和旅游胜地""2017 年中国十大摄影旅游圣地""2017 最美中国生态、自然旅游城市和民俗、民族旅游城市""2018 年度中国人眼中的丝绸之路十佳特色旅游城市"。2019 年"亚洲旅游红珊瑚奖""十大最受欢迎文旅目的地"、全国自驾游爱好者最喜欢的地方第 1 位、最能释放自驾游爱好者激情榜第 1 名，"全域无垃圾九色甘南香巴拉"的金字招牌享誉世界。

近年来，甘南州高标准建成一大批文化旅游标杆村、全旅游专业村，创新培育精品民宿和星级农家乐 3000 余家；卓尼、迭部入选"2021 中国最美乡村百佳县市"榜单；博峪、尕秀、香告、谢协、高吉村入选《全国乡村旅游重点村名录》；拉路河村乡村旅游发展路径入选文化和旅游部"小康圆梦、文旅担当"典型案例；大峪沟荣获第三届"甘肃特色小镇"称号；世界旅游联盟发布的 2018—2020 年 100 个"旅游减贫案例"中甘南独占 3 席。

实施国家 A 级旅游景区品牌战略，郎木寺、尕秀、扎尕那、阿万仓晋升国家 AAAA 级旅游景区，全州 A 级景区达到 35 处，俄界、茨日那、腊子口景区入选"建党百年红色旅游百条精品线路"。2022 年，甘南获评"中国摄影创作基地"，夏河上榜"2022 美丽中国·深呼吸小城"，碌曲尕秀入选"2022 年中国美丽休闲乡村"，舟曲县成为甘肃省首个获得"中国天然氧吧"称号的县区。

"洛克之路"上榜全国热门经典徒步越野线路，迭部扎尕那村、临潭池沟村被评为全国乡村旅游重点村。9 月 29 日，国道 248 线江迭路卓尼段养护工程建成通车，仪式在卓尼县尼巴镇举行。这条路的开通，对于 4 县市（卓尼、临潭、迭部、合作）5 个乡镇近 3 万各族群众改善交通出行条件、巩固脱贫攻坚成果和乡村振兴战略有效衔接、加快特色优势资源开发、促进农畜产品对外流通、助推区域经济社会高质量发展、着力打造全域旅游交通网络大环线具有重要意义。

乡村美丽了，文旅产业发展更有底气了。甘南州持续打造"七条精品旅游风情线"和高原花卉彩色长廊，建成观景台 82 处、旅游厕所 286 座，其中 AAA 级旅游厕所 34 座，打造了厕所革命样板。健全公共文化服务体系，建成博物馆（纪念馆、"乡村记忆"博物馆）25 个、图书馆 9 个、文化馆 9 个、城市数字电影院 9 个、乡镇（街道）综合文化站 100 个、村级文化活动中心（乡村舞台）662 个、农牧民书屋 659 个、寺庙书屋 122 个，州博物馆（科技馆）主体工程全面封顶，甘南州民族特色数字图书馆项目命名为第四批国家公共文化服务体系示范项目。扩大文化旅游消费，创建星级饭店 32 家，建成"中国第一楹联文化街廊"等文化集市，举办文化旅游商品大赛和香巴拉美食文化节等活动，安多牧场牦牛肉系列荣获 2018 年中国特色旅游商品大赛金奖，老青稞酒和洮绣系列荣获 2017 中国特色旅游商品大赛银奖。

坚持"走出去"与"请进来"相结合，整合全州文化旅游资源，制作文化旅游宣传片和动漫片，认购主流媒体和网络新媒体宣传广告，前往国内外客源地市场开展文化旅游宣传推介，邀请百强旅行社、知名媒体等实地体验营销。放大节庆活动效应，连续举办香浪节、赛马会、拔河节、楹联文化节、自驾狂欢节、锅庄舞大赛、则巴邀请赛等一系列节庆赛事活动，常态化开展香巴拉广场锅庄舞展演，承办"一会一节"开幕式系列活动，打造吸引眼球的视觉盛宴、内涵丰富的文化盛会、魅力无限的旅游盛典，被文化和旅游部誉为"人民的节日、群众的盛会"。主动适应5G、流量时代新趋势，"如意甘肃"网红直播孵化基地落户冶力关，《极限挑战》甘南篇火热播出，"花样甘南 dou 芬芳""跟着头条游甘南""抖 in 美好甘南"等活动持续发力，全网曝光突破18亿次，全面打响了"全域旅游无垃圾·九色甘南香巴拉"主题形象品牌。

2022年，甘南州纵深推进"一十百千万"工程，投资2.6亿元提升改造文化旅游标杆村15个，投资8.7亿元实施景区景点基础设施改善提升项目16个。高位推进扎尕那景区保护开发、规划编制、基础建设、业态培育等工作加快开展。培育组建旅游地接公司11家，景区管理公司5家，开发"甘南有礼"系列文创产品50余种。减免景区门票1200万元，全州接待游客510万人，旅游综合收入24.8亿元。

让历史文化遗产在新时代焕发新生、绽放光彩，甘南州全面保护传承518项非物质文化遗产，建成非遗保护中心1处、民俗文化非遗展览场所7个、传习所38个和表演场所9处，5项非物质文化遗产代表性项目入选第五批国家级非物质文化遗产代表性项目名录并由国务院正式公布，现有国家级非物质文化遗产名录项目13项、项目代表性传承人8人，省级非物质文化遗产名录项目49项、代表性传承人52人，在全省14个市州处于领先。加强544处不可移动文物保护单位（点）文物保护利用，实施拉卜楞寺、洮州卫城、牛头城遗址等文物维修保护项目，夏河丹尼索瓦人研究入选2019世界十大考古发现，尕路田大房子列入第八批全国重点文物保护单位，现有全国重点文物保护单位7处、省级文物保护单位34处。

甘南州坚持以文塑旅、以旅彰文，推动文化和旅游融合发展，让人们在领略自然之美中感悟文化之美、陶冶心灵之美，着力推进文化和旅游深度融合，实现相互促进、相得益彰，甘南已绽放满园芬芳，散发出无穷的活力与魅力。

六

在社会发展的历史长河中，群众永远都是主角。群众答不答应、满不满意永远都是评价一切工作的最好标尺。小康梦、强国梦、中国梦，归根到底是老百姓的"幸福梦"。只有聚焦民生实事，关注民生领域，解决群众实实在在的困难，才能将宏伟目标化作具体步伐，一步一个脚印，给人民群众交上一份满意的答卷。

"来到这里之后，生活特别方便，一天过得很舒服。"

道吉才让住进合作市敬老院后，就把敬老院当成了自己的家。

甘南州13个医养结合试点机构，州人民医院、舟曲县城关社区卫生服务中心等9个医办养机构，临潭县、迭部县、碌曲县、夏河县社会福利院等4个养办医机构共同开展机构养老工作，全州60岁以上老年人、失能老年人健康状况评估常态化进行，电子健康档案管理系统共登记管理60岁以上老人75000余人，覆盖了全州94%的老年人口。

合作市卡加曼乡中心小学位于市区9公里处，是合作市北大门的窗口学校，紧邻国道213线，创办于1952年。据该校老教师么么草介绍，10年前学校只有一栋教学楼，校园没有硬化，没有操场，教师办公设施和教学设施十分简陋。近年来，学校面貌发生了翻天覆地的变化，教学设施和各种功能室一应俱全，孩子们享受着和城市孩子一样的学习条件。

目前，学校占地面积12187.42平方米，校舍面积3276平方米。有标准化运动场、篮球场、乒乓球场、户外活动场，有计算机、多媒体、仪器室、图书室等专用教室。全校现有图书3861册，有新配发的教学用电脑近50台，有远程教育接收室1间，接通了互联网，实现优质教育的共享。学校学生和教职工的体育、卫生等设施进一步得到改善，学生桌凳全部更新，师生图书拥有量逐年增加，教学仪器配备与实验设备设施不断完善。

党的十八大以来，合作市累计投入地区专项、教育强国、全面改薄等资金6.6亿，新建初级中学1所、幼儿园37所、改扩建学校（幼儿园）

18 所，累计新增校舍面积 11.68 万平方米，增加义务教育阶段学位 6840
个，增加学前教育阶段学位 3180 个。现今，寄宿制学校食堂实现了全覆
盖，生均食堂面积达到 1.74 平方米以上；义务教育阶段学校校舍面积从
7.78 万平方米增加到 15.72 万平方米；学前教育幼儿园校舍面积从 0.65 万
平方米增加到 4.39 万平方米。

民生无小事，枝叶总关情。

2022 年 12 月 23 日，随着舟曲县最后一批 413 户 1765 名避险搬迁群
众顺利入住新康村，至此，兰州新区承接舟曲避险及生态搬迁安置群众
17 批次 3107 户 12361 人，圆满完成省政府"三年任务两年完成"预期目
标和为民办实事搬迁安置工作任务。

从兰州市区出发，沿着水秦快速路行驶不到一个小时就来到了新康
村，一条条宽阔平坦的村道四通八达，一幢幢整洁别致的安置房坐落有
序，一座座带动就业的日光温室整齐排列，一派新农村新景象。

"一碗牛肉面加个蛋！"95 后舟曲青年康凯正在熟练地给客人点单，
去年搬到新康村后，他看准村民的就餐需求，加盟了一家正宗的兰州牛肉
面馆，现在每天早上来吃面的村民络绎不绝，自己忙得不亦乐乎。今年过
年前他计划把舟曲老家里没搬来的老人都接到新康村的新家来，热热闹闹
地过个年。

时值寒冬，与新康村一街之隔的兰州新区现代农业双创基地的花卉温
室里温暖如春，韩红明正麻利地修剪着玫瑰花，"一个月将近 4000 元的工
资，又在家门口上班，搬来之前我做梦都没想到过。"韩红明在老家平时
只会做做农活，搬迁后很担心自己的就业问题。在新康村党总支的帮助
下，韩红明搬来不久就被介绍到现代农业双创基地温室内工作，既能挣钱
又能照顾老人和孩子。

近年来，甘南州把越来越多的财力物力投向民生领域，2022 年，20
件省州民生实事全面完成，财政民生支出 9.94 亿元、增长 14.4%。多渠
道解决高校毕业生、退役军人、零就业家庭等重点群体就业，城镇新增就
业 4500 人，组织输转富余劳动力 11.85 万人，创收 26 亿元。发放创业担
保贷款 2.49 亿元，带动 1116 人就业。坚持教育优先发展，投入 9.66 亿

元，新改扩建幼儿园 57 所、中小学 156 所，城镇入学难、大班额问题进一步缓解。兰州新区甘南实验中学完成投资 4.7 亿元，建设进度达到 72%。国家通用语言文字教育稳步推进。全民健康保障水平不断提升，建成医疗机构重点专科 4 个、县级区域医学中心 38 个、急危重症救治中心 21 个，危重孕产妇和新生儿急救中心实现县级全覆盖，州人民医院成功创建三级乙等医院，县级中藏医院全部创建为二级甲等医院。城乡居民养老和医保参保率分别达到 99%、98%，城镇职工和城乡居民基本医疗费用报销比例分别达到 93% 和 75% 以上，职工长期护理保险提标扩面。591 种藏药院内制剂纳入医保支付范围并在全州医疗机构调剂使用。城乡低保标准分别提高 8% 和 10%，为 4.8 万低保对象发放保障金 1.83 亿元。实施临时救助 4.8 万人次，发放救助金 6000 万元。为 5.19 万名兜底保障群体发放一次性生活补贴 1270 万元。提高"一老一小"服务能力，新建乡镇、街道综合养老服务中心 5 个、社会服务站 24 个，托育服务纳入公共服务体系。

民生实事，温暖人心，民生蓝图，未来可期。随着民生投入持续加大，民生指标不断改善，只有想方设法解决好群众的"急难愁盼"问题，持之以恒为群众办实事、解难事，补齐民生短板，把发展硬道理更多体现在增进人民福祉上，让更多的"民生清单"落地生花，把民之所望体现在政之所向，才能让广大群众幸福指数不断攀升，享有更加美好的生活和未来。如今，幼有所育、学有所教、劳有所得、病有所医、老有所养、住有所居、弱有所扶的民生答卷温暖亮丽……一组组数据、一项项举措、一个个成效，反映了甘南经济社会各个方面带来的巨大变化，见证着全州人民攻坚克难、团结奋进、锐意进取的创新精神和不懈奋斗。

伟大的事业值得铭记，历史的时刻已然到来。这十年，已经成为写在甘南大地上的当代史。

甘南之变，一日一变，青山绿水、乡村振兴、绿色崛起、高质量发展……仍在持续并不断掀起热潮的"绿水青山就是金山银山"的甘南实践和绿色高质量发展的甘南样板，得到了全省全国乃至海内外的广泛关注、认同和赞誉，甘南 75 万各族儿女正迎着朝阳，开始新的征途。

新时代十年，在习近平新时代中国特色社会主义思想指引下，甘南以"环境革命"为发端，以敢为天下先的创造精神，抢占生态文明制高点、打造绿色发展升级版，筑牢黄河上游生态屏障，全面建成小康社会，深度推进文旅融合，加快实现乡村振兴，不断推进基层社会治理现代化，持续巩固民族团结大好局面，在新的历史起点上，创造性提出和制定了"五无新甘南"宏伟蓝图，"一年打响，释放甘南'力'，两年打通，凝聚甘南'情'，三年打透，叫响甘南'绿'，四年打成，塑造甘南'美'，五年打红，绽放甘南'好'"砥砺奋进、勇毅前行，一步一个足印，自信豪迈，步履铿锵，向着建设"十大高地"、打造"五无甘南"、创建"十有家园"、加快建设青藏高原绿色现代化先行示范区的宏伟目标，向着更加美好的明天奋勇前进。

在中华民族迈向第二个百年奋斗目标的伟大征程中，甘南各项事业一定会取得更加辉煌的成就，甘南各族人民群众必将过上更加幸福的生活。

让我们一起期待甘南更加精彩、更加动人的变革和传奇。

特色产业蓬勃发展　农民增收亮点纷呈

◎记者　平　措　何　龙　苏琳喜　杨晓飞

在希望的田野上

盛夏的泉城大地，到处是希望的田野。成片的苗木长势喜人、新嫁接的核桃树果实累累、合作社里牛羊满圈……这一切无不显现着舟曲特色产业的魅力。近年来，舟曲县依托区位和地方资源优势，大力调整农业产业结构，抢抓政策机遇，因地制宜，分类指导，引导农民发展特色产业，做大规模，做足特色，使特色产业全面发展，成为农民增收的新引擎，促进了县域经济发展与农民收入水平的双提高。

生态苗木撑开"致富伞"

曲瓦乡头沟坝村的致富带头人赵朝德远近闻名。作为村支书，他意识到，依靠传统农业很难实现脱贫致富。1992年，他转变观念尝试种植苗木，几经周折，效益逐渐凸显。

后来，亲戚朋友向他学习种植苗木，他和5户村民合作成立了头沟坝村育苗种植农民专业合作社。渐渐地，好多乡邻也都加入了他的行列。

如今，头沟坝村 160 户村民中有 148 户加入了合作社，苗木种植面积达 900 多亩，成为舟曲县苗木种植示范基地。"现在村里 60% 的村民种植苗木，生活得到很大改善。"赵朝德说。

苗木种植形成规模后，销路成了摆在赵朝德面前的一大难题。为了拓宽销售渠道，小学文化程度的赵朝德开始学习网络销售，并建立网站，介绍曲瓦乡繁育出的苗木。每逢出苗时节，来自宁夏、青海及临洮、漳县、渭源等地的客商络绎不绝。据当地林业部门统计，全乡苗木年收入达 1000 万元以上，苗木育苗产业已成为群众增收致富的主导产业。

目前，头沟坝村苗木种植专业合作社通过惠农贷款，贷到 50 万元无息款。"我们要利用这些钱进一步规范苗木的运营，并组织社员到外地考察市场和先进理念，进一步拓宽苗木运营渠道。"赵朝德说。

随"蜂"起舞共致富

舟曲农民素有养殖蜜蜂的传统习俗。宵藏村依山傍水、山峦重叠，气候温和、雨量充沛，植被覆盖率达到 85%，各种野花到处皆是，为蜜蜂提供了丰富的蜜源，是养殖蜜蜂的最佳场所。在县政府办公室帮扶支持下，养蜂户逐年增多，规模也逐渐扩大，成了宵藏村农民增收致富的"甜蜜产业"。

"在深山里，传统养殖的蜜蜂产的蜂蜜，是蜜蜂在自然林中采集百花酿制而成，质地纯正、色泽清亮、绿色无公害、味道清香……"村民说。蜜蜂养殖前景美好，明年将扩大养殖规模。

舟曲县今年养殖土蜂 5000 多箱。为了将蜜蜂养殖做大做强，按照县委、县政府制定的"159"现代农业发展行动计划，以专业养蜂技术服务和龙头企业产品开发优势为依托，推广土蜂新法养殖技术，力争到 2015 年土蜂养殖总量达到 3 万箱。

"我听说今年市场上卖的土蜂蜜一斤要 50 多元，这次我准备刮 20 多巢，估计能收 150 斤左右的蜂蜜，能卖 6000 多元。"村民梁元朝看着放在房子背面树林中和岩嵌里的 50 多箱土蜜蜂，预估着他的收入。

养殖鼓起"钱袋子"

一个简易棚，只有 7 口猪。这就是峰迭镇磨沟村残疾人严文涛刚开始办的养猪场。他说，那时候没有经验，损失很大。2009 年，借惠民政策东风，严文涛联系附近 4 个村的 40 户群众，成立了腾达残疾人养殖专业合作社，采用共同入股、合作分红原则，带领群众共同致富。

2010 年，在县残联、农牧局的帮助下，养猪场扩建为 1000 多平方米的二层养殖基地，形成了立体养猪模式。除了药品室，消毒室、饲料室、饲料加工室、隔离室一应俱全。这是目前舟曲县规模最大、配套设施最齐全的养猪场。"我让猪也住上了'别墅'。"严文涛幽默地说。

杨佛琴是村里的贫困户之一，母亲是二级残疾。家里经济来源主要靠上山采药，日子过得十分艰难。自加入合作社以来，杨佛琴靠自己的勤劳和智慧，生活渐渐好转，盖了新房，手头也有了积蓄。去年，她还大胆办起养鸭厂，事业虽然刚刚起步，但她的脸上写满了自信。

合作社先后为周边 7 个自然村 26 户贫困家庭送去价值 23000 余元的猪仔，并发放养猪技术辅导资料，还成立专门的防疫队，给所有猪仔注射了 5 种疫苗。

一分耕耘，一分收获。严文涛和腾达农村专业合作社的成功，带动了周边群众，他们从严文涛的经历和信念中看到了致富的希望，大力发展土鸡、土蜂养殖和农家乐、育苗等产业，切实找到了实现小康梦的致富之路。

（原载 2014 年 8 月 13 日《甘南日报》）

九色甘南　迷人香巴拉

——甘南州推进全域文化旅游产业发展纪实

◎新甘肃·甘肃日报记者　张文博　盛学卿

蓝天悠悠，白云舒卷游走；牧草青青，风吹草低见牛羊。悠然怡人的甘南美景让人沉醉。无人机航拍镜头下，尕秀村帐篷城 108 顶大小各异的帐篷如同一颗颗璀璨的珍珠，组成了莲花图案，镶嵌在秀美的草原上。品藏餐、唱藏歌、跳锅庄，游客和牧民亲切互动，帐篷内外也是好生热闹……近年来，甘南藏族自治州将旅游业确定为首位产业和战略性支柱产业，把文化旅游作为经济新常态下新的增长点、生态保护的重要支撑点、转型跨越的有效切入点、富民增收的主要着力点，坚持挖掘文化内涵，做大做强"全域旅游无垃圾·九色甘南香巴拉"特色品牌，走出了一条具有时代特征、地方特色的全域文化旅游发展之路，实现了旅游人数和综合收入连续 5 年的"井喷式"增长。

擦亮生态底色　实现绿色崛起

一排排风情浓郁的藏家民居整齐排列，一条条笔直整洁的水泥道路通达各户……乘车从碌曲县城出发，沿国道 213 线向西南方向行驶 20 多公里，一座秀美的藏族村庄便映入眼帘。她就是碌曲县尕海镇尕秀村，是甘南州第一批建成的游牧民定居点。

四五年前，尕秀村还只有 60 多户人家，群众还住在帐篷里，过着居无定所、栉风沐雨的游牧生活。

"以前老人看病、孩子上学困难重重，牛、马、人混住，卫生脏乱，影响健康。"对于曾经的尕秀村，碌曲县尕海镇镇长阿斗记忆深刻。他说，全域旅游无垃圾样板村建设让尕秀村彻底变了样。

"把草原当作背景来烘托，把村庄当作风景来打造，把庭院当作盆景来培育。"尕秀村迅速完善了硬化道路、整村亮化工程，建设了村史博物馆、文化广场、光纤网络、旅游公厕等基础设施，牧村面貌焕然一新。村子越来越美，来尕秀观光歇脚的游客也多了起来，牧民们也纷纷转型为旅游从业者。如今，尕秀村已发展成为甘南州首个村级 AAAA 级旅游景区。

甘南州是黄河上游重要的水源涵养地，多样的景观地貌、缤纷的民族风情吸引着中外游客。但过去很长时间里，顶着"九色香巴拉"光环的甘南因为传统人畜混居的生产方式和乱堆乱放、乱倒乱扔的生活习惯，"脏乱差"现象非常突出。

2015 年开始，甘南全州上下深入践行"绿水青山就是金山银山"理念，纵深推进城乡环境综合整治，加快建设生态文明小康村。在这场"环境革命"中，甘南州坚持以伤筋动骨之痛求脱胎换骨之变、以摧枯拉朽之势求凤凰涅槃之效，努力提升全州的整体"颜值"。

夏河县阿木去乎镇安果村曾是一个落后的半农半牧型村庄，这几年，通过下大力气开展环境综合整治，不仅文化广场、污水管网、体育器材等设施一应俱全，村内主干道和巷道亮化、硬化率达到 100%，绿化率达到 90% 以上，实现了"华丽蜕变"。

"夏天欣赏花海草原，冬天与雪山牛羊为伴，安果村能领略牧区的多种景观，具有发展民宿和体验式旅游的独特优势。"正如阿木去乎镇党委书记旦正加所言。安果村发展旅游优势得天独厚，好风景给广大农牧民带来了"好钱景"。

"以前，家里只有 3 间破旧的土坯房，3 头牦牛也养在院子里，还有两个念书的孩子，生活很困难。"村民贡保杰布说。这几年，变化太大了。在党和政府帮扶下，老院子变成了两层 8 间藏式牧家乐。旅游旺季，民宿就全部被旅游公司包下了，再加上旅游收入及帐篷城入股分红，一年下来仅旅游一项就收入近两万元，成功甩掉了贫困的"帽子"。

拉毛吉是安果村驻村帮扶干部，驻村已有六个年头，亲眼见证了安果村的发展过程。她说，环境好了，人的精神风貌也变了，以前村民对脱贫认识不足、卫生意识不强，从事生产不积极，致富意愿也不强；如今，每家每户卫生干干净净，一大早就忙碌起了农业生产，摘了"贫困"帽子，大家满满的精神头，致富意愿更强了。

村民吃上"旅游饭"　催生旅游新业态

青山耸翠，雾霭流云。天池冶海边，马儿悠然踱步。身穿五彩服饰的人们欢快起舞……8月的冶力关清爽怡人，如同一幅恬静的山水画卷徐徐展开。

近年来，临潭县以建设冶力关大景区为切入点，逐步探索出一条以发展休闲观光农业为主的生态旅游路子，利用农业自然环境、田园景观、农耕文化等资源，为游客提供观光、采摘、休闲等旅游服务。伴随着乡村旅游快速发展，农家乐这种新型服务产业在冶力关落地开花，越来越多村民在家门口吃上了"旅游饭"。走进冶力关镇庙沟村"诚信"藏家乐，建筑造型错落有致、古色古香，充满浓郁的民族风情。老板赵怀忠告诉记者，在政府的补贴支持下，"诚信"藏家乐今年完成了软硬件升级改造，不仅环境优美，餐饮品种质量进一步提升，充分满足了汉藏群众的口味需求，开业仅两个月，营业额已达30万元。

目前，冶力关镇已发展农家乐（藏家乐）210户，直接带动600多名贫困人口就业，间接为2000余人提供了就业岗位。

为充分挖掘冶力关景区发展潜能，临潭县在冶力关镇与八角镇修建了环形景观路，精心打造了八角镇"八角花谷、十里画廊"精品景区，推出了牡丹、万寿菊观赏等极具乡土气息的农业休闲体验产品，八角镇各村落也实现了"家园变花园、处处皆风景"的华丽转变。昔日的土坯矮房不见了，取而代之的是鳞次栉比的小洋楼房……看着眼前的风景，八角镇牙扎村老党员李海峰感慨地说："五年时间，村子彻底变了！现在沿着这条彩色景观路，来的游客越来越多，我们的致富路也越来越开阔了！"

"开农家乐到底赚不赚钱？当大家还在犹豫时，2018 年我利用家中两层楼房办起了村里第一家农家乐。"李海峰说。刚开始只提供住宿，现在还提供休闲娱乐、农家特色饭菜，野生中药材、土蜂蜜等土特产销售也纳入了经营范围，生意红红火火。在他的带动下，全村也兴起了办农家乐热潮。

除了农家乐，冶力关大景区的民宿也别具特色，颇受游客追捧。八角镇庙花山村因为有庙、有花、有山，成为当地政府重点打造的旅游景区之一。村里采用"政府引导+专业公司运营+农户参与"发展模式，打造了17 户精品民宿，使民居变民宿，农民变股东。在其中一家"花庐"民宿，记者看到，除了常规客房，还设有酒吧、茶楼、书吧等功能房。推窗见山、开门遇花，小桥流水、白墙黛瓦的徽派风格建筑，让游客仿佛置身江南水乡。为确保全域文化旅游产业健康发展和乡村振兴战略顺利实施，去年，建筑面积 3.3 万平方米的甘南州全域旅游培训基地（扶贫车间）建成投用。今年 3 月以来，该基地已承办各类培训班 19 期，培训 1600 余人次，常态化培训为全州文化旅游产业发展提供人才保障和智力支持。

"一十百千万"工程让"珍珠"串成"项链"

"看得见山水、记得住乡愁、留得住乡情。"为进一步释放文化旅游在助力脱贫攻坚、实现全面小康、促进乡村振兴等方面的蝶变效应，甘南州委、州政府研究决定，从 2019 年 10 月起，在全州范围创新打造"一十百千万"工程。即做大做强"全域旅游无垃圾·九色甘南香巴拉"这一特色品牌，着力打造十五个叫响全国的文化旅游标杆村，探索创建一百个全省一流的全域旅游专业村，加快建设一千个具有旅游功能的生态文明小康村，创新培育一万个精品民宿和星级农家乐。

夏河县黑力宁巴村就是 15 个文化旅游标杆村之一。

近年来，随着生态文明小康村、环境革命升级版样板村建设，以及旅游标杆村项目落地实施，曾经靠天吃饭的贫困村一跃成为 213 国道沿线"最美藏寨"之一。

"在政府支持下，我家院子和房屋不仅修葺一新，还打造出了用于接待游客的4间民宿，一家人也吃上了'旅游饭'。"黑力宁巴村村民才让东知欣喜地告诉记者，家庭年收入由不足3000元一下子增加到3万多元，乡村旅游带来的是"真金白银"。

黑力宁巴村驻村帮扶工作队队长后尕俊表示，面对新的历史机遇，黑力宁巴村将依托区位优势，深入挖掘自然资源和民俗文化禀赋，着力开发高端帐篷营地、自驾车营地、精品民宿、民俗体验等特色旅游业态。同时，积极开发乳制品、毛绒加工、游牧生活体验等特色旅游产品，鼓励农牧民积极投身乡村文化旅游产业，真正把黑力宁巴村建设成叫响全国的文化旅游标杆村。

碌曲县贡去乎村位于则岔石林景区入口，依山傍水，景色秀丽迷人。近年来，得益于碌曲县生态旅游战略的全面落实，贡去乎村基础设施条件得到了极大改善。贡去乎村村民积极发展藏式旅游业，还成立了藏家乐、牧家乐旅游专业合作社。

53岁的贡保扎西是贡去乎村的村支部书记，带头在村里办起了第一家藏家乐——"扎西藏家"。

"我们村拥有优越的自然风光、淳朴的民俗风情。现在，村里12户人家都办起了藏家乐，在7月至9月的旺季里，每家的纯收入在5万至6万元。"贡保扎西说道。

29岁的周加是贡保扎西的二儿子，大学毕业后，他选择回乡创业。这个年轻人的回归，给村子发展带来了新的活力。他不仅开辟了藏家乐网络宣传及房间预定渠道，还开办起电商服务站，销售糌粑、曲拉、蕨麻、野蘑菇等当地农特产品及手工艺品。

"如今，贡去乎村又被州上确定打造为全域旅游专业村，村子将会变得更加漂亮，游客也会越来越多，我们的生意也定会越来越红火。"对于村子未来的发展，周加充满了信心。

在"一十百千万"工程实施过程中，甘南州坚持以"千"为基础，"一"在"千"中立、"十"在"千"中挑、"百"在"千"中选、"万"

在"千"中建，在扬长补短中体现特色，在精益求精中追求卓越。坚持以文赋景、以情咏景、情景交融，把文化底蕴融入项目建设全过程，把文化创意植入景观塑造各环节，把文化符号嵌入乡村旅游各领域。坚持一村一组仔细雕琢、一家一户认真打磨、一产一业精心培育，真正把大草原上的村庄装点成镶嵌在全域旅游大环线上的"珍珠玛瑙"，推动广大农牧村由"生态腹地"向"绿色高地"转变。

（原载 2020 年 8 月 25 日《甘南日报》公众号）

项目建设为甘南高质量发展赋能
保护发展两相宜

◎记者　周　芳　高淑兰

百舸争流，奋楫者先。

甘南新一轮的经济发展规划正在谋划中。

"在坚持高质量发展的前提下，重点做好抓项目、扩投资，夯实'五无甘南''十有家园'硬核支撑。"1月13日，州委经济工作会议召开，动员全州上下以绷紧弦、铆足力、不松懈的劲头，扎实做好项目建设工作。

回望过去，甘南以得天独厚的生态优势、资源优势、区域优势，在高质量发展为主题的时代大背景下，依托生态绿色优势，立足区域区位优势，加快建设现代化经济体系，甘南在一次又一次的考验中，坚定了以项目建设支撑经济长足发展的决心与信心。

抓项目　扩投资　夯实"五无甘南""十有家园"硬核支撑

甘南精心谋划、强力推进，交通网络通畅便捷，电网通信加快升级，基础条件实现整体性改善，夯实了高质量发展的基础。

王夏高速建成通车，卓合高速加快推进，玛曲至久治、峰迭至代古寺等7条公路和木耳至大峪沟、水地至拉尕山等4条景区公路建成通车，全州公路总里程由7705公里提升到8548公里。兰合铁路即将全线开工，西成铁路甘青隧道加快建设，内畅外联的交通体系初步形成。黄河玛曲段防洪治理等一批流域治理工程全面建成，河道防洪能力大幅提升。引洮入潭、引洮济合工程竣工投运。

随着经济社会的稳步发展和城市进程不断加快，城市供水量也日益增加，引洮济合供水工程引入甘甜的地表水，涵养了区域水源，壮了牛羊、富了百姓、保了生态。

"现在水质好了，家里的水压也变大了，党和政府为我们老百姓创造了更健康、更快捷的生活，这是情系百姓、关注民生的好工程。"家住高层的合作市民马占祥说。

据了解，引洮济合净水厂为满足出厂水质的更高检测要求，在水质检测化验仪器的选型上，以立足国内、技术先进、快捷方便为原则，配置了42项水质检测的先进设备，确保出厂水质全面达标。

兴产业 树品牌 铺就"五无甘南""十有家园"康庄大道

优化产业结构提质增效，文旅产业强势崛起，新兴产业多点开花。甘南把发展文化旅游产业作为加快绿色崛起、推动经济转型、实现富民兴州的最佳路径，保护甘南蓝，呵护甘南绿，释放甘南美，挥洒甘南情，唱响甘南韵，传承甘南红。

甘南始终坚持"点上抓景区、线上抓景点、面上抓景色"工作思路，以拉卜楞、冶力关、扎尕那等35处国家A级旅游景区为依托，着力打造8条精品旅游风情线和高原花卉彩色长廊，精心筹办"一会一节"开幕式等大型节庆活动，大力实施"一十百千万"工程，"全域旅游无垃圾·九色甘南香巴拉"国际影响力和知名度持续攀升。

每逢夏日，甘南各景区景点游客爆棚，旅游景区的效应逐渐凸显。看着眼前的美景，来自成都的网络大V李芮嵩感慨：风光秀丽，生态良好，在甘南，真真切切地感受到了山美、水美、人更美。

新兴产业齐头并进。围绕"牛羊猪鸡果菜菌药"八大特色产业，科学调整畜种畜群结构，推广适宜畜种技术，扩大牦牛、藏羊繁育核心群数量，高标准建设畜禽养殖场和养殖示范点，甘南牦牛、甘南藏羊等21个品牌入选"甘味"目录，现代农牧业建设步伐进一步加快。

重保护　严治理　厚植"五无甘南""十有家园"靓丽底色

以生态保护为立州之本，全域治理、系统修复，污染防治全面加强，环境革命引领前行，"五无甘南"叫响全国，生态治理取得阶段性成效，筑牢了高质量发展的生态屏障。

"蓝天、碧水、净土"三大保卫战成效明显，空气质量综合指数居全省首位，水质优良比例达到100%，土壤环境质量持续改善。纵深推进环境革命，持续开展环境综合整治，实现了4.5万平方公里全域无垃圾目标，创造了"美丽战胜贫困"的甘南样本。全面打造"五无甘南"，乡村生活垃圾收运设施覆盖率达到100%，有机肥替代化肥全面推开，"白色污染"问题有效解决，国家明令禁止的化学农药彻底退出甘南市场。

甘南国家生态文明先行示范区创建取得新成效，山水林田湖草沙冰一体化综合治理统筹推进，河湖长、林长、田长等制度全面落实。

4月22日，在全州山水湖田林草沙系统治理活动中，州乡村振兴局干部于鹏有感而发，"开展山水林田湖草沙治理活动，是全面贯彻习近平生态文明思想，是牢固树立和切实践行绿水青山就是金山银山的理念，更是全面实行乡村振兴战略的具体举措，打造宜居宜业宜游的美丽乡村，我们每一位甘南人都是践行者。"

践初心　惠民生　共享"五无甘南""十有家园"发展成果

深入推进"放管服"改革，"一网通办""一门办理"全面实现，营商环境持续优化，群众企业办事更加便捷。

甘南坚持教育优先发展，"全面改薄"、教育信息化等重点工程深入实施，兰州新区甘南实验中学建设进展顺利，学前教育多元发展，义务教育实现基本均衡目标，职业教育、特殊教育健康发展，国家通用语言文字教育稳步推进，"双减"政策大力落实。

覆盖城乡的社会保障体系更加健全，低保、特困、孤儿、残疾人等救助保障标准逐年提高，较好实现困有所依、难有所助、孤有所养，公共文化服务能力显著提升。

67 岁的旦正加木措无亲无儿无女，没有经济来源，生活没有着落。如今他居住在碌曲县社会综合福利院，不仅在生活起居上得到了照顾，就连生活费用也被党和国家全"包"了。

旦正加木措激动地说："国家好政策好，在这里，有工作人员做饭、洗头、洗衣服，还可以健身、洗澡、读书、看电视、下棋，吃得好、住得好，一分钱也不用花，还有供养金拿。"

据统计，2021 年，全州地区生产总值达到 230.04 亿元，比 2012 年末的 96.74 亿元增长 137.8%；全州累计完成固定资产投资 988.19 亿元；地方财政收入达到 10.19 亿元，比 2012 年末的 6.76 亿元增长 50.7%。

成绩背后，是全州上下一心攻坚克难的决心与行动。打造"五无甘南"、创建"十有家园"，建设青藏高原绿色现代化先行示范区。在建设幸福美好新甘南、开创富民兴州新局面的征程中，甘南始终践行新发展理念，重点项目加快实施，脱贫成果巩固提升，乡村振兴有力推进，文旅产业逆势增长，人民生活持续改善，社会大局和谐稳定。

锐意进取谱新篇，蓬勃向上谋发展。甘南正深挖潜力、释放活力和创造力，不断打开项目建设和经济发展新格局。

（原载 2022 年 5 月 10 日《甘南日报》）

牵好"牛鼻子" 做强牛产业

——甘南牦牛产业高质量发展纪实

◎记者 高淑兰 忠格草

近年来，甘南依托资源优势，持续加大资金投入，加快转变甘南牦牛产业发展方式，着力完善牦牛产业化经营体系，促进牦牛产品销售增长，不断探索特色产业发展的新模式、新路子，有力推动了牦牛产业的高质量发展。

打造产业链，使牦牛变为"增收之宝"

牦牛产业高质量发展是一项系统工程，涉及"从草地到餐桌"的多个要素和群众增收的多个环节，扎实做好生产、加工、销售一体化推进和均衡发展，对实现生态优先、绿色发展、加快全州牦牛产业提质增效具有重要意义。

近年来，随着居民收入水平不断提高，饮食文化和结构优化改善，以牦牛肉为主的高档肉制品需求增加。

甘南牦牛是青藏高原上的特有牛种，素有"高原之舟"的美称，是在海拔 3000 米以上的高寒生态环境中将野牦牛长期驯化、饲养、选育而成的，具有极强的生态适应性和巨大的经济潜力，其肉、乳、皮、毛、骨、血、脏器等都有很高的开发价值。特别是牦牛肉和牦牛乳，富含免疫蛋白、矿物质、维生素和氨基酸等多种营养成分，具有抗氧化、抗衰老、增强人体免疫力、提高细胞活力的显著作用，是极其珍贵、极富营养的纯天然绿色食品。

以前，牦牛乳和牦牛肉是牧民生活中不能或缺的一种食物，牦牛的皮、毛也被做成避寒的帐篷和华丽的衣物。长期以来，受制于交通、销售渠道等因素的影响，人们对牦牛肉的接触较少，认知度较低。

如今，随着网络、交通逐渐完善，牦牛肉逐渐突破地域局限，进入大众视野，极受人们的喜爱。

据统计，目前青藏高原共有牦牛1600多万头，其中甘南州内有牦牛120多万头，约占全国牦牛总数的7.5%。通过科学养殖、打造产业链，使甘南高原上的"高原之舟"逐渐变为"增收之宝"。

为了进一步推进甘南牦牛产业高质量发展，实现牦牛资源大州向牦牛产业强州转变，甘南州从经济社会发展大局和维护牧区群众根本利益出发，立足甘南发展的阶段性特征，做出了发展牦牛产业的重大决定，依托甘南特有的牦牛资源，从品种培育、集约养殖、精细加工、标准构建、品牌营销等方面入手，打造产供销一体、上下游协同的新型产业发展格局，为全州经济社会发展和建设"十有家园"奠定产业基础。

主攻精深加工，提升"甘南牦牛"品牌

近年来，甘南州坚持生态产业化、产业生态化，大力发展现代农牧业，扶持壮大龙头企业，主攻精深加工，主打拳头产品，主推"甘南"品牌。

为提升"甘南牦牛"品牌知名度，扩大牦牛产品的美誉度和影响力，甘南州制作了牦牛产业、牦牛产品为主的甘南牦牛高质量发展宣传片《品味甘南》，同时，积极与省商务厅对接争取，获批7个县域电商同城配送体系项目、1个农产品冷链物流体系建设项目、1个农产品产地批发市场建设项目、1个中央厨房惠民工程建设项目，争取扶持资金430万元。

先前，州商务局还采取多种方式对州内的牦牛肉生产加工龙头企业进行了深入走访调研，详细了解了安多、华羚、昌祥等企业的库存情况、销

售状况，为企业发展出谋划策、牵线搭桥。在调研途中，州商务局局长柏云说："华羚乳业和安多集团作为甘南牦牛产业重点龙头企业，对促进全州牦牛产业高质量发展具有举重若轻的作用，作为龙头企业要坚持稳中求进总基调，进一步统一思想、统一步调，加强沟通协作，形成工作合力，在确保安全生产和常态化疫情防控的基础上共同查找促进全州牦牛产业高质量发展的支撑点，发挥自身产业优势，采取有力措施，完整准确全面贯彻新发展理念，加快构建新发展格局，确保牦牛产业高质量发展，进一步提升牦牛产业对全州经济社会发展贡献度。"

据悉，近日市场营销专责组与天津商会、甘肃祁连牧歌实业有限责任公司等企业初步达成牦牛产品购销协议；安多集团与中储粮全资子公司庆阳南梁农业科技有限公司达成初步供销协议；华羚乳业、安多集团与上海黔藏贸易有限公司达成了8000多万牦牛产品意向性供销协议，并签订了意向书。

企业相关负责人在接受记者采访时说："今后将进一步提高站位，顶住疫情冲击带来的影响，承担起企业责任，在保障民生、促进就业上发挥作用，进一步完善牦牛产品生产经营体系，在统筹协调安全生产、疫情防控和经济发展的基础上，进一步加强牦牛产业全方位的沟通协作，共同促进牦牛相关产品销量提升，为推动甘南州实现牦牛产业高质量发展市场营销工作做出积极贡献。"

拓展销售市场主战场，走出高质量发展之路

甘南州是全国"五大牧区"之一，牦牛是畜牧业的支柱。甘南州把保护草原生态环境作为着力点，把拓展销售市场作为主战场，探索出了一条在草畜平衡背景下产值效益多向发力的甘南牦牛产业高质量发展之路。

甘南州积极培育、申请地理标志证明商标和地理标志保护产品，截至目前，全州共有地理标志证明商标17件，地理标志保护产品4件。还积极培育"甘味"品牌建设和"三品一标"认证，目前共申报5个"甘味"农产品区域公共品牌、15个"甘味"知名企业商标品牌，其中涉及牦牛

企业品牌2个，同时积极支持企业开展"三品一标"认证，截至目前，全州新认证绿色食品7个。

一批批绿色无公害品牌走俏市场，成为深受广大消费者青睐的"香饽饽"。

甘南州持续推进甘南牦牛地方标准和企业标准的制定工作，积极与甘肃农业大学教授专家合作，开发牦牛高端产品，8月初，已签订了合作合同，各项工作正在开展。

据介绍，100吨2～4岁牦牛高端精分割加工、设计、包装工作继续推进，与畜牧兽医局紧密合作，落实了牦牛收购基地、玛曲昌翔等委托加工企业。持续推进"甘味"品牌培育建设工作和牦牛高质量发展招商引资工作。

甘南州开展帮扶对接，协助碌曲、夏河、合作、玛曲4县市与天津结对区政府达成帮扶协议，消费帮扶奖补资金以及碌曲郎木寺活畜交易市场建设资金共计1490万元已基本落实到位。4月底，赴天津市对接天津市食品公司及相关企业，并与相关企业初步达成了合作意向，为牦牛产品在津销售打下坚实基础。

与此同时，设立开播了"寻味甘南九色尊礼"助力乡村振兴直播间，累计完成30场直播，直播时长60小时，销售畜产品12.5万元。投资开发了"香巴拉微牧场"和"香巴拉商城"等线上销售平台，主营牦牛产品，争取年内上线，并与建设银行甘南分行等金融部门积极对接，力争使甘南州牦牛制品进入金融系统电商平台，扩大销售规模。

甘南牦牛产业高质量发展之路，是甘南牧业从产品到商品、从草场到市场、从传统到现代的长期探索中，形成了的牧业高质量发展的新路子。

（原载2022年11月29日《甘南日报》）

后　记

　　新闻是历史的记录，好的新闻作品，记录时代精神，反映人民心声，留下社会变迁的清晰年轮。

　　本书为2012—2022年甘南新时代十年新闻实录，是近十年来甘南社会发展变迁的生动写照和忠实记录，是《甘南日报》媒体人对党的思想路线的传播、对社会温度的传递、对新闻品质的传承，是媒体人理想和心血的见证，是甘南新闻事业阔步向前留下的足印。

　　全书共八章，从党建领航到民族团结，从脱贫攻坚、乡村振兴到文旅融合、社会治理，从绿色生态到高质量发展和民生温暖，以忠实的笔触，从各个维度全面记录展现了甘南州日新月异的社会经济面貌、人民物质文化水平飞跃式发展的蝶变历程。在编纂过程中，我们感受到了《甘南日报》媒体人的初心本色和责任担当，也更加深刻理解了发展对中华民族，对每一个中国人有着怎样的影响和意义。

　　这是一本"媒体人的实践"之作，也是一本凝聚着75万甘南各族儿女的强大共识和澎湃力量的地域发展史。回望这十年走过的艰辛历程，总有一些词语闪耀在甘南大地，总有一些画面让人深深铭记，总有一些数据值得我们喝彩，总有一些精神值得大家传承。

　　这一段岁月的足印，因为高瞻远瞩的蓝图擘画，因为75万甘南儿女的奋进身姿，在这片土地上留下不朽的诗行，犹如大河行船，劈波斩浪，支撑起了甘南的巨变，描绘出了一幅波澜壮阔、气象万千的动人图景。甘南大地脱胎换骨、蝶变日新的华彩，在磅礴力量的汇聚中绽放光彩。回望历史的足迹，感受时代的脉动，这本书有重要意义和独特价值。

图书在版编目（CIP）数据

足印：甘南新时代十年（2012-2022）新闻实录 / 张大勇主编. -- 北京：中国文史出版社，2023.6
ISBN 978-7-5205-4132-9

Ⅰ. ①足… Ⅱ. ①张… Ⅲ. ①新闻－作品集－中国－当代 Ⅳ. ①I253

中国国家版本馆 CIP 数据核字(2023)第 106099 号

责任编辑：全秋生

出版发行：中国文史出版社
地　　址：北京市海淀区西八里庄路 69 号　　邮编：100142
电　　话：010－81136602　　81136603　　81136606 （发行部）
传　　真：010－81136655
印　　装：廊坊市海涛印刷有限公司
经　　销：全国新华书店
开　　本：787 毫米×1092 毫米　　1/16
印　　张：17.75　　插页：8
字　　数：280 千字
版　　次：2023 年 7 月北京第 1 版
印　　次：2023 年 7 月第 1 次印刷
定　　价：78.00 元

文史版图书，版权所有，侵权必究。

文史版图书，印装有错误可与发行部联系退换。